親愛的艾德華

Dear Edward

Ann Napolitano

安・納波利塔諾 著 康學慧 譯

獻給丹·衛爾德

感謝你所做的一切

第一部

「既然死亡無從避免，
且發生的時間無從知曉，
最重要的究竟是什麼？」

——— 佩瑪．丘卓（美國藏傳佛教金剛乘阿尼）

二〇一三年六月十二日．上午七點四十五分

紐沃克機場最近才剛整修完，整個閃閃發亮。安檢動線的每個轉角都放了盆栽，避免乘客看出還要等多久。排隊的人有些靠牆面休息，有些則坐在行李箱上。天還沒亮，這些人就全起床了，他們大聲嘆息，因為疲倦而情緒惡劣。

艾德勒一家終於到了最隊伍前面，將電腦與鞋子放在托盤上。布魯斯．艾德勒解下腰帶並捲起，放入灰色塑膠托盤上，整齊地塞在棕色休閒鞋旁邊。他的兩個兒子比較邋遢，將球鞋扔在筆電與錢包上面。鞋帶垂落在托盤之外，布魯斯忍不住伸手塞進去。

旁邊的四方形大告示上寫著：所有錢包、鑰匙、手機、首飾、電子設備、電腦、平板電腦、金屬物品、鞋子、腰帶及食物都必須放入安檢托盤中，所有飲料與違禁品必須丟棄。

布魯斯與珍恩．艾德勒一左一右，帶著十二歲的兒子艾迪走過掃描器。他們十五歲

的兒子喬登看著家人過去，遲遲不動。
喬登對掌管儀器的海關人員說：「我選擇不過。」
海關看他一眼。「你說什麼？」
少年將雙手往口袋一插，然後說：「我選擇不過掃描器。」
海關大喊：「有人選擇不過！」顯然想讓在場的所有人聽見。
「喬登。」他父親站在隧道另一頭叫他。「你在做什麼？」
少年聳肩。「爸，這是全身式後向反射掃描器，是市面上風險最高、效果最差的機種。我讀過相關報導，我不要過。」
布魯斯站在十碼之外，知道不可能再次越過掃描器去找兒子，於是只好閉上嘴。他不希望喬登再多說一句話。
「去旁邊，孩子。你害隊伍後面塞住了。」海關說。
少年乖乖聽從，海關說：「我先把話說清楚，你穿過儀器會輕鬆愉快很多，要是真的叫人來搜身就沒這麼舒服了，這裡搜身非常徹底，相信你懂我的意思。」
少年撥開前額的頭髮。去年他長高了六吋，像競速的惠比特犬一樣精瘦。他和媽媽、弟弟一樣，有著一頭鬈髮，因為長得太快，他總是來不及整理。他爸爸的頭髮很短，而且全白。布魯斯二十七歲就開始出現白髮，而同一年喬登出生了。布魯斯很愛指著頭髮對大兒子說：「瞧瞧你把我整得多慘。」少年很清楚，他的爸爸正注視著他，彷彿想透過空氣傳送理性。

喬登說：「我之所以拒絕進這臺機器，有四個理由。你想聽嗎？」

海爾似乎覺得很好笑。現在聽喬登講話的人不只他一人，四周的乘客都洗耳恭聽。

「噢，老天。」布魯斯低聲說。

艾迪．艾德勒握住媽媽的手，至少有一年他沒有這麼做了。看著父母打包準備從紐約搬去洛杉磯（爸爸口中的「大遷徙」），他覺得胃很不舒服。此刻，他的肚子正在翻騰，很想知道附近有沒有廁所，他說：「我們應該在那裡陪他的。」

「他不會有事的。」珍恩說，她安慰小兒子的同時，也安慰自己。她丈夫注視著喬登，但她不敢看，於是專注感受小兒子那隻手的觸感，她很想念這種感覺。她想，如果我們更常牽手，很多問題都能迎刃而解。

海爾挺起胸膛。「說吧，孩子。」

喬登舉起手指，一一扳指計算。「一、我希望盡量避免暴露在放射線中。二、我不相信這個機器能預防恐怖攻擊。三、政府竟然想拍攝我的蛋蛋，我覺得很噁心。還有，四——」他深吸一口氣，「我認為走進機器時規定的姿勢，像被搶劫一樣舉高雙手，是為了刻意讓旅客感到低下而無能。」

海關的笑容不見了，他看看四周，不確定這個孩子是不是在耍他。

克里斯賓·考克斯坐在旁邊的輪椅上，等候安檢人員搜查輪椅，確認是否藏有爆炸物，老人家對此非常不爽。竟然搜查他的輪椅確認是否有爆炸物！假使他還有半點力氣，絕對會拒絕。這些白癡以為他們是什麼呀？他們以為他是什麼人？他都坐輪椅、帶著看護上飛機了，這樣還不夠慘嗎？他怒吼，「那小子想要搜身，就快點搜吧。」

老人家大半輩子都在發號施令，幾乎從來沒有人敢忤逆。他雄厚的嗓音打破了海關的猶豫，有如黑帶高手劈裂木板。他伸手一指，要喬登去找另一位海關人員，這個人叫他張開雙手、雙腿。他的家人沮喪地看著海關粗魯地檢查喬登的腿間。

海關停下來調整橡膠手套，順便問，「你幾歲？」

「十五。」

他做個苦臉。「很少有小朋友要求搜身。」

「通常都是什麼人？」

「大部分是嬉皮。」他思考了一下。「或是原本是嬉皮的人。」

喬登強迫自己不動。海關沿著他的牛仔褲腰摸索，弄得他很癢。「說不定我長大以後會變成嬉皮。」

「搜完了，十五歲小子。」海關說。「快滾吧。」

喬登笑嘻嘻和家人會合，從弟弟手上接過鞋子。「我們走吧，趕不上飛機就慘了。」喬登說。

「這件事我以後再跟你討論。」布魯斯說。

兩個少年走在前面。這條長廊有很多窗戶，可以看到遠方紐約市的摩天大樓，人類以鋼鐵玻璃建造的高山，刺穿藍天。珍恩和布魯斯不由自主地望向世貿大樓的舊址，就像拔牙後會忍不住去舔。雙塔倒塌時，兩個孩子都還太小，對他們而言，這樣的天際線很正常。

「艾迪。」喬登說，兩個少年互使眼色。

兩兄弟能夠輕易解讀對方的想法，這讓父母常覺得很神祕。喬登與艾迪可以不說一句話就商量出結論。他們兩個向來形影不離，做什麼都在一起，不過去年喬登拉開了距離。現在他叫弟弟名字的語氣，意味著：我還在這裡，我永遠會回來。

艾迪搥一下哥哥的手臂，接著往前衝。

珍恩慢慢走著，被小兒子剛拋下的手就垂在她身旁，隱隱刺痛。

到了登機門，仍要繼續等待。琳達．史多倫，一身白衣的年輕女子，匆忙走進藥房。她的手掌汗濕，心臟噗通狂跳，彷彿想逃出來。她的班機從芝加哥出發，午夜抵達紐約，等候轉機的時間坐在長凳上，盡可能坐著小睡，皮包緊抱在懷中。她買的是最廉價的機票，所以才會繞道紐沃克機場。前往機場的途中，她告訴爸爸，再也不會向他要錢，而他大聲狂笑，甚至猛拍膝蓋，彷彿聽到有史以來最好笑的笑話，不過她是認真的。在這一刻，她明白了兩件事：第一，她永遠不會回印第安納州了；第二，她永遠不會再向父親或他的第三任妻子開口要任何東西了。

這是琳達二十四小時內第二次去藥房。她將手伸入皮包，摸摸驗孕棒的外包裝，這是她在印第安納州南灣機場買的。這次，她選了一本八卦雜誌、一包巧克力、一罐健怡可樂，拿去櫃臺結帳。

克里斯賓．考克斯坐在輪椅上打鼾，他的身體如同由皮膚和骨頭做成的摺紙玩具。他的手指偶爾會動一下，有如奮力振翅想要起飛的幼鳥。他的看護是一位眉毛很濃的中年女性，坐在旁邊修指甲。

珍恩與布魯斯並肩坐在機場的藍色座椅上吵架，雖然外人絕對看不出來。他們的表情平和，聲音很低。兩個兒子並不擔心，只是將父母的這種吵架方式稱為「戒備狀態第四級」[1]。父母雖然在爭論，但主要是在溝通，而不是戰鬥。他們對彼此伸手，並非揮拳。

布魯斯說：「剛才的狀況很危險。」

珍恩輕輕搖頭。「喬登還是個孩子。他們不會對他怎樣，他只是在行使權利。」

1 戒備狀態（DEFCON），英國遊戲開發商 Introversion 的即時戰略遊戲。遊戲開始於戒備狀態第五級，慢慢升高至第一級。

「妳太天真了。他說了太多不該說的話，無論憲法是怎麼說的，這國家不會寬待這種行為。」

「是你教他要勇於表達意見的。」

布魯斯緊緊抿著嘴唇，他想爭辯，但做不到。兩個兒子在家自學，由他負責教導，他安排的課程總是著重於批判性思考。他記得不久前才誇誇其談，強調不能只看規定的表面意義。要質疑一切，一切，他是這麼說的。這兩個星期來，他一直嚥不下那口氣，哥倫比亞大學的那些草包，竟然因為他不肯參加雞尾酒會而拒絕給他終身教職，簡直白癡透頂了。他問系主任：「交際應酬到底和數學有什麼關係？」他希望兒子有朝一日也能勇於質疑那些草包，但現在還太早了。他應該修改一下那句話：「要質疑一切，不過要等你們長大成人，能夠完全行使自己的權利，而且不住在父母家的時候，免得我越看越擔心。」

珍恩說：「看看那邊那個女的，在裙襬上縫了好多鈴鐺。每次一動，身上就會發出叮叮噹噹的聲音，你能想像那種感覺嗎？」她搖頭，原本想做出嘲笑的表情，最後卻變成一種敬佩。她想像在鈴鐺聲中走動的感覺，每一步都製造出音樂，吸引目光，光是想像就讓她臉紅了。她穿著牛仔褲和她稱之為「寫作裝」的上衣。今天早上她選衣服時，主要的考量是舒適度，而這個女人的考量是什麼？

剛才站在掃描器旁，布魯斯全身充滿了恐懼與尷尬，現在逐漸平息了。他揉揉頭部兩側太陽穴，獻上無神論猶太人的祈禱，感謝頭痛沒有發作，每次痛起來，感覺有如整顆頭的二十二塊骨頭全部抽動著。醫生問他是否知道引發偏頭痛的原因，布魯斯嗤笑。答案非常簡單明瞭，是他的兩個兒子。對他而言，為人父就是一次又一次的驚嚇。孩子還是小嬰兒時，珍恩說他抱寶寶的姿勢很怪，彷彿他們是活生生的手榴彈。在他看來，他們確實是，而且現在仍是。他之所以同意舉家搬遷到洛杉磯，最主要的原因是電影公司幫他們租下一棟有院子的房子。布魯斯打算將那兩顆手榴彈放在院子裡，他們想出門，就得拜託他開車接送。在紐約，他們只要走入電梯，就能消失得無影無蹤。

他看看兩個兒子，他們正在候機室另一邊看書，以溫和的方式宣告獨立，而小兒子也看向他。艾迪就像他一樣容易操心，他們對看一眼，同一張臉孔的兩個版本。布魯斯強迫自己露出大大的笑容，希望小兒子也跟著笑，他突然好想看看這孩子開心的模樣。

那個穿鈴鐺裙子的女人走過父子之間，打斷了他們的交流。她每走一步都發出叮叮噹噹的聲響，她個子很高、體格壯碩，是菲律賓裔。她的深色裙子上裝飾著小珠珠，低聲唱著歌，歌詞聽不清楚，但字句如花瓣般在候機室四處飄落：榮耀、恩典、哈雷路亞、愛。

一個身穿制服的黑人士兵站在窗前，背對候機室。他身高一百九十五公分左右，身體寬度可比五斗櫃。即使在空間充足的地方，班傑明．斯提曼依然占據太多空間。他聽著那個女人歌唱，她的聲音讓他想起奶奶。他知道，她會在洛杉磯機場等他，一見到他就會像安檢掃描器一樣看透他。她會看出他和蓋文打架時發生了什麼事；她會看出兩週前他如何被子彈射穿側腰，也會看出現在堵住那個洞的人工肛門造口袋。儘管班傑明受過誘敵的訓練，而且一輩子都在隱瞞真相，甚至對自己也不承認，但在她面前仍什麼都藏不住。不過，此時此刻，歌曲的片段讓他得到平靜。

一個航空公司人員踏著搖曳生姿的步伐，走向登機門前的麥克風。她站立時，臀部往一邊推出去，登機口其他工作人員的制服不是太鬆就是太緊，但她的彷彿量身訂做。她的頭髮往後梳攏紮成包頭，唇膏閃亮鮮紅。

馬克．萊西歐原本忙著傳簡訊向同事傳達指示，此刻抬起頭來。他三十二歲，過去三年中曾兩度登上《富比世》雜誌。他的下巴強而有力，藍眸精於睥睨的藝術，短髮抹了膠。他身穿鐵灰色西裝，顏色低調但高尚。馬克打量那個女人，感覺頭腦像船上的明輪一樣轉動，驅散他昨晚喝下的威士忌酸酒。他在座位上挺直身體，全神貫注看著她。

她說：「各位乘客，歡迎您搭乘二九七七號班機，本班機將飛往洛杉磯。現在開始登機。」

這架飛機是空中巴士A321型，宛如白色鯨魚的機身，兩旁有藍色的線條。機上共有一八七位乘客，分布於中央走道兩側。頭等艙裡，走道兩旁各有兩個寬敞的座位；經濟艙裡，一邊有三個座位。這架班機完全客滿。

乘客緩緩魚貫進入機艙，隨身小行李拍打人們的膝蓋，裡面裝著太珍貴或太需要而不托運的物品。一進入機艙，他們發現的第一個差異，就是溫度。整個機艙像肉類冷藏庫一樣冷，空調風扇持續發出「噓噓噓」的聲音，彷彿在批判乘客，人們裸露的手臂冒出雞皮疙瘩，很快就被毛衣蓋住。

克里斯賓從輪椅移動到頭等艙座位上，看護忙著東摸摸、西弄弄的。現在他醒了，煩躁指數來到最高。生病時最討厭的一件事，就是別人可以隨便碰他——而且是該死的陌生人。看護伸手過來握住他的大腿，調整他的坐姿。他的大腿！曾幾何時，他的腿曾經意氣風發走入董事會，在壁球場上奔騰跳躍，在懷俄明州的傑克森霍爾滑雪場裡征服高難度的黑色菱形坡道。現在，在他眼中勉強只算中等姿色的這個女人，竟然抓住他的大腿，他揮手趕開她。「我不需要幫助也能坐上這個破爛椅子。」

班傑明低頭走進機艙，他搭乘軍機來到紐約，所以這是一年多來他第一次搭乘商用客機。如果現在是二〇〇二年，航空公司會自動將他從經濟艙升等到頭等艙，所有乘客看到他會鼓掌喝采。但現在，一個乘客開始鼓掌，另一個加入，接著有其他幾個人拍起手來，掌聲有如在湖面上打水漂，零零星星地出現，然後沉入黑暗水中，歸於寧靜。掌聲稀稀落落的，暗藏尷尬。「感謝你為國效力。」一個年輕女子小聲說。士兵舉起手行個無力的軍禮，然後坐進經濟艙座位。

艾德勒一家在入口處分開，珍恩對前方的丈夫及兒子揮手，然後彎腰駝背匆忙走進頭等艙。布魯斯目送妻子片刻，然後指揮喬登與艾迪邁開瘦長的腳走向經濟艙。他看了看座位編號，計算出他們距離珍恩二十九排。她之前承諾會改票，和經濟艙的他們坐在一起。然而布魯斯早就知道，只要扯到工作，她的承諾通常沒什麼意義。儘管如此，他每次都會選擇相信，因此每次都失望。

「爸，是哪一排？」艾迪問。

「三十一。」

乘客拿出零食、書本，塞進前方的置物袋中。飛機的後段空間飄出印度菜的氣味，所有煮夫、煮婦，包括布魯斯在內，嗅聞空氣，心裡想著「是孜然」。喬登與艾迪為了搶靠窗座位而爭吵（爸爸坐靠走道的位子，因為他需要空間伸腿），終於喬登發現他們妨礙到其他乘客，害他們無法入座，於是決定讓步。這是個成熟大方的決定，但一坐下他就後悔了，這下他困在爸爸和弟弟之間。選擇人工搜身帶來的得意——與力量——瞬間就洩了氣。在那短暫的片刻，他感覺自己是個真正的大人。現在他覺得自己像個白癡小孩，被綁在兒童餐椅上。喬登決定要懲罰一下艾迪，至少一小時不和他對話。

「爸，我們到新家時，所有東西都會到了嗎？」艾迪問。

布魯斯很想知道，艾迪等不及想拿到的東西是什麼，是他的懶人椅？還是琴譜？還是現在他偶爾會抱著睡覺的大象玩偶？兩個兒子出生之後，他們一直住在紐約的公寓裡。如今公寓已經出租了，假使珍恩在西岸的工作順利，就會在那裡定居，而他們也會將公寓出售。「東西下週才會到，不過新房子有家具，所以應該沒問題的。」布魯斯說。

十二歲的艾迪看起來比實際年齡小，對著旁邊橢圓形的窗戶點頭。指尖按住透明玻璃，因為過於用力而發白。

琳達．史多倫穿著白色牛仔褲和單薄的襯衫。非常不可思議，坐在她右邊的女乘客似乎已睡著了，以一條藍色圍巾蓋住臉，靠在窗戶上。琳達翻找座椅前方的口袋，希望有免費提供毯子，此刻穿鈴鐺裙子的女人走上走道。她的身材太碩大，入座之後身體已溢出扶手範圍，侵入琳達的座位空間。

「早安，小可愛。我是佛羅里達。」那個女人說。

琳達將手肘貼緊身體，避免接觸。「你是說那個州嗎？」

「不是那個州，我就是那個州。我是佛羅里達。」

噢，我的天，這趟旅程要飛六個小時，我得一路假裝睡覺了。琳達想。

「親愛的，妳叫什麼名字？」

琳達猶豫了，她沒料到這麼突然就要介紹全新的自己。原本，她打算到了加州後，要告訴後來認識的人們她名叫貝琳達。這是新起點的一部分：更出色的自己，更出色的名字。她認定，貝琳達是一位散發自信的誘人美女。而琳達聽來只是腳踝臃腫、欠缺安全感的家庭主婦。琳達在嘴裡捲起舌頭進行準備，貝——琳——達，但她的嘴不肯說出這幾個字。她咳了一聲，然後聽見自己說：「我要結婚了。我要去加州，這樣我男友才能求婚，他一定會求婚的。」

「噢，真好啊。」佛羅里達淡然地說。

「是呀。但願如此。」琳達說。這時她才察覺她有多累，昨晚睡得多差。「但願如此」在她口中聽來好荒謬，說不定這是她第一次說出這句話。

佛羅里達彎腰整理她巨大包包裡的東西。「我自己結過幾次婚，或許不只幾次。」她說。

琳達的爸爸結過三次婚，媽媽兩次。對她而言，多次結婚非常合理，但她只打算結一次。她希望不要像史多倫家的其他人一樣，她希望當一個更好的人。

「親愛的，如果妳餓了，我有很多零食。我才不要吃噁心的飛機餐呢，那玩意根本稱不上是食物。」

琳達的胃咕咕作響。她最後一次好好吃飯是多久之前的事？昨天嗎？剛才買的那包巧克力從座位前方的口袋探出頭來，好像很想被吃。她拿出巧克力，一把撕開，整包倒進嘴裡，急迫的態度連她自己都感到吃驚。

「妳還沒告訴我妳的名字。」佛羅里達說。

她咀嚼到一半停下來。「琳達。」

空服員，也就是剛才在登機口迎接的女人，從容地走過走道，檢查座位上方的行李艙和安全帶。她的動作彷彿跟隨著內在的配樂，她放慢腳步、微笑，然後改變節奏。所有乘客不分男女都目不轉睛看著她，她搖曳生姿的步伐吸引目光。空服員顯然早已習慣那種注視，她吐舌逗弄坐在媽媽腿上的小嬰兒，寶寶咯咯歡笑。她在班傑明．斯提曼的座位旁蹲下，在他耳邊輕聲說：「我是座艙長，所以獲悉你的醫療需求。如果你在任何時間需要任何協助，請儘管通知我。」

士兵吃了一驚，他剛才一直望著窗外深淺不一的灰色地平線。飛機、跑道，遠方的城市，一條高速公路，及飛逝的車輛。直到對上她的雙眼，這才意識到他已好幾天都在迴避與他人的視線接觸。她的眼睛是蜂蜜色調，十分深邃，非常好看。班傑明點頭，心裡有點亂，然後強迫自已轉開視線。「謝謝。」

在頭等艙裡，馬克·萊西歐細心布置他的座位。座位前方的口袋裡放著筆電、一本懸疑小說，及一瓶水。他拿著手機，脫下的鞋子放在座位下方，公事包平放於上方的行李艙，裡面裝著公務文件、三支最好的筆、咖啡因膠囊，及一包杏仁。他要去加州完成一筆大交易，他為了這個案子已忙幾個月。他回頭張望，盡可能裝出悠哉的模樣，不過他從來不善於悠哉，他是那種適合穿美金三千元高級西裝的男人。他望著分隔頭等艙與經濟艙的布簾，非常專注，無論是運動建身、浪漫晚餐，或是工作簡報，他的態度都一樣認真。他在辦公室的綽號是榔頭。

那位空服員吸引了他的注意，理由很明顯，但不只是美貌而已。她正處於那種神奇耀眼的年紀，他猜應該是二十七歲，兼具青春活力與成熟魅力。她既是肌膚光滑的十六歲少女，也是深諳世事的四十歲熟女，兩種情調同時存於這個燦爛綻放的瞬間。更別說這個女人生氣勃勃，有如大火燃燒。馬克好久沒遇到這樣的人了，有滿滿的細胞、基因、生物本能，也可能是第一次遇到。她擁有像其他年輕女性一般的特質，只是她發揮得更淋漓盡致。

空服員終於來到頭等艙，馬克有股衝動想解開安全帶，右手抓住她的左手，另一手摟住她的腰，開始跳騷莎舞。他根本不會跳騷莎舞，但他相信，只要一碰到她的身體，這個問題就會立即消失。她有如百老匯音樂劇的化身，而他呢，他猛然察覺，只能靠酒氣和扭結餅支撐了。他低頭看看雙手，突然洩氣了。摟著她的腰翩翩起舞，對他而言並非不可能。以前他也做過這種事，他的心理醫生稱之為「衝動行為」，但他好幾個月都沒有發作過了，他發誓要戒除。

他再次抬起頭時，空服員站在機艙前方，準備進行安全演示。許多乘客為了看她而彎腰靠向走道，驚訝地發現自己竟然全神貫注，他們可能已經很多年沒有這麼認真了。

「各位乘客您好。」她的聲音悠揚飄送。「我是本班機的座艙長薇若妮卡，頭等艙由我服務，而我的同事愛倫與路易斯——」她指向和她外型相似（淺棕色頭髮、潔白肌膚）但沒那麼美的空服員，以及一個矮小禿頭的男空服員。「——將服務經濟艙的旅客。謹代表機長與全體組員，歡迎各位搭乘。請將椅背豎立、收起餐桌。此外，請將所有電子設備暫時關機，感謝您的配合。」

馬克順從地將手機關機，通常他都只是塞進口袋裡。他的胸口漲滿得意，那種為其他人出一份力帶來的滿足。

坐在他旁邊的是珍恩·艾德勒，正笑看其他乘客神魂顛倒的模樣。她自認自己二十幾歲的那些年還算可愛，她就是在那時認識布魯斯，不過她從來沒有薇若妮卡的性感魅力，連邊都沾不上。空服員示範如何扣上安全帶，那個華爾街男一臉專注，彷彿不曾聽過安全帶這種東西，更別說實際使用。

「本班機有數個逃生口，請花一點時間確認最接近您的逃生口。若發生需要緊急逃生的狀況，地面上的燈光會亮起，引導您前往逃生口。請依箭頭指示方向轉動門把即可打開逃生門。每扇門均備有充氣逃生滑梯，也可拆下來作為救生艇使用。」薇若妮卡告訴大家。

珍恩知道，坐在她身後某處的丈夫，早已規劃好逃生路線，選好萬一出事時要將兩個兒子推出哪扇門。她也知道，當他聽到充氣滑梯時一定會翻白眼。布魯斯以數字理解世界，也以數字判斷真假，統計學上來說，發生空難時沒有人能因為使用充氣滑梯而順利逃生。以滑梯逃生只是童話故事，目的是提供乘客虛假的安全感，彷彿人生有所掌控。布魯斯對童話故事不屑一顧，但多數人似乎很喜歡。

克里斯賓納悶，他為什麼沒娶過那種有火辣身材空服員的妻子，他的幾任妻子根本都沒有屁股。年輕人或許喜歡瘦巴巴的女人，但老了以後才懂床上有個肉墊多舒服。他並沒有被那個女人吸引，他有幾個年紀和她差不多的孫兒，而且他跨下那支槍已無火力了。兩個人在床上糾纏，感覺會像一個低級笑話。當然，年輕時他經常上演那種笑話。腹部一陣陣劇烈抽痛，讓他忍不住抓緊椅子的扶手。他發現他人生中許多重要的篇章，都是以皺皺的床單作為開始和結束。所有女人，無論是否將成為妻子或前妻，都在臥房裡討價還價、爭取利益。

孩子歸我。

我們六月在鄉村俱樂部結婚。

度假屋歸我。

幫我付帳單，不然我去和你老婆告狀。

他看了薇若妮卡一眼，她正在解釋如何用吹氣管為救生衣充氣。他想，要是我娶的女人身上多一點肉，說不定她們就不會這麼快離開我了。

空服員笑吟吟說：「請容我提醒各位，本班機全面禁菸。若您有任何問題，請隨時聯絡我們的服務人員。謹代表三一航空，祝各位——」她拉長尾音，讓這句話像氣泡一樣飄出去。「——旅途愉快。」

薇若妮卡離開，少了注目的焦點，乘客紛紛拿起書本或雜誌，有些人則閉上眼睛。風扇的嘶嘶噪音變得更大聲，讓大家覺得很不舒服，一方面是因為來自上方，另一方面則是因為伴隨著一波波冷空氣。

珍恩・艾德勒拉緊毛衣禦寒，窩進內疚的自責中，她竟然沒有在出發前完成這份劇本。她討厭搭飛機，現在她卻不得不和家人分開坐。她想著，這是懲罰，因為我太怠惰，因為我逃避現實，因為我接下這份瘋狂的工作。多年來，她一直在紐約為電視影集寫劇本，那份工作最大的好處就是不用出遠門。現在她卻為了另一次機會、另一份工作，搭上另一架飛機。

她跟隨思緒走上熟悉的道路。當她感到焦慮時，總會回顧人生片段，彷彿想說服自己相信她有過去。她曾經創造許多回憶，由此可證，她未來也會創造更多回憶。她和妹妹在加拿大平坦的沙灘上奔跑；她和爸爸坐在廚房餐桌旁，安靜和諧地閱讀同一份報紙；大學的舞會上，她喝了太多的香檳，不得不在公園隨地便溺；她在西村的街角看著布魯斯，他皺眉專注思索；生小兒子的時候，她不用藥物止痛，躺在一缸熱水中，肺部發出像牛叫的聲音，令她非常驚奇。她從小最喜歡的七本小說，她的妹妹淘蒂莉，還有那件每逢重要場合必穿的小禮服，因為那件衣服讓她看起來顯瘦又體面，還有外婆噘起嘴送出飛吻，樂呵呵地打招呼說「哈囉、哈囉」。

珍恩一一回味那所有大小事，有的平淡無奇、有的意義深遠，盡可能讓自己從現實中抽離，不去想自己在哪裡，又要去什麼地方。她的手指自動找到鎖骨下方的點，那裡有一個形狀像彗星的胎記，她用力按下，這是她從小就有的習慣。她按著胎記，彷彿與真實的自己溝通。她按下胎記，用力到痛。

克里斯賓望著窗外。紐約的醫生保證，去洛杉磯的那家專門醫院治療絕對值得。既然是紐約最厲害的醫生，應該也是世界最厲害的醫生吧？紐約的醫生說，那邊非常瞭解這種癌症，他們會讓你用實驗藥物。醫生眼眸中的光彩他非常熟悉，他們不希望他死，不希望他被打敗，因為要是他輸了，就表示有一天他們也會被打敗。偉大的人一定要戰鬥，絕不可以退敗，要像熊熊烈火一樣燃燒。克里斯賓點頭，因為他絕對會打倒這個可笑的疾病，毫無疑問，區區癌症休想讓他屈服。不過，一個月前，他染上病毒，導致體力大幅下降，讓他心中充滿憂慮。他腦中響起另一個聲音，預期悲觀的結局，讓他質疑自己之前是否過度自信。病毒過去了，但焦慮沒有解除。在那之後，他幾乎足不出戶。醫生打電話來，要他在出發前先去醫院再驗一次血，克里斯賓推說沒空，其實他只是擔心驗血的結果會反映出他的真實感受。面對這種擅自到來的不安，他唯一的讓步就是雇用一名看護陪他搭飛機，他不想一個人在天空。

布魯斯．艾德勒看著兩個兒子，他們的表情讓他無法解讀。他腦中浮現熟悉的念頭是，他太老了，離青春太遙遠，無法瞭解他們。幾天前，他們在最喜歡的中國餐廳候位，布魯斯看見喬登注意到一個女孩，她和家人一起去吃飯。兩個少年男女歪頭對看了片刻，然後喬登的整張臉笑開了，簡直像從中間裂成兩半。他彷彿將自己的一切獻給那個陌生女孩，不論是他的歡喜、他的愛、他的頭腦，及他全部的注意力。他看那個女孩的表情很特別，儘管布魯斯從他小時候就天天觀察他，卻從不曾看過，他甚至不知道兒子有這種表情。

班傑明在狹窄的座位上動了動，他真希望能走進那扇密封的門，進入駕駛艙。飛行員的語言很類似軍人，俐落精準地使用代碼。只要聽他們進行起飛的準備工作幾分鐘，一定可以讓緊繃的胸口放鬆。他不喜歡四周的瑣碎閒聊和鼾聲，一般民眾的舉止毫無章法，讓他覺得很煩。坐在他旁邊的白人女士身上有股雞蛋味，她已經問了他兩次，之前是在伊拉克還是「另外那個什麼地方」。

琳達想要躲開巨大的佛羅里達，又不想碰到另一邊熟睡的乘客，只好扭動身體，彷佛進行怪異又艱辛的腹部運動。她覺得自己像比薩斜塔，歪斜著身體，後悔剛才沒有多買幾包巧克力。她想著，等到了加州，和蓋瑞在一起時，我要吃更多東西，這念頭讓她振作起來。從十二歲開始，她就一直在節食，在這一刻之前她不曾想過要放棄。她一向認為維持纖瘦身材非常重要，但其實並非如此重要？她試著想像自己豐滿、性感的模樣。

佛羅里達又開始唱歌，但聲音發自胸口非常深的地方，而且音量很低，所以感覺像嗡鳴。彷佛受到她的歌聲感染，飛機引擎啟動，發出單調的聲響。機艙門真空密封，飛機抖動傾斜，佛羅里達低聲哼唱。她有如旋律噴泉，噴濕附近的人。琳達緊抓住扶手，飛機漸漸加速，喬登與艾迪雖然在冷戰，但肩膀靠在一起以尋求安慰。拿著書報雜誌的乘客們都沒有在讀，閉著眼睛的人也沒有在睡。飛機起飛時，所有人都清楚感受到。

二〇一三年六月十二日・傍晚

國家運輸安全委員會的「外勤隊」抵達時，距離事故發生已經過了七個小時——這是交通必須的時間，他們從華府飛往丹佛市，然後租車前往科羅拉多州北方平原上的小鎮。因為夏季日照時間很長，他們抵達現場時還沒天黑。他們現在只是來看看現場的狀況，簡單做個開頭。

鎮長在現場迎接國家運輸安全調查委員會的組長，他們站在一起讓媒體拍照。鎮長（同時也是簿記員，因為小鎮負擔不起全職員工）除了握手的時候，一直將手藏在口袋裡，以免被看出在發抖。

警方拉起封鎖線，運安會的調查人員穿上橘色防護衣和面罩，爬上飛機殘骸，四處走來走去。這片土地四面八方都很平坦，表面燒焦，有如烤到焦黑的吐司。火已經滅了，但空氣依然很熱。飛機劃過一片樹林，插進土中。調查小組的人彼此安慰，至少這裡不是住宅區，真是不幸中的大幸。沒有地面人員受傷，除了座椅、行李、金屬、殘骸，他們只發現兩頭支離破碎的牛及一隻死鳥。

事故發生後二十四小時內，罹難者家屬搭機或駕車抵達丹佛市。市區的萬豪酒店特別為他們保留了幾個樓層。六月十三日下午五點，運輸安全委員會的發言人，一個臉上有痘疤、態度溫和的男子，在酒店宴會廳向家屬與媒體發表最新消息。

家屬坐在摺疊椅上，他們傾身向前，彷彿肩膀的皮膚也有聽覺；他們低著頭，彷彿頭皮毛囊能接收到身體其他部分無法感知的訊息。毛孔張開、手指攤開，他們專注聆聽，彷彿希望在數據中找到較不殘酷的美好真相。

宴會廳後方放著精美的花飾，但沒有人看。巨大花瓶裡插著紅色和粉紅色的牡丹花，白色百合串成瀑布。這是昨晚婚宴留下的裝飾，那樣的香氣讓好幾個家屬終身無法走進花店。

媒體站在另一邊，訪問時避免與家屬視線接觸，各自發展出不同的小動作：有個人不停抓手臂，彷彿碰到毒漆籐；一位現場連線的記者不斷地整理頭髮。他們透過現場連線或電子郵件傳送即時消息，焦點主要放在「知名」乘客身上：一位白手起家、建立事業帝國的塑膠業大亨，因為採用自動化系統而導致數千名員工失業；一位華爾街青年才俊，身價大約一億四百萬；一位美國陸軍士兵，還有三位大學教授、一位民權鬥士、一位劇作家，曾經為《法網遊龍》撰寫劇本。他們將資料灌進數百張嘴裡，這條新聞擄獲了全世界的注意，網路的每個角落都積極參與。

一位記者在鏡頭前舉起一份《紐約時報》，讓觀眾看大篇幅頭版頭條，通常只有總統選舉或登月成功才會占據這麼大的版面，上面寫著「墜機事故導致一九一人罹難，一人倖存」。

記者會即將結束時，家屬只有一個問題，他們迫不及待，彷彿那是黑暗中的一扇窗。「那個孩子還好嗎？」

完好的機身殘骸將送去運安會在維吉尼亞州的實驗室，他們將在那裡拼湊出謎團的答案。目前正在搜索黑盒子，率領團隊的是一位六十歲的女調查員，她是這方面的傳奇人物，「唐納文」這個名號對圈內人而言如雷貫耳，她確信一定能找到。

以她這種經驗老到的專家看來，這個現場並不複雜。碎片散落方圓半英里的範圍，沒有水體，也沒有沼澤濕地，只有實在的土地和雜草，東西絕不會永遠消失或不見，全都在能找到的地方。現場四處是焦黑的金屬、從中間斷裂的座椅，及碎玻璃。有很多屍塊，但沒有完整的遺體。如此一來，很容易就能忽視人的血肉，就專注在金屬上。這個謎團肯定有道理，只要專注在這個事實上就好。唐納文的小組中男女都有，他們的專業生涯都在等候慘劇發生。他們鞭策自我，在口罩下抿起嘴唇，記錄數據、蒐集證據。

◆

幾天後，萬豪酒店保留的房間全部空出來，家屬離開了，媒體不再每天播報新消息。運安會的小組找到黑盒子，回到維吉尼亞州，他們宣布將在三週後公布初步分析報告，並且將在大約半年後於華府舉行公聽會說明相關證據。

新聞報導的範圍擴大，許多聚焦在孩子的阿姨和姨丈身上，他們從紐澤西飛來領養他。蕾西·寇帝斯，三十九歲，是珍恩·艾德勒的妹妹，也是那孩子僅存的血親。照片中的女子有著淺色頭髮，許多雀斑，臉頰圓潤，笑容很拘謹，媒體只知道她是家庭主婦。她的丈夫，約翰·寇帝斯，四十一歲，電腦工程師，為當地企業提供諮詢服務。他們沒有子女。

大家依舊想要知道墜機相關訊息，任何人、任何事都好，於是電視名嘴和網路權威持續發表各種揣測：是機師喝醉了嗎？飛機故障嗎？真的百分之百確定不是恐怖攻擊？是否有乘客發狂衝進駕駛艙？是因為大雷雨嗎？Google分析顯示，飛機失事過後一週，墜機相關消息占了美國網路搜尋總量的五成三。一個老主播無奈質疑說道：「世上每天都有那麼多可怕的新聞，為何我們如此關注一架墜毀的飛機和這個孩子？」

他住院一星期了。一位拄著楞杖的女士走進病房，她是丹佛醫院的公關主管，醫療之外的其他消息都由她負責轉達家屬。

「蘇珊。」約翰·寇帝斯打招呼。他高個子、禿頭，膚色蒼白、肚子突出，看得出來他人生大半時間都坐在電腦螢幕前。

「他今天有沒有說話？」

蕾西搖頭，她氣色很差，衣服上有塊咖啡漬。

「自從我們告訴他之後，他就沒有開口說過話。」蕾西說

「你們決定好了嗎？我們要稱呼他『艾迪』還是『艾德華』？」蘇珊問。

約翰轉頭看妻子，他們有著相同的表情，憔悴疲憊。自從接到電話通知之後，他們連續幾天睡不到一個小時，疲累現在全寫在臉上。墜機發生時，蕾西已經和約翰冷戰兩、三天了，因為她想繼續努力懷孕，但他不願意。現在爭吵、冷戰感覺都毫無意義了，他們從日常人生的馬背上甩落。他們的外甥躺在他們面前，遍體鱗傷，而他現在已是他們的責任。

「這名字是給陌生人用，對吧？」蕾西說。「他們不認識他，也不認識我們。媒體用他的正式全名好了，艾德華。」

「不要用艾迪。」約翰說。

「好。」蘇珊說。

艾德華（從此以後這就是他的名字了）在睡覺，也可能只是裝睡。病房裡的三個大人看著他，彷彿第一次見到他。他頭上纏著繃帶，濃密的亂髮從縫隙跑出來。他的膚色慘白，黑眼圈很深。他瘦了很多，感覺很小，不像十二歲。他胸口的紫色瘀血蔓延到病

人袍的寬鬆領口上方。他的兩條腿都打了石膏，但右腿用牽引器吊起。他穿著橘色襪子，是在醫院紀念品店買的。腳底有白色的「丹佛」字樣。

艾德華的一隻手臂壓著一個柔軟的大象玩偶，蕾西每次看都覺得難過。飛機失事隔天晚上，受雇將艾德勒家行李運送到美國另一端的搬家公司，特地把車停在奧馬哈的一家旅館。他們在停車場拆卸行李，把所有箱子放在柏油路上。他們打開標注「艾迪臥房」的箱子，找出那個大象玩偶郵寄到丹佛醫院，他們附上一張紙條，寫著「我們認為那孩子可能想要這個。」

蘇珊說：「現在他的傷勢穩定了，我們計畫兩天後讓他上飛機，有人免費提供私人飛機運送，這樣你們就可以一起在飛機上陪他。」

「大家都這麼好心！」蕾絲說完就臉紅了。她有太多雀斑，所以臉紅只是讓雀斑連成一片。她養成了一個新習慣，長滿雀斑的雙手不停互捏，彷彿只要重複這個動作，就能改變難以接受的現實。

「還有幾件事。」蘇珊說，靠在枴杖上。「你們最近有上網嗎？」

「沒有，不算有吧。」約翰說。

「好，我想讓你們知道一下，臉書出現好幾個與失事班機或艾德華相關的專頁。還有人設立了一個推特帳號，名稱是『奇蹟男孩』，用了艾德華的照片當頭貼，但已經換掉了。」

約翰與蕾西怔怔看著她。

「大部分的內容都正面。」蘇珊說。「致哀、同情，那一類的留言。你們兩位都上過新聞，因為大家很想知道是怎樣的人領養艾德華，我只是希望你們不要突然看到時嚇了一跳。」

「大部分的內容？」蕾西說。

「酸民。」約翰說。

「酸民？」蕾西的眼睛瞪大到誇張的程度。

「那些在網路上寫惡劣留言的人，故意刺激別人做出情緒化回應。他們的目的就是激怒別人，越多人被激怒，代表他們越成功。」約翰說。

蕾西皺起鼻子。

「有些人認為那是一種藝術型態。」約翰說。

蘇珊發出幾乎聽不見的嘆息。「在你們離開之前，我擔心可能沒有機會詳談了，所以想先提醒你們，會有很多專打人身傷害和飛行事故官司的律師去找你們，他們恐怕會像禿鷹一樣糾纏你們。不過，事故過後四十五天內，法律規定他們不得和你們接觸。如果有人去找你們，請不要理會，你們甚至可以提告。提醒你們，所有醫療相關費用都由航空公司負責支付，所以不必急於和解。你們會先拿到社會安全保險的死亡給付，如果艾德華的父母有買保險，接著也會得到理賠，其他部分則需要時間處理，希望你們不要被輕易說服，認為有必要就採取法律行動。」

「好。」蕾西說，但顯然沒有仔細聽。角落的電視機關靜音，但螢幕底端的跑馬燈寫著「奇蹟男孩將轉往親戚家附近的醫院」。

「人有時候真的很壞。」蘇珊說。

艾德華在床上動了動。他轉頭，露出瘀血的光滑臉頰。

她接著說：「有些罹難乘客的家屬想見艾德華，但我們擋掉了。」

「老天爺，他們為什麼想見他？」約翰說。

蘇珊聳肩。「或許因為他們親友在世時，艾德華是最後一個見到他們的人。」

約翰的喉嚨發出怪聲音。

「很抱歉。」蘇珊說，她的臉紅了。「我的說法似乎不太妥當。」

蕾西坐在窗邊的椅子上，一束陽光照亮她疲憊的臉龐，形成光圈。

「還有一件事，總統會打電話來。」蘇珊說。

「總統？」

「總統本人，現任的美國總統。」

約翰大笑，對著病房特殊的空氣爆出一下笑聲。房裡盡是緊繃的空氣，等待床上那孩子開口的空氣，讓所有人一進來就安靜的空氣，區隔罹難者與倖存者的空氣。

蕾西伸手撥弄很久沒洗的頭髮，約翰說：「蕾蕾，他打電話來也不會看見妳。」

通話時間接近，護士抽血、檢查生命徵象，藉此喚醒艾德華。

「有我在，約翰姨丈也在。」蕾西說。

艾德華的臉皺成一團。

蕾西一陣慌亂。他是不是很痛？然後才領悟到他想做什麼：他想擠出微笑，讓她高興一些。

「不用這樣。」她輕聲說，接著對著病房裡的其他人說：「準備好接電話了嗎？」

她一轉過身，艾德華立刻失去他硬擠的笑容。

他們特地在床邊裝了一臺全新的電話，蘇珊按下通話鍵。

「艾德華？」那個聲音很低沉，迴盪在整間病房。

在四周的大人眼中，病床上的孩子瘦小又滿身傷痛。「是的，總統先生。」

「小朋友……」總統停頓一下。「無論是我，或是任何人，現在說什麼對你都毫無意義。你經歷過的事，我無從想像。」

艾德華的眼睛大而無神。

「我想告訴你，全國上下都很遺憾你痛失親人，我們都在為你加油，希望你能度過難關。孩子，我們都在為你加油。」

蕾西推推艾德華的手臂，但艾德華沒有說話。

那個低沉的聲音再次重複那句話，彷彿相信重複能帶來什麼效果。

「全國都在為你加油。」

前往紐澤西的飛機上，艾德華不發一語，就連在救護車上也一樣。這輛救護車特地將車窗貼黑，以免記者偷拍。住進紐澤西的醫院之後的整整兩週，除了醫療必要的對話之外，他完全不開口。他的肺恢復正常，右腿也不必繼續用牽引器。

「你康復的狀況很理想。」一位醫生對艾德華說。

「我一直聽到喀喀聲。」

醫生臉色大變，他內心的醫療轉盤轉動，判斷會是什麼問題。「你聽到那個聲音多久了？」

艾德華略微思索。「從醒來以後。」

他們找來神經科醫生，醫生下令進行全新的檢查，也對艾德華的頭部做了磁振造影。他有一對白眉毛，但沒有鬍子和頭髮，他每天都一手捧住艾德華的臉，深深望進他的眼眸，彷彿裡面藏著只有他能解讀的祕密。

神經科醫生叫蕾西和約翰去走廊談話，他說：「老實說，那孩子受到很大的創傷，大量撞擊、高速墜落，然後又猛然停止，如果有十個人經歷同樣的事，十個人都會出現不同的症狀。」他揚起白眉毛作為強調。「我們目前使用的評估工具都不適用於腦部創傷，所以我無法準確告訴你們艾德華目前發生了什麼事，以後又會發生什麼事。」他看著蕾西。「想像一下，我抓住妳的肩膀。以最大的力氣搖晃著，在我放手之後，或許妳身上不會有傷，不會有肌肉拉傷之類的，但妳的身體會感受到創傷。對吧？艾德華現在就是這樣。接下來幾個月，甚至幾年，他可能會出現許多不同的症狀，像是抑鬱、焦慮、恐慌等，他的平衡感、聽覺，及嗅覺都可能受到影響。」醫生又看了看手錶。「有什麼問題嗎？」

約翰與蕾西對看一眼，一切彷彿碎裂散落在他們腳邊，就連語言也一樣。有什麼問題嗎？

最後，約翰說：「目前沒有。」蕾西也跟著搖頭。

半夜時，護士叫醒艾德華量血壓和體溫，她問：「你還好嗎？」光頭醫生的第一句話永遠是：「還會痛嗎？」阿姨每天早上來的時候，會先撥開他前額的頭髮，然後低聲問：「你感覺怎樣？」

艾德華無法回答那些問題，他無法思考自己的感受，打開那扇門太危險。他盡可能迴避思緒與情緒，有如繞過房間裡的家具。護士把電視轉到卡通頻道，他就看。他的嘴巴總是很乾，喀喀聲出現又消失。有時候他醒著，卻又不像醒著，不知不覺幾個小時就消失了，上一刻他腿上還放著早餐托盤，下一刻天就快黑了。

他不喜歡每天例行的散步時間，其實那不是真的散步，因為他坐輪椅。「你得呼吸新鮮空氣。」週一到週五，綁黑人髮辮的護士會這麼對他說。週末的護士留著很長的金髮，幾乎要碰到臀部了，她什麼都不會說，只是把他搬上輪椅，然後推他離開病房。

那些人都在病房外面等，走廊上擠滿了人。住院的病患，有的人像他一樣坐輪椅，有的人虛弱地靠在門口。護士努力將他們趕回病房。一位男護士大聲說：「不要擋住走道，這是消防走道。給孩子一點空間。」

一位老先生在胸前劃個十字架，一位插著點滴的深色皮膚女士也一樣。一個和喬登年紀相仿的紅髮青少年對他點頭，眼神充滿好奇。這麼多雙眼睛盯著艾德華，場面彷彿畢卡索的畫，滿是數百個眼球，散亂的四肢，及不同的髮型。他經過時，一位老太太伸手摸摸他的手。「上帝保佑了你。」

最討厭的是哭泣。艾德華盡可能不看，但他們響亮的啜泣有如管風琴，吸光所有空氣。這種感覺很不舒服，他們將情緒推給他，但他自己的悲傷與恐懼那麼巨大，根本無從逃避。那些陌生人的眼淚刺痛他受傷的皮膚。他的耳朵不停喀喀響，那些人用手帕按住嘴，護士終於把輪椅推到走道盡頭，自動門打開，他們出去。他低頭望著受傷的雙腿，以免抬頭看見殺人的天空。

艾德華傷勢比較輕的那條腿可以承受體重了，這表示他可以用枴杖走路，醫生准許他出院。他的頭和肋骨都痊癒了，胸口和雙腿的瘀血變成黃色，不再是紫色。醫護人員聚集在他的病房歡送，這時艾德華才發現他不知道他們的名字。他們的胸口別著名牌，但閱讀會讓他頭疼，他很想知道這是不是另一個症狀。或許，他再也無法將臉和名字對在一起，他只會記得那些在墜機前認識的人。這個想法帶來莫名的安慰，他和光頭醫生、金髮護士握手，還有那個綁辮子的護士。

他在醫院大門口從輪椅上站起來，接過枴杖。他緩緩走向車子，蕾西與約翰在他的左右。他以全新的方式看待阿姨和姨丈。上次見到他們是聖誕節，他們兩家約在曼哈頓的一家餐廳聚餐。他記得，他聽著爸爸和姨丈討論新的電腦程式語言，他坐在媽媽和蕾西中間，因為太無聊，於是用餐具和餐巾建造房子。媽媽和阿姨聊著一個又一個感覺毫無重點的話題：鄰居、蕾西每年一次用加拿大產的罕見莓果做冰淇淋，及媽媽那部影集裡的帥哥演員。

如果有人問艾德華愛不愛阿姨和姨丈，他會說「愛」。但是，他一直很清楚，他們來紐約不是為了他，也不是為了喬登。大人的聚會是為了大人，聚餐是為了讓媽媽和阿姨淚汪汪地擁抱道別，貼著對方的頭髮給予承諾，「以後要常見面喔」。那一次的早午餐歷歷在目，哥哥坐在對面，雙手立成金字塔狀，聽著爸爸和約翰談論科技，一直要找機會加入，彷彿他也是大人。想起哥哥讓他太痛苦，艾德華眼前一片黑，他差點摔倒。

「小心。」約翰說。

「再見，艾德華。」許多聲音說。

「祝你順利，艾德華。」

一輛車在他前面打開車門。這時他才看見，車子另一邊的遠處，即馬路的對面，正聚集著一小群人，他納悶這些人為什麼站在那裡。然後，人群中有人大喊艾德華的名字，其他人發現他轉頭過去，紛紛拍手、揮手。一個小女孩高舉一張海報，他仔細看了一下，忍著頭痛，看出上面寫著「堅強」，旁邊還有寫著「奇蹟男孩」的標語立牌。

「真不知道他們怎麼查到你今天出院，所有文件都沒寫日期。」約翰說。

蕾西搓搓他的手臂，因為他只能勉強維持平衡，所以這個動作差點害他摔倒。

「他們好像以為我是名人。」

「你是名人，算是啦。」約翰說。

「我們走吧。」蕾西說。

他們上車駛離，經過那群揮手、拿海報的人。艾德華透過車窗看著他們，他稍微揮揮手，一個男人興奮揮拳，彷彿一直在等艾德華揮手。艾德華的耳朵再次喀喀作響，很像練鋼琴用的節拍器。他往後靠，聆聽身體的聲音，印象中以前沒有這樣被聲音入侵過。響亮的喀喀聲底下，有個比較模糊、凌亂的聲音——他的心跳。

車子開向阿姨家，艾德華從小到現在只來過幾次，而且每次都和爸媽、哥哥一起。以後他要住在這裡了，怎麼會這樣？他努力回想，阿姨和姨丈居住的這個鎮叫什麼名字。他看著車輛與樹木從車窗外飛逝而過，車速好像太快，他正要說的時候，突然看到一座墓園。事發以來他第一次想到，不知道那些遺體怎麼了。

他冒出冷汗。「拜託停車。」

約翰急忙轉向高速公路邊緣，艾德華打開車門，身體探出車外，嘔吐在灰色地面上，看來是燕麥粥和柳橙汁。旁邊有車輛奔馳而過，蕾西揉揉他的背。每當她的臉不在眼前時，他都會假裝她是媽媽，現在也一樣。

他吐個不停，身體收縮，釋放。

他聽見她說：「每次護士對你說『你很快就會好起來』，都會讓我覺得很不高興。」蕾西的聲音比媽媽尖一些，她又變回阿姨了。「你當然不好。艾德華，你聽到了嗎？你聽見我說的話嗎？你一點也不好，這整件事都不好。」

他的身體停住，他不確定激烈嘔吐是否會持續。他察覺嘔吐停止了，他的身體排出所有東西，空空地悸動著，他坐正，他點頭。不知為何，蕾西的那番話，加上那個點頭的動作，打破了他們三人之間的緊繃空氣，帶來一種解放的意味。他們有了新起點，儘管那是慘到難以想像的起點。

上午九點〇五分

窗外可以看到曼哈頓高聳入雲的摩天大樓，自由女神高舉右臂，大橋橫過河面。乘客紛紛調整座位，想找出還算舒服的姿勢，讓他們能在空中坐上六個小時，不論是解開襯衫領口的鈕釦、脫掉鞋子，能夠隨時隨地秒睡的乘客立刻發揮這項天賦，反正沒必要保持清醒。在地面上，人使用身體，但是在飛機上，人的尺寸、體型、力量反而會造成不便。每個人都得各自設法收納身體，盡量找出能容忍的方式，撐過飛行的時間。

佛羅里達的視線越過琳達和蒙著藍圍巾熟睡的女子。在飛機進入雲層之前，她很想看紐約市最後一眼。不同的地方有不同的能量，對她而言紐約是亮片眼影、是巴斯奇亞[2]的塗鴉，也是擁有遠大夢想的陌生人。她看到自己在酒吧跳舞，漫步走在喧鬧的街頭，男人色瞇瞇地讚美她的身材，生活在那個五光十色城市的期間，她盡其所能擰出所有生命力。

二十多歲到三十歲出頭的那段時間，佛羅里達住在紐約，但她從不會回顧特定的一段時期，她必須全部一起想，一層又一層的回憶，有如滋味堆疊的墨西哥沾醬。在不同的身體裡，她活過很多段人生，因此她的回憶有如汪洋——她經常泅泳其中。有一次，她試著計算活過多少種不同的人生，但數到十三的時候，她因為無聊而放棄了。有些人生她只是直接「踏入」，也就是進入別人的身體，那些人因為肉體創傷導致靈魂離去（例如遭遇車禍而昏迷），或是自殺未遂。踏入人生非常刺激，所以她最喜歡這種方式。醒來時，身在成年的身體裡，浸潤在別人的氣場中，沒有什麼比得上那種感覺。每當她以傳統的方式轉生，以嬰兒的姿態進入新人生，她都會感到有點失望，例如現在的這段人生。

飛機上升，佛羅里達想起最近參與的一場婚禮，發生在短短七年前。場地在佛蒙特州，她和巴比剛買下一塊土地，有二十多位朋友前來觀禮。那塊地面積五英畝，當時還沒有開發，一片青草原連著小溪，遠處有一片森林。他們才剛開始規劃——巴比全權負責，但這個決定讓她很後悔——再過幾個月，他們的家才會開始動工興建。佛羅里達的朋友們從紐約東村去到那裡，他們搭了一個帳篷，掛上聖誕燈，請了當地的樂團來表演。在朦朧的藍光下，他們隨著菲律賓音樂跳舞。佛羅里達喝紅酒，擺動胸部、臀部，甩頭髮，牽著丈夫的手跟著一起唱。那個夜晚很神奇，每個人的臉龐及心靈都閃耀幸福，佛羅里達覺得自己彷彿由愛編織而成。

現在，擠在飛機座位裡的她，回想當初不由得嘆息。她感覺到飛機起飛了，她看琳達一眼，她閉著眼睛。她很清楚這樣的對比有多諷刺，眼前這個年輕女人搭機奔向未來的丈夫，佛羅里達卻是搭機逃離現在的丈夫。

飛機升高到三萬英尺，馬克・萊西歐想起昨晚發生的事，在這之前，他因為爛醉斷片而完全不記得。他在夜店幫一個好哥們慶生（其實也不算好哥們，只是同事），眼前他忽然看到的前女友。這是最近期的一位前女友，她討厭夜店、討厭跳舞，但事實上她最擅長討厭所有東西。她是債券交易業務員，但比起工作，她更擅長討厭。這是她和馬克之間的共通之處，互相抱怨討厭的事讓他們很愉快。性愛之後，他們會躺在床上輪流

2　巴斯奇亞（Jean-Michel Basquiat，1960-1988），以紐約塗鴉藝術聞名世異的美國藝術家，至今仍深深影響當代藝術。

抱怨，數落朋友、同事、上司、政治人物、家人，所有人。那是這段關係中最棒的部分——有種孩子氣的痛快，就像坐著雪橇滑下山坡——他的心理醫生堅持說這樣很不健康，這讓馬克真心感到失望。

他看到前女友，一秒過後她也發現他上司。她站在遠處的牆邊，他們之間隔著一大群人，有的在跳舞、有的在親熱，重節奏音樂非常大聲，刻意以強烈震動讓言語從腦中消失。他根本不該來這裡的，他很努力戒毒，但這裡的空氣中瀰漫可惡的古柯鹼氣味，是強烈刺鼻的酸味，有如切開的檸檬。馬克觀察她的表情，一個問題在他心中擴張：我們曾經愛過吧？或許有吧？真的有嗎？

她對上他的雙眼，她的眼睛顏色很深，幾乎是黑色。她搖頭，用嘴形說「不」。

他用嘴形說「去妳的」，然後開始跳舞，他已經很少跳舞了。一開始他抓不到節拍，不得不配合震耳欲聾的音樂調整舞步。他將雙手高舉過頭，踮起腳尖上下彈跳，人群大聲跟著唱副歌，雖然他聽不清楚歌詞，但也跟著狂吼。站在他旁邊的男子驚愕地看他一眼，然後露出大大的笑容，他們舉手擊掌。

廣播系統傳來薇若妮卡的聲音，馬克拉長脖子想找她，但連影子都看不見。她宣布說飛機抵達規定高度，可以使用符合規定的電子設備。他拿出座位前口袋裡的筆電，坐在他身旁的女人也同時拿出她的筆電。他們對看一眼，無力微笑。

「要趕死線。」她說。

「要是沒有死線，人生就不是人生了。」

她皺起臉來，似乎認真地思考他的話，但這讓他覺得心煩。

「嗯。」她說。

馬克不想繼續講話，但他也想讓這位太太知道，他掌握一切。他說：「妳有兩個兒子，我剛才和你們一起排隊等安檢。」

鄰座女子年紀大約四十五歲，沒有比他大很多，但顯然是截然不同的出身背景，很可能住在郊區，絕對過著養兒育女的婚姻生活，那種生活對他而言簡直是另一個星球。

她似乎吃了一驚，瞇起眼看著完成開機的筆電。「沒錯。」

「我有個弟弟。」他說，然後心裡想，難怪了，這位太太感覺有點像媽，那兩個孩子很像我和傑克斯。他回憶起，全家人曾搭機去探望祖父母，他和傑克斯會打來打去，分著吃一條 Twix 巧克力棒。媽媽感覺壓力很大，就像這位太太一樣，但小時候他都不懂為什麼，直到他長大，自己也變得像快炸開的悶燒鍋後，他才終於明白。他的媽媽，薄薄的嘴唇很少開口說話，總是感覺想要轉身避開他，在他十八歲那年，她服用過量的安眠藥，再也沒有醒來。

「我因為要趕工，所以沒辦法和孩子坐在一起。」那個女人說。

馬克認為這句話在暗示要他別再搭話。於是轉頭看自己的電腦螢幕，上面顯示詳細的圖表，分析市場走向、虧損、指數變化。他瀏覽一下期貨超短線交易。他研究標普指數、芝加哥商業交易所期貨、最新出價。他在尋找每天、每分鐘都在尋找的東西：除了他沒人能發現的良機。

琳達將雙手伸進皮包，把驗孕棒塞進袖子裡，等到再也忍不住時，她才請佛羅里達借過，讓她出去。

「妳要上廁所？」她問。

佛羅里達站起來，衣服發出鈴鐺的聲響。她站在走道上，琳達側身擠過去。她匆忙走向洗手間，不小心和坐在走道旁的士兵對上眼。

「嗨。」琳達說，感覺像在尖聲說話而非打招呼。

他舉起一隻巨大的手致意，經過他身邊時，她感覺比剛才起身時更慌張。洗手間外面有幾個人排隊，她跟著加入。前方的男孩側身站著，他個子很高，頭髮蓬亂，之前她看到他被海關搜身。他戴著耳機，隨著聽不見的音樂微微扭動。他轉動肩膀，儘管動作很小，但那種無拘無束的感覺讓琳達心中某處刺痛。他長得有點像她以前交往過的男生，是她的前幾任。她想起，曾經撫摸過那樣的亂髮，但她很快揮走記憶，因為這少年肯定未成年。看到他被搜身時，她想著，為什麼不直接過掃描器就好？她從來不理解那些堅持理念的人。即使安檢機器毫無意義，那又怎樣？值得因此引起騷動，給負責的人添麻煩嗎？說到底，機場並不會因為一個少年的意見就更換安檢系統，她不懂這樣堅持有什麼好處。

她撥弄袖子，感覺塑膠包裝發出細微的聲響。念高中的時候，她會將小抄藏在這裡。她很想知道，右手臂上面那塊皮膚，是否已經受夠了反覆見證她的失敗。

「阿姨，妳還好嗎？」前面的少年問。

「我嗎？喔？」琳達很想知道她到底做出何種表情，竟讓一個少年跳離自己的世界，她努力撫平五官。

「你不用叫我阿姨。」她說。「我才二十五歲。」但話剛說出口，她便察覺到，對於這個少年而言，二十五歲已經很老了，絕對值得尊稱一聲阿姨。

少年客氣微笑，走進空出來的洗手間。

二十五歲其實還很年輕，她看著關上的門想著。

琳達十幾歲的時候，她和姊妹淘認定女生一定要在二十五歲之前結婚。蓋瑞三十三歲，這樣的年齡差距很完美。男人比女人晚熟，到了三十三歲，他和夠多的女人睡過了（他說九個，但她猜實際數字應該更多），已經可以定下來了。她也和夠多的男人睡過（十六個），也足以讓她永遠不想再和其他男人上床。九號男人在高潮時用香菸燙她；十一號男人劈腿，對象是高中數學老師，而且還是個男的；十五號將用來繳房租的錢拿去買冰毒。只有十三號男人有固定工作及銀行存款，但他喜歡以挑剔來表達愛意：她的生日禮物是化妝品，而聖誕節禮物是減肥藥。她在情人節前和他分手，但這段感情留下後遺症，讓她懷疑自己的一切。

有一個洗手間空出來，琳達急忙進去，她關門、上鎖，頂端的日光燈點亮。裡面只有一個地方能站，就是馬桶與洗手臺上的小鏡子之間。她從袖子裡拿出驗孕棒，咬住頂端，用力一扯，撕開外包裝。

她脫下白長褲，然後脫下內褲，跨在馬桶上，一手伸到雙腿之間。她做一個深呼吸，然後尿出來，希望有對準驗孕棒。她記得那個少年對海關說，他不喜歡過掃描器時的姿勢——他好像說什麼讓人感到低下無能之類的？——她很想知道，他對這個姿勢有什麼意見。她的大腿發抖著，飛機也在抖動著。

在頭等艙，克里斯賓·考克斯盡可能忽視他的腹部抽痛。為了不去想有多痛，他想著第一任妻子露易莎，她不知道什麼叫放棄。只要想起她，他腦中就會浮現「不知道什麼叫放棄」這句話。他們離婚已三十九年了，比婚姻維持的時間長很多。然而，每隔幾年，她的律師就會聯絡他的律師，編一些爛藉口向他要更多東西，更多的錢、更多股票，及更多不動產。有時候會說是要給孩子的，有時候是她自己要的，但最要命的是，她至少有一半的機率會贏得官司。

坐在他旁邊的看護說：「考克斯先生，醫生說你狀況很穩定，不過你好像很痛。可以用一到十描述疼痛程度嗎？」

「我沒事，再給我一顆藥就好。」克里斯賓說。

為什麼他能如此清楚地記得露易莎？和她在小卡羅餐廳吃飯的那天晚上，他們所講的每句話他都記得，她總是將頭髮弄成他喜歡的樣式，穿著孔雀綠的連身裙——然而，他想不起來他們度蜜月的地點，也想不起來最小的兒子做什麼工作，就是很開朗、像小松鼠一樣的那個兒子啊？他的人生就在那裡，所有人物都在場，只是他的記憶常被飄來的雲朵擋住。他看到的事、想起的事，每個鐘頭都不一樣。

看護將一顆藥丸放在他手心的中央。

他說：「不要再那樣看我。」

「我只是想做好我的工作。」

「對極了，妳看我的眼神就是把我當成該死的工作。我不是別人的工作——從來不是、永遠不是。妳這個蠢驢腦袋聽得懂嗎？」他說。

看護低下頭，彷彿她的腳突然著火，她需要察看火勢。老天，有些人實在太軟弱了，吼個兩聲就倒了。他再次想起露易莎，當他大吼的時候，她絕不會轉開視線。

那位有世界一流屁股的空服員來到他面前。她是從哪裡冒出來的？疼痛突然變得更嚴重，有如湧上最高點的浪潮。

「請問有什麼需要服務嗎？」她的語氣很平和。「先生，您需要飲料或零食嗎？」

疼痛持續停在最高點，他無法說話。坐在旁邊的看護一言不發，她搞不好在哭，真是的。克里斯賓勉強舉起一隻手，希望這個動作能讓空服員消失。

「我想要飲料。」走道對面的男乘客說。克里斯賓閉上眼睛，將藥丸安全地藏在舌頭下方。

飛機輕微震動，薇若妮卡扶著一張椅子轉身。飛機上很安靜，只有上方風扇發出像清喉嚨的聲音。乘客都在做自己的事，漫長的飛行才剛開始，他們需要適應新環境，他們得在這個銀色子彈裡耗上大半天。一個接一個，他們認命接受新現實。他們都在想同一個問題：在真實人生恢復之前，我要如何度過這段時間？

空服員送來鄰座男人要的飲料，珍恩掩飾自己的笑容，聽著他搭訕空服員。

「妳是哪裡人？」他問。

「先生，這是您的血腥瑪麗。」

「請叫我馬克就好。」

「馬克。」薇若妮卡調整臀部的姿勢。「我生在肯塔基州，但現在住在洛杉磯。」她說。

「我來自巴爾的摩，不過住在紐約，我已經沒辦法住在其他地方了。妳在航空業任職多久了？」

「噢，差不多五年了吧。」

他很緊張，放下餐桌時，珍恩看到他的膝蓋在抖，她盡可能不去看，她必須寫作，她必須在降落前完成這份劇本的修改工作，也就等同重寫大部分內容。她一定能做到，她非常擅長在火燒眉毛時集中精神，問題在於她不想寫。要是她坐在布魯斯身邊，要是他沒有生氣，應該會問：「妳想做什麼？」他總是能回到原點，回到最基本的問題，他的頭腦從不會迷失方向，不會因為義務或情感而糾結，但她總是會如此。有時候，他會歪著頭看她，她知道他在想「我還愛她嗎」，但到目前為止，每次的答案都是「愛」，而她深感慶幸。

她之所以會坐頭等艙，是因為她花上好幾週時間打包公寓裡所有東西，簡直像著了魔，完全沒有寫作。她知道艾迪的大象放在哪個箱子裡，也很清楚喬登最寶貝書籍的確切位置。她依照行李抵達洛杉磯後要拆開的順序來編號。打包的時候，她好希望有橫越美國搬家大賽這種東西，效率最好的人可勝出，而她一定會得冠軍。上星期蕾西說要開車來紐約幫忙整理，珍恩大笑了。

蕾西很不高興。「請原諒我竟然妄想要幫上忙。」

「噢，我知道，對不起。我不是在笑妳，只是在笑我自己。」

這段對話讓雙方都有點受傷，彷彿蒙上一層霧，喚醒了她們多年來互戳痛處的漫長歷史，雖然她們雙方都很努力想驅散這層濃霧，但在掛電話之前一直不成。蕾西和珍恩處理事情的方式不同，以致於她們常常處於緊張的關係。她們在乎的點相似，但有許多重大的差異。蕾西永遠、永遠想要像其他人一樣，因此，她認定人們就必須擁有丈夫和兩個孩子，及一棟郊區的漂亮房子。她希望人生很「正確」，但珍恩對她這種概念沒什麼興趣。當她想要什麼東西——不論是戀愛、孩子，或工作——她就會努力去得到，她很少左右張望，確認別人的進度。有一次，她去妹妹家，很驚訝地發現她竟然訂閱了十三種不同的女性雜誌，蕾西解釋說因為主題不同，有烹飪、持家、生育、裝潢，及美妝等。「怎樣？」蕾西回應姊姊臉上的表情。「奇怪的人不是我吧？妳才奇怪哩。」

蕾西會計算人際關係的分數，但珍恩很討厭這樣，但像這種時候，她會善加利用，藉此撫平兩人之間的不快。珍恩想，一到新家我就立刻打電話給她，蕾西一定會很感動，新家打的第一通電話是打給她呢，她很在乎這種事。

她發現，當薇若妮卡離開時，馬克臉上盡是惆悵，手捧著那杯血腥瑪麗。他的情緒有如一層水氣停留在她的肌膚上，她開始打字。

驗孕棒的使用說明上寫著，要等三分鐘才會顯示結果，白色的驗孕棒茫然地望著琳達。等待的時間她好想踱步，甚至離開洗手間，但沒有辦法，她只能站著。或許是因為身體無法走動，思緒就開始到處亂跑。

她想起第一次喝酒（是野格酒），那是學測的前一天晚上。她只睡了兩個小時就去體育館考試，腦子感覺像塞滿了廢棄的引擎零件。一向很看好她的導師，總是告訴琳達她爸爸說得不對，她很聰明，只要努力爭取一定能有光明的未來。六週後成績出來，當她告訴導師她的成績有多差，導師眼眸中的期盼瞬間消逝。在那一刻，琳達看得出來，導師決定將希望與關心投注在其他較小的孩子身上。

洗手間的光線很糟，她的皮膚在小鏡子裡顯得蠟黃。她到底在想什麼？竟然在長途旅行的日子穿一身白。她對著鏡子伸出舌頭，看到十三歲穿舌環留下的疤，又一個不智的決定。琳達之所以穿舌環，只是因為她崇拜的女生改走歌德路線。穿環之後的兩天，她的舌頭腫得很嚴重，甚至呼吸困難，繼母不得不開車送她去急診。這次的事件讓繼母沾沾自喜，後來經常在完全不相關的談話中提起。「妳知道嗎？妳差點害自己失去舌頭。萬一真的沒了，妳該怎麼辦？這樣更沒男人要妳了。」

「蓋瑞要我。」她對著鏡子及繼母說。

然而，她暗中懷抱著和繼母一樣的想法，一向如此。她擔心的是，她和蓋瑞的感情之所以能維持整整十一個月，是因為他們分隔兩地，但現在距離即將消失。當然，他們都去找過對方，最近一次是六週前，但每次見面都很短暫，所以非常甜蜜。只是週末連假時見面，時間不足以產生疙瘩及壞情緒，長時間壓抑的不安全感也來不及發作。在同一個地方天天生活在一起，絕對會暴露出琳達的所有缺點。

他們是在一場婚禮上認識的，蓋瑞是新娘的大學同學，而新郎是她的前男友。那天深夜，他們互相安慰長久的寂寞，琳達原本以為這只是一夜情。但第二天，蓋瑞在回加州的路上發簡訊給她。接下來的幾個星期，他們打電話、傳簡訊，聊了很多。當他告訴她，他正在研究鯨魚時，她感到一陣厭惡，差點掛電話。她以為對方取笑她沒受過高等教育，他有博士學位，而她根本沒上過大學。他顯然以為她很笨，就算他說出那麼不可思議的工作，她也會傻傻相信。不只如此，這個謊言很傷人，特地設計要讓她上當。她從小就熱愛鯨魚，臥房牆壁幾乎貼滿鯨魚海報，她最珍惜的那些書，主題幾乎都是海洋生物。蓋瑞不只嘲弄了二十五歲的她，也嘲弄了十二歲的她。

「換句話說，你是無業遊民。」她用最惡劣的語氣說。

「我傳我研究計畫的資料給妳。」

他們還沒掛電話，她點開影片連結，看到大海中的一艘船上，有幾個穿著防風衣的大鬍子男人，她看出其中一個是曬傷的蓋瑞。下一段影片中，一隻鯨魚的背從船邊劃過，接著是教室和堆滿潛水器材的辦公隔間，這時她闔上筆電，咳個不停。

她終於咳完了，蓋瑞說：「琳達。」

「我喉嚨裡有東西。」她說。

琳達以為她和蓋瑞只是朋友，因為以前她遇到喜歡的人，總是會神經兮兮地瞎操心，但這次完全沒有。每次和他聊天後，她都會覺得心情好多了，他總是能逗得她狂笑到打嗝，她從小就拚命壓抑這個毛病。有一次，琳達在繼母面前大笑，繼母說她很噁心。他們從來沒談過是否要小孩，琳達也不知道蓋瑞想不想要小孩。他的童年很不幸，他說寧可自殺也不要再次經歷。她偷偷期盼能和他一起經營人生，一塊將不幸的過去全拋在腦後。他曾經對她說：「和妳在一起，我覺得很安心。」當時，雖然她說不出口，但其實她也有同樣的感覺。

機艙上方的播音系統發出響亮的雜音，接著空服員宣布即將開始飲料服務，琳達突然覺得好渴。

「喂。」洗手間的門把轉動著，一個男人發出聲音。「裡面的人沒事吧？」

「我沒事！」琳達說，握著驗孕棒的動作彷彿那是一支長矛，白色試紙上浮現粉紅的加號。「太好了！」她打開門閂，跌跌撞撞地離開洗手間。

二〇一三年七月

艾德華到了阿姨家，姨丈帶他去嬰兒房。約翰將嬰兒床搬去閣樓，換上一張單人床，鋪上深藍色床單。書架上擺滿小嬰兒能安全啃咬的紙板書，沒有收掉。牆壁和窗簾都是嫩粉色，因為蕾西每次懷孕都相信一定會生女兒，窗邊擺著一張搖椅。

艾德華和姨丈在門口停留片刻。約翰一臉迷惑，彷彿忘記了他們為什麼來這裡。艾德華覺得，說不定就算他轉身走開，姨丈也不會發現。

這不是我的房間，不會是的。他想著。

約翰說：「你想看湖嗎？」

他走向窗戶，撐著柺杖的艾德華跟上。

西米爾福鎮位在一座直徑七英里的湖邊。十九世紀初，這個鎮剛創立時，三艘大型蒸汽船在湖上行駛，將坐火車來的觀光客送往湖邊的幾個高級飯店。飛機普及之後，旅遊業徹底改變，仍有旅客會造訪綠林湖，但都是從紐澤西和紐約來的家庭，許多人在這裡買了避暑的度假屋。約翰的父母就是在度假屋認識的，當時他們才八歲，兩個人小時候每年都來避暑。這個小鎮很安全，雖說在那個時代，所有郊區小鎮都很安全。兒童自由奔跑，只有吃飯、睡覺時才進屋，在湖裡玩得全身濕透，皮膚曬得很黑。

一九七〇年代，原先遠近馳名的這座湖失去了魅力。買得起度假屋的家庭，都去紐澤西海岸或長島了。旅館生意清淡，一家家地倒閉。當約翰與蕾西二〇〇二年結婚之後，沒多久就在這裡買了房子，以他們的預算，在西米爾福鎮能買到比較好的房子，相較於接近市區的地方。這裡的商業規模足以支撐約翰的電腦工作，而這座湖讓蕾西覺得這裡很像加拿大。他們家有很美的二樓風景，嬰兒房俯瞰遼闊平靜的湖面，約翰與蕾西的臥房也一樣。

「等你好一點，我們可以去游泳。」約翰說。

艾德華體內那個新的地方，事故之後出現的地方，發出喀喀的聲響。他想起不小心聽到媽媽告訴爸爸，蕾西又流產了。當時，他並不明白這個詞的意思，查了字典才懂。約翰說：「我們可以進一步整修這個房間，一定會的，絕對。你來決定牆壁要用什麼顏色，而我負責粉刷。你有喜歡的顏色嗎？」

「沒有，謝謝。」艾德華說。

他轉身，撐著枴杖慢慢走出房間，然後下樓。那天晚上，他睡在客廳沙發上——其實只是躺著，沒有入睡。他討厭出院，他沒想到會有這種感覺，但話說回來，現在他無法想像任何感覺。在醫院裡有不停嗶嗶響的機器，固定的作息時間，經常來來去去的醫療人員，原來之前他是靠這些撐過來的。現在，他的身體以截然不同的方式疼痛，麻木徹底消失。他可以感覺到取代脛骨的金屬棒，皮膚的觸感很怪、很粗糙。甚至連頭髮也很痛，儘管沒有神經末梢。來到西米爾福鎮的第二天凌晨兩點，他直直坐在沙發上，雙手放在腿上。疼痛蔓延到身體界線之外，他好像快死掉了。

第二天早上，有人敲門。約翰已經出門上班了，蕾西還沒下樓。艾德華眨眨眼睛，他像石頭一樣又熱又乾，他撐起身體拄著枴杖去開門。外面站著一個女人，帶著一個和他年紀相仿的女孩。那個女人有著深色的頭髮、淺棕色的肌膚，手裡正拿著保溫瓶。女孩半藏在媽媽身後探頭張望，艾德華只看到鏡片後的眼睛注視著他。他的腦子發出喀喀的聲響，節奏有點太快，然後停止。一瞬間，艾德華覺得徹底痊癒，清醒、正常，且完整。痛苦的感覺消失得太快，幾乎有些嚇人。

「嗨。」他對那個女生說。

「我是貝莎，她是雪伊。我們住在隔壁，所以你會經常看見我們。咖啡是要給你阿姨的，不過你好像比較需要。」那個女人說。

她遞上保溫瓶，艾德華將溫暖的瓶子抱在胸前，香味讓他想起紐約公寓附近的咖啡館，他們將帶著咖啡香的空氣吹送到人行道上，誘惑路人進去。

「我是——」他猶豫了，這是事故之後他第一次介紹自己。「艾迪」已經不在了，他很慶幸阿姨在醫院時決定叫他另一個名字。「我是艾德華。」

貝莎給他一個溫暖的笑容，是會讓艾德華想起媽媽的那種笑容，然後又勾起他的一波恐懼。他突然好想躺在這個女人的腳邊。以後，當他每次遇到別人的媽媽，都會想起自己的媽媽嗎？倘若真是如此，那他完蛋了。

貝莎說：「我們知道你是誰，niñito.（孩子）。」

雪伊從媽媽身後出來，嘴唇微噘。「我比他大兩個月，但妳說我要等到十八歲才能喝咖啡。」

貝莎舉起一隻手。「Cállate, mi amor.（別吵，親愛的）。」

這時，蕾西出現了，帶他們三人進廚房。艾德華坐在餐桌邊，以保溫瓶的蓋子當杯子，倒了一吋高的咖啡。

「你喜歡嗎？」雪伊問。

他想像，剛鋪好的柏油路面應該就是這個味道，燙燙黏黏的，但他點頭，在椅子上稍微坐直。雪伊比他高一英吋，棕色頭髮長度到肩膀，左臉頰有個酒窩。

「你出去過嗎？去鎮上？」貝莎問。

「他需要休息，他還沒準備好。」蕾西說。

「那就好。」貝莎說。「因為這個鎮 completament loco（徹底瘋了）。西米爾福鎮很小，艾德華，所有人都彼此認識，你搬來這裡是幾十年來最刺激的事，甚至是有史以來。你阿姨有沒有告訴你，當你住院的時候，鎮上粉刷了這棟房子？」

艾德華努力理解。「『鎮』要怎麼粉刷粉房子？」

蕾西說。「是鎮議會派人來做的，他們想幫忙。」她推開椅子，走向流理臺。「他們覺得很同情，想要幫忙，但又不知道該做什麼。這真的很傻，去年夏天約翰才粉刷過，根本不需要再粉刷一次。」

「夏令營的人都在聊你搬來的事，因為我住在你家隔壁，也沾光變成名人了呢。」雪伊說。

夏令營，這個詞感覺很熟悉，但他的頭腦過了片刻才理解。夏天、兒童、美術與工藝。他和喬登每年夏天都參加自然歷史博物館的夏令營。

「大家要來點鬆餅嗎？」蕾西故作開朗地問，顯然想要轉移話題。

他凝望著咖啡，那個女生突然說：「我見過你哥哥一次。」

他以為聽錯了，但這句話在他腦中重新播放，他在椅子上稍微往下滑。

不過貝莎似乎也聽見了，她說：「妳在胡說什麼？妳才沒有見過他哥哥。」

「我在這裡見過，呃，在草坪上。那時候我大概六歲，我知道你們全家來玩，我在我家的草坪上，用玩具割草機假裝割草，喬登一個人出來。」那個女生說。

「我怎麼不知道這件事？」貝莎似乎不太高興。

「媽，那時我才六歲，很可能我跟妳講過，但妳忘記了。更何況，那又不是什麼大事。我之前一直沒想起來，直到——」她停頓了。「最近。」

「珍恩很喜歡帶他們兄弟來玩。」蕾西挺直肩膀。「紐約市太擁擠吵雜了，她想讓他們偶爾換個環境。」

艾德華對雪伊說：「妳有沒有和他說話？」

「一下下。他出來的時候，從臺階上跳下來，從頂端直接跳到草坪上。不知道為什麼，我吃了一驚，我可能叫出聲了，因為他發現我。」

艾德華努力想像：豔陽、青草，阿姨家門前的五級臺階。

「喬登好像說，妳沒有看過別人跳嗎？我說沒看過有人那樣跳。他大笑，跑到車道上，然後他爬到你爸媽的休旅車上。」

「等一下。」蕾西蹙眉。「雪伊，不要編故事，我們不需要這樣的故事。」

「喬登做過那種事，那很像是他會做的事。」艾德華說。

雪伊輕輕點頭。「他對我揮手，然後從車頂跳下來。」

「Dios mío（我的天）。」貝莎說。

「噢。」蕾西說完停頓一下，又換個完全不同的語氣開口。「我記得了，他膝蓋受傷了……他不肯說怎麼弄的，我給他一包冷凍豌豆冰敷。」

艾德華毫無印象，他不記得喬登沒帶他一起出去。他不記得冷凍豌豆、不記得這個女孩，也不記得哥哥跛腳。他的胸口有種裂開的感覺，彷彿一個小骨頭斷了。為什麼他都不記得了？

「他看起來不像是有受傷的樣子，他才剛跳下來就有大人叫他，所以他就進門了。」雪伊說。

她推開椅子，吻一下媽媽的臉。「我要走了，媽咪，公車快來了。」

「Que tengas un buen día（玩得開心點）。」

「Adiós（再見）。」雪伊說完就走了。

艾德華喝一大口咖啡，想沖開喉嚨裡的硬塊，他用餐巾摀著嘴咳嗽。他感覺到蕾西很希望他吃東西，但食物周圍彷彿有種力場，他無法突破——氣味和質感都讓他難以入口，他回到沙發上。蕾西打開電視，但他無法專心看，他聽著蕾西和貝莎在廚房聊天的低低交談聲。他去上廁所時經過門口，聽到阿姨說：「寶寶沒來，卻來了一個十二歲的孩子。」艾德華注視雙腳以免跌倒。

天色變暗，約翰回家了，艾德華再次坐在廚房餐桌邊。姨丈揉揉他的頭髮，蕾西盛了一杓馬鈴薯泥放在他的盤子上。「艾德華，多少吃一點吧？」約翰說了一下律師的事，蕾西說這個季節番茄長得很不好。姨丈和阿姨互相傳遞食物，艾德華覺得次數似乎有點太多。

「真希望我喜歡沙拉。」蕾西說。

約翰做了一個苦臉。「沒有人喜歡沙拉。」

雖然說不出為什麼，但艾德華感覺得出來，這段關於沙拉的對話，是他們夫妻交談的固定話語。他們藉著這樣的交流確認彼此，無論是在婚姻或生活中。就像約翰走進房間時說：「蕾蕾，妳沒事吧？」但似乎並不期待回答，也不需要回答。就像蕾西每個小時都會伸手摸他頭髮好幾次，就像阿姨把調味料放在冰箱門邊，然後約翰又拿出來放在第一層。

「你們是被迫要收容我的嗎？」他問。

他們的臉轉向他，蕾西的雀斑變深，而約翰的前額冒出皺紋。

「我是說，這是法律規定的嗎？因為我的親戚只剩你們了？」

「法律應該沒有規定。」蕾西說完看看丈夫。

「沒有什麼好問，不會有其他可能，我們就是你的家人。」約翰說。

「對。」蕾西說，她的雀斑變淺了，艾德華發現她快哭了。他看見約翰也發現了，而約翰伸手按住她的手。

「我的腿在痛，我可以離席了嗎？」他說。

「當然。」約翰說。

終於，沙發上方的那扇窗戶越來越暗。約翰站在客廳門口說：「孩子，該睡覺了。要我扶你上樓嗎？」

艾德華說出過去兩天晚上用過的同樣藉口。「我的腿……上樓梯讓我很緊張。今晚我可以再留在樓下嗎？」

「沒問題。」不久之後，蕾西拿毯子和枕頭過來，在他耳邊輕聲說晚安。艾德華聆聽他們在樓上走動的聲音，然後他們的臥房門關上。他站起來走向大門，打開之後蹣跚走出去。

他穿過草坪和阿姨家的車道，他的動作很慢。已經十點了，晚風輕柔吹在臉頰上，讓他手臂上的汗毛豎立，艾德華察覺郊區夜裡的聲音和城市非常不同。在這裡，彷彿有一道寂靜之牆擋住各種動物鳴叫、樹葉發出的窸窣聲響，以及遠方的汽車引擎聲。他拖著腳步穿過草坪，走上臺階，在黑暗中，這棟房子幾乎和阿姨家一模一樣。

他敲門。

裡面的人猶豫片刻，然後來開門，貝莎瞇眼望著一片黑暗。

「艾德華？你沒事吧？」

「我可以進去找雪伊嗎？」他說。

她再次猶豫，回憶撞進艾德華的心靈。現在回憶都是這樣出現，像是毫無警告就踹門進來的強盜。他們上飛機前的幾個星期，他和喬登在大樓電梯裡。他們趁爸爸不注意偷溜出來，他們笑嘻嘻看著對方。他們知道，等一下到了大廳，門房會搖搖頭說，孩子，你們的爸爸打電話來了，快回去吧。不過，當電梯下降時，他和哥哥在裡面表演空氣吉他。

艾德華想著，活下來的人應該是喬登，不是我。

貝莎轉頭高聲問：「雪伊，mi amor（親愛的），妳有沒有穿好衣服？」

樓上傳來雪伊的聲音。「怎麼了？」

貝莎沒有回答，她帶他穿過客廳，走上一道樓梯。在一個敞開的房門外，他看到雪伊坐在床上，靠著幾個抱枕。她拿著一本書，睡衣上印著粉紅雲朵。

「嗨。」他說。

她慌慌張張地坐直，瞇起眼睛，和剛才她媽媽在門口的表情一模一樣，只是多了一副眼鏡。

「呃，嗨？」

「雪伊，妳和艾德華聊聊今天在夏令營做了什麼。」貝莎說，一手按住艾德華的肩膀，那種感覺既美好又可怕。

「我為什麼要和他聊那些事？」雪伊說。

艾德華感覺得到，貝莎注視著女兒，想以眼神讓她明白。他知道——或許只有一點點的明白——他來這裡的原因。他想和另一個兒童在一起，想逃離大人注目觀察的擔憂眼神。

「艾德華，你參加過夏令營嗎？」貝莎的語氣很開朗，表明「我會想辦法解決」。

「太奇怪了啦。」雪伊說。

貝莎對女兒嘆氣。

「如果妳不想說話，不必特別和我聊天。」艾德華說。

「我很快就要睡覺了。」

他左右轉頭，看到窗邊有張單人沙發。「我在那裡坐一下就好。」他感覺身體放慢，他吞嚥一下，然後吸一口氣。「幾分鐘就好。」他說。

雪伊和媽媽再次對看許久，充滿各種表情上的變化。艾德華走向那張單人沙發，他感覺彷彿在涉水，他的枴杖在地毯上拖行。他想，為什麼要做這麼鬆軟的地毯？

貝莎說：「我打電話給蕾西，通知她你在這裡。」

「我要再說一次，免得有人搞不清楚，這樣真的超、奇、怪。」雪伊說。

當貝莎離開房間時，艾德華已經睡著了。

他醒來時，白色的日光如此刺眼，他只能拚命眨眼。他眨著眼睛，不知道自己是誰、是什麼人，也不知道這裡是什麼地方。等到他適應亮光，頭腦不再恐慌，也不再胡亂地轉換思緒，艾德華才終於明白他獨自在雪伊的房間。他腿上披著一條綠色毯子，他感覺得出來屋裡沒有別人，牆壁、打開的門，所有東西都暗示著沒人。他就這樣坐在那裡，很久很久。

他敲阿姨家的門，她開門，他說：「妳很生氣嗎？」

她用奇怪的表情看他。「我好像沒辦法對你生氣。快進來休息吧，今天下午要去看醫生。」她說。

艾德華慢慢坐在沙發上，蕾西幫他抬起還沒好的那條腿，放在茶几的一堆抱枕上。他忽然想到一件事，於是問：「我是不是讓妳沒辦法出門？那個，妳是不是因為我所以才沒去上班？」

她將他腳下的抱枕拉平。「不是，我原本有工作的，不過我懷孕的時候辭職了。因為我必須臥床靜養，是去年的事了。」她說。

「噢。」

蕾西環顧了客廳，艾德華想，這是她的空間。茶几下面堆著很多雜誌，他所能看到的幾乎都關於懷孕或嬰兒。阿姨整天待在家中的客廳，計畫要懷孕，或努力保住孩子。艾德華的腦袋喀喀作響，他好希望能起身離開，就像他離開二樓的嬰兒房一樣，但雪伊去夏令營了，他的腿很痛，而且沒有其他地方可去。

「我考慮過再找工作，找點事情做，但我只是還沒開始找而已。」蕾西說，停頓了一下，彷彿需要呼吸。「我要去廚房，要幫你拿什麼東西嗎？」

「不用，謝謝。」

他看電視裡肥皂劇中有一個女人大哭，她無法決定是否該墮胎，而她母親則無法決定是否該離開丈夫。他以全新的方式體會時間，他隱約理解小時如何堆疊形成一天，七天形成一個星期。星期逐漸累積，集滿五十二個，就成為一年。登機那天是六月十二日，所以現在應該是七月底。時間不停流逝。

這個醫生很愛清喉嚨。他走進診療室，發出像牛蛙一樣的聲音，來到艾德華與蕾西的面前，又繼續了十秒鐘。他終於停下來，似乎對自己的表現很滿意。他說：「事件發生之後，你瘦了八磅。」

事件？艾德華迷糊了一下子，然後他懂了。

「這樣下去不行。」蕾西說。

「這樣下去不行。」醫生重複。

一個牆面上有攝影風格的大型蝴蝶壁畫。艾德華很想知道，是不是壁畫一完工，醫生就覺得後悔了，因為尺寸超大的蝴蝶一點也不美，因為太大、太奇怪了，所有人都盡可能遠離。

「給他買冰淇淋、巧克力棒，他想吃什麼都好。」醫生說，發出響亮的哼聲作為強調。「現在不是顧慮營養的時候，他正在發育，不能瘦太多，他需要熱量。艾德華，如果你再瘦一磅，我就要讓你住院打點滴。」

回家的路上，阿姨說：「拜託想一想，你能吃得下什麼。」

艾德華覺得內心一片荒蕪，他的身體裡沒有任何活著的東西。食物不但令人覺得沒必要，甚至和他毫無關係。

蕾西把車停在一家大型便利商店外，轉動鑰匙熄火，但雙手還是握著方向盤。她看著艾德華，臉上的表情他從沒看過。「拜託不要這樣。」她的語氣很勉強。「要是珍恩知道我這麼不會照顧你……」

艾德華說：「不，蕾西阿姨。」他看著前方尋找更多可說的話，但只看到便利商店、洋芋片、啤酒、特價、停車場。

她下車走遠，他慌張地急忙趕上。

進到店裡，她說：「我們每條走道都走一遍，如果有你覺得不噁心的食物，就放進籃子裡。」

他看著一疊又一疊的巧克力棒，有脆米果、焦糖夾心、花生醬、黑巧克力、白巧克力、牛奶巧克力，他選了喬登最喜歡的 Twix 巧克力棒。他放進籃子裡，蕾西的肩膀稍微放鬆一點。洋芋片，有田園、烤肉、濃起司、酸黃瓜、墨西哥辣椒、鹽味、烘烤、波浪、無波浪、洋蔥酸奶油等，他選了媽媽最喜歡的鹽醋風味洋芋片。下一條走道有水果捲、肉乾、咖啡，他沒有選任何東西。然後是一長排的早餐穀片，艾德華想了一下，或許不加牛奶還可以。他受不了會改變型態的食物，他無法接受稀稀水水，也不想吃有氣泡的東西。如此一來，湯、燉肉、奶昔、汽水都不行。冰淇淋會融化，這也讓他很不舒服。

他選了外盒顏色最不鮮豔的穀片。「這樣夠了嗎？」他問阿姨。

「算是個開始。」

回到家之後，她將食物攤開放在茶几上，然後離開客廳，回來時拿著盤子和湯匙。

艾德華坐在沙發上看自己的抬高的腿，雖然放在抱枕上卻仍抽痛著。膝蓋上方的肌肉和筋抽動，彷彿自行組成心臟。

蕾西先是拆開Twix巧克力，剁下一塊放在盤子上。然後她打開早餐穀片，盛出一匙圈圈放在另一端，接著是兩片洋芋片。

姨甥倆默默地看著盤子。

「你要在一個小時內吃完這些，然後我會再放上同樣的量。明白嗎？」她說。

艾德華點頭，他打開電視，正上演著談話節目，幾個女人圍著一張桌子不停搶話。他先拿起一片洋芋片，慢慢啃邊緣，嘴巴感覺像含著木屑，他以門牙刮下一點巧克力。他想起曾經和哥哥一起往嘴裡塞洋芋片，想知道能塞進多少。他想起和家人坐在餐桌邊，太陽在他們身後落下，音響播放巴哈的曲子。然後，他咬下半個圈圈，告訴自己什麼都不要記得、什麼都不要回想，直到記憶只剩一片扁平——現在，他看出那片扁平就是他。

上午十點〇二分

飛機重達七十三點五噸，機翼寬一二四英尺，機身以金屬板製成，噴射、鑄造、鐵塊、螺栓及翼梁，由三十六萬七千個零件組合，耗時三個月建造。要讓這架空中巴士飛行，需要二十八萬磅的推力。

布魯斯越過艾迪，望向窗外。

「我第一次搭飛機的時候，年紀和你差不多。」他說。「我們要去參加一個伯父的葬禮，我從沒見過他。我看到雲在天空裡的樣子時，好想下飛機在雲上跳舞。」

艾迪望著杯中的柳橙汁，他好像不太高興，但不是真的不高興。布魯斯注意到，當喬登進入青春期時變得好鬥，而他弟弟有時也會試著投射出同樣的憤怒、煩躁、憤慨。但他表現得不太好，可能是他的心或荷爾蒙還沒到正確位置。

「爸，這是我第三次搭飛機了。」艾迪說。

布魯斯想著，這次，我想瞭解是什麼組成了雲，我想把雲放進容器裡研究。改變發生在什麼時候？從什麼時候開始，我不再想在雲上跳舞了，只想在筆記本寫下各種數據。他回顧青少年時期，十三歲的自己，比十二歲時更害羞。每一年他都變得更彆扭、更沉默。然而，後來他驚喜發現一個遲來的領悟：他的頭腦很不錯，能夠輕易在考試中得高分，他可以用頭腦，真正使用頭腦，去理解身邊那些吵鬧聲響、奇怪習俗，以及難以捉摸的人。數學是他所能找到最深的水池，於是他一頭栽進去。數字與等式帶出定理、二項式、N度空間、魔群，進入二十歲之後，他開始以其他人不曾想過的方式，用數學串連宇宙。

他回頭看，喬登慢慢走過來，隨著節奏搖頭晃腦。

有一次吵架時，珍恩對布魯斯說：「你應該在工作上更積極一點，為什麼得由我來養家？為什麼大學學費要由我來負責？搞不好要準備個三十五萬元才夠，而你卻可以悠哉地以數學畫出滿天星斗，掛上漂亮的珠子？」

珍恩不理解他的工作，但他不怪她。就連他所屬的領域中，也只有七個人能理解。純數就是這樣，至少要取得博士學位，才有希望能鑽進數學家居住的兔子洞。而個人研究計畫——也就是畢生的研究工作——在不是數學家的人眼中看來毫無意義，只是美妙但毫無實際用處的數學。在未來，這樣的研究結果可能有很重要的價值，但那時你早已死去多年，而且應用在做夢也想不到的領域。數學屬於夢想，織出輕柔美麗的網，拋給未來更聰明的人。

當不是數學家的人問他的工作有什麼用時，布魯斯有時會舉一個例子。一八四三年，愛爾蘭數學家威廉．哈密頓爵士有一天在散步時，忽然靈光乍現，他以隨身小刀將想出的方程式刻在都柏林的掃帚橋上。那個方程式象徵「四元數」的發現，在他有生之年毫無作用，但一百五十年後卻在創造電玩時發揮了極大作用。在一六四〇年，法國數學家費馬知名的「費馬小定理」毫無作用，但後來成為二十一世紀電腦 RSA 加密演算法的根基。

「為什麼不能研究正常的數學？夠實際應用的那種，能幫助科學家製造東西的那種。」珍恩說，但她沒有說出口的其實是「能賺錢的那種」。

哥倫比亞大學的終身教職原本能解決很多問題。只要得到那個職位，他們就不用搭上這架飛機，可以留在紐約。布魯斯嘆息，再次回頭看，他知道喬登故意拖拖拉拉，那孩子覺得讓爸爸緊張一下是好事。

喬登在走道上隨著音樂節奏舞動，乒乒、乒乒，耳朵裡的音樂告訴他該噠噠了，於是他就那麼做。一個坐在窗邊的女孩看著他，她的年紀和他弟弟差不多，手背上畫了一個和平標誌，他對她揮揮手。他想要享受脫離桎梏的短暫自由。扣上安全帶、坐在爸爸身邊，他們一定會吵架，他一定會開始想像到了洛杉磯之後會怎樣，然後就會思念瑪希拉。

一開始沒什麼。有一天，他去雜貨店買汽水，她給他一個開朗的笑容，從那個笑容他看得出來女孩喜歡他，而且已有一段時間了，他也對她笑，不知不覺間，他就在現實世界吻一個真實存在的女生。每次他走進那家店，只要她叔叔不在，他們就會溜到後面的倉庫。他們站在豆子罐頭和一箱箱衛生紙中間，親吻、親吻，再親吻。他們幾乎不說話，他們的語言是微笑、歡迎的眼神、撥開她臉頰上的頭髮，以及二十種不同的親吻，包含各種意義，從「嗨」到「我想要妳」（雖然他不太清楚那是什麼意思），一直到「我想知道妳的嘴唇是什麼滋味」。他從來沒想過，親吻原來會有這麼多的種類：速度、深度，還有激烈的程度。他可以吻她好幾個小時，完全不會無聊。他只有一次在雜貨店之外見到瑪希拉，在那家中國餐廳，他和爸爸在一起，而她和叔叔在一起。他們只能以微笑溝通。

他說出快要搬家的事時，瑪希拉轉開視線一下，然後回過頭以不同的方式吻上他的唇。他最後三次去雜貨店，他們有了一種新的吻，那種吻代表：「我會想你，我擔心我們會太快長大，我希望能永遠這樣下去，但我知道即使你沒有要搬家，也不可能持續」。

喬登嘆息，噓噓，然後他說：「借過。」

爸爸站起來移動到走道上，讓他能回到座位，他再次成為這個方程式的一部分：艾迪加上喬登，等於布魯斯。他很慶幸從未向他人提及瑪希拉的事，她只屬於他一個人，他的祕密過往。他猜想，他選擇不進安檢掃描器的次數越多，親吻的女孩越多，他就能擁有更多的自我，成為更多未知的數值，那麼，爸爸畢生打造的這個方程式將不再成立。

與艾德勒一家隔著走道的班傑明，正將免費雜誌放回座位前的口袋裡。他想換個姿勢，但空間不夠。他很不舒服，身側貼著造口袋的地方隱隱作痛。手術過後，他住院了幾個星期，那段時間裡，止痛藥是唯一的好處。在那之前，班傑明沒有用過比布洛芬更強的止痛藥。

在醫院時，白天注射強效的止痛藥，晚上服用安眠藥，他可以躲在美好的朦朧虛幻之中。他想起和蓋文打架的事，但他的心思脫離現實，感覺像在看戲：巨大的黑人脅迫瘦小的金髮白人。

很可惜，這次搭機，這最後一趟回家的路程，讓他不得不醒來。他停止用藥，恢復清醒讓他痛苦地察覺到身體的每個小地方，及腦中的每個思緒。他不時突然感到恐慌，甚至伸手摸腰帶確認有沒有帶槍，他要怎麼做才能持續容忍這樣的自己？

他被送回洛杉磯進行最後一次手術，以後只能坐辦公桌了，再也不能上戰場。此刻藥物從體內徹底清除，他發現自己多多少少希望死在手術臺上。他寧願那樣死去，也不要每天屈著身體坐在辦公桌前。更何況，現在的自己變得好陌生，他不確定這個陌生人是否有資格活下去。

窗外的雲朵顏色更深了，機艙裡感覺也比較暗，各種記憶從四面八方包圍，嘴唇柔軟的女孩、永遠沉睡的母親、害羞的少年、擊打的拳頭。佛羅里達幾乎能看見那些畫面，那些失去的人，那些凝重的分鐘、小時，沉沉地懸在每個乘客身後。她深吸一口氣，讓卡住的空氣充滿肺部。對她而言，過去和現在是一樣的，同樣珍貴、同樣近在咫尺。畢竟，要是整天想著同一段回憶，過去不就成為現在了嗎？有些人活在現在，有些人則比較喜歡留在過去——兩種選擇都很好。佛羅里達使用肺部呼吸，充實的感覺令人滿意。

琳達回來坐下，佛羅里達拍拍她的手，說道：「妳讓我想起一個人，只是我一直想不起來是誰。」

「是嗎？」

「可能是以前我在宿霧開雜貨店的時候，躲在店裡的革命軍，宿霧在菲律賓。那些孩子大多是男生，但偶爾也有很英勇的女生扮男裝參戰。」佛羅里達想起店裡倉庫擠滿人的畫面。她在外頭的店面販售白米和豆子，受傷的革命軍蓋著毯子躲在後面。夜裡，她在臥房舉行革命軍會議。受傷、生病的士兵從對抗西班牙人的戰場逃來這裡，他們其實只是孩子。他們叫她索拉奶奶[3]，她在每個稚嫩的士兵耳邊低聲說出同樣的話，句句真實。你很特別，你注定要活下去，繼續向前，創造偉大的成就。

佛羅里達以這段回憶為榮，那段是活得很好的人生。在某些人生之中，她對自己的評價並不高。例如目前這段，感覺似乎越走越偏了。

琳達愣了一下。「那是什麼時候的事？妳不是說原本住在佛蒙特嗎？」

「噢，那是兩百年前的事了。」佛羅里達端詳琳達。「我治療過一個得肋膜炎的女孩，妳讓我想到的人大概就是她。」

琳達看她的表情，好像覺得她是瘋子。佛羅里達嘆息，她有時會解釋，有時候不會，但這個孩子好像需要所有能得到的幫助。她說：「這不是我的第一段人生，也不是

3 梅秋拉・阿基諾（Melchora Aquino de Ramo, 1812-1919），菲律賓革命的英雄。

我的第一個身體。我比一般人擁有更長遠的記憶，大部分的前世我都記得。」

「噢，我聽過像妳這樣的人。」

琳達的語氣充滿猜忌，但佛羅里達不以為忤。就連她今生的父母也不相信女兒講的前世故事。在菲律賓時，父母都是醫生，但移民至喬治亞州的亞特蘭大後，父親只能開乾洗店，母親變成家庭主婦。高中時，她決定和男友遠走高飛，他有一套鼓，以及在大城市出人頭地的夢想，她很高興能離開父母和南方。

琳達咬著下唇，她年輕又漂亮，卻似乎很擅長讓自己變醜。她的妝太濃，表情也太誇張。她的嘴很少停止不動，眉毛總是揚起，臉頰經常吸進去又鼓出來。她的臉經常皺成一團，彷彿很努力想達成什麼。

佛羅里達再次拍拍她的手。「一切都會順利的，妳想嫁給加州那男人，對吧？所以妳就搭飛機去嫁給他，就這樣，新人生就此展開了。妳想要的就是新人生，對吧？」

琳達小聲說：「我無法百分之百確定他會求婚。」

佛羅里達微笑。「親愛的，沒有人能百分之百確定任何事。假使有人說可以，那一定是在撒謊。」她在椅子上動了動，因為動作太大，裙子上的鈴鐺發出聲響。巴比以前常說，這就像是她穿著無數個小鬧鐘。她總是回答說：「在這個地方，我還能叫醒誰？小鳥嗎？」

班傑明討厭被綁在座位上，他陷入思緒的泥淖中。他需要靠體力活動讓頭腦安靜，但現在卻沒辦法。他所想的事，並非上次巡邏時發生的槍戰，他也能理解受傷當晚發生的事。和蓋文打架之後，接下來幾個星期他變得太鬆懈，不夠專心。他無法入睡，如此一來狀況更糟糕。他之所以會在巡邏時中彈，是因為他反應變遲鈍了，敵人輕易就打中他。班傑明其實看到了那個槍手，他躲在兩根樹枝中間，他直視那個人的眼睛，接著挨了他的子彈。這些都很合理，沒有什麼事會讓他困擾到感覺像是被螞蟻不停囓咬。

他想的是蓋文，蓋文是白人，來自波士頓，半年前調來他的排。看他一眼，班傑明就知道他上過大學，很可能只是為了激怒父母而從軍。軍隊裡有很多人像班傑明一樣，只是為了討生活而從軍，但像蓋文這樣的人也不少。蓋文如果順利存活，派駐結束之後就會退伍，很可能成為會計師，或開車送小孩去踢足球的那種人。他戴著金屬框眼鏡，白金色的頭髮。

大致上，班傑明盡可能遠離白人。軍隊像其他地方一樣，自有一套種族隔離的體制，班傑明比較喜歡和同類一起混。事實上，沒有人想和他交朋友，無論是黑人、拉丁人、亞洲人，還是白人。蘿莉奶奶曾說過，他面無表情的時候感覺有點兇。

有天晚上，他和蓋文一起被派去掃廁所。廁所非常噁心，牆壁和黏答答的地板上都有深色污漬，看不出來是什麼。聽說他們的排即將移動到新地點，不安感讓大家失去清潔打掃的動力。班傑明和蓋文拿著水桶、拖把，以及幾加侖氣味像有毒的清潔劑，他們一起在門口愣住，班傑明咬緊牙關，又看看蓋文，在他臉上發現同樣的決心。他們動手打掃，幾個小時之後，整間廁所每個角落都乾乾淨淨。

完工之後，滿身汗水及髒污的蓋文說：「操他媽的，我們辦到了。」

他對班傑明舉起拳頭，班傑明開懷笑著，舉起拳頭撞一下。

「可不是！」他說。

那之後，他們成為朋友，其實沒什麼大不了，只是感覺很好。不過感覺很好這件事，對班傑明而言很重要。他們深入談話，大多是蓋文問班傑明問題，而且似乎真心想聽他回答。班傑明告訴蓋文，他對父母幾乎毫無印象，蘿莉也不是他的親生奶奶——他四歲那年，她在樓梯間撿到他，從此就收留他。蓋文告訴班傑明，他父親希望他接手牙醫診所，但蓋文覺得牙齒很噁心，所以他選擇從軍逃避，逃避出生之前父母就幫他規劃好的未來。

所有人都是蓋文的朋友，所以他和班傑明的友誼只是軍旅生涯的一小部分，但對班傑明而言卻是意義非凡的大部分。蓋文喜歡抽大麻——有時候，在基地裡好幾個星期都沒事做、太無聊的時候，排長就算看到有人抽大麻、打電動，也會睜一隻眼、閉一隻眼。他抽大麻的時候，老愛講那種以「敲敲門」開頭的冷笑話，通常只有九歲小鬼會喜歡。班傑明從不抽大麻，但每次蓋文抽的時候，他都會特別守在他旁邊，他的笑話其他人都嫌煩，只有班傑明會瘋狂大笑。

頭等艙空服員經過他的座位，對他微笑。班傑明能清楚感覺到她的主題曲，超辣小妞超辣，幾乎像她在屁股兩邊裝了喇叭。在他長大的那個社區，她走在路上一定會有一堆男人跟在她身後，隨著她的節奏起舞。

他看看旁邊一整排的民間人士，上衣沒有紮進褲子、挺著啤酒肚，光聊一些毫無意義的瑣事。空服員整潔俐落，穿著制服，他非常欣賞。其他人亂七八糟的外表，非軍事化的生活，令他難以理解。尤其是他旁邊的老太太，以及隔著走道的邋遢爸爸，他好想對他們大吼，拜託你們振作一點。把上衣紮進去、保持筆直的姿勢、減肥十磅，這些會有多難呢？

班傑明咬牙切齒，他天生不適合坐著不動。要是能讓他離開座位，衝刺一下，做幾個伏地挺身，甚至只是充滿使命感大步走去某個地方，什麼都好。他摸摸側腰，確認人工造口沒有移位，確認他依然在自己的身體裡。

二〇一三年七月

那天晚上，約翰與蕾西上樓之後，艾德華終於能將他的悲傷、他的空洞，在空無一人的客廳中伸展。他不想睡，他像十個小時前一樣，覺得很不舒服、非常清醒。他想，我一定是少了什麼荷爾蒙，或某種激素。正常人有固定的作息循環：天亮醒來，揉揉眼睛，肚子餓，吃麥片，開始做一天的事，日落後開始覺得累。他們再次吃東西，看電視，打呵欠，然後爬上床。

艾德華坐在沙發中央，精神緊繃，身邊全都是影子。他聽見樓上洗手臺的水聲，然後是馬桶沖水的聲音，約翰準備睡覺了。艾德華告訴自己絕不會再做這種事，儘管如此，他還是站起來，離開阿姨家，撐著柺杖越過草坪。

貝莎開門時，他說：「對不起。」

「別說傻話，我們只要想辦法讓你睡得舒服一點就好，不要再窩在椅子上了。」貝莎說，她帶他上樓。

雪伊今天穿著T恤配運動褲，頭髮紮成馬尾。看到他，她點點頭。「今天在夏令營，我一直在想你的事。很高興你來了。」她說。

「是嗎？」他因為突然安心，聲音有點走調，這表示她不會趕他走。貝莎離開了，被檯燈照亮的房間裡只剩他們。艾德華沉沉坐在單人沙發上，他小心地將枴杖靠在旁邊的書架上。

「真不知道我為什麼沒有早點想到這件事。」雪伊跪在床上，她好像很興奮。艾德華像考試一樣想要解答出這樣的情緒：那是積雨雲，那是胰臟，那是興奮。他在內心摸索，觸摸心中那片扁平的四個角落。

「你看過《哈利波特》吧？」

他點頭，喬登有一整套，那是他的生日禮物，他再去圖書館借一套，這樣他們兄弟倆就可以同時看。連續好幾個星期，他們躺在雙層床上好幾個小時，狼吞虎嚥地讀完一本又一本。喬登在上層大聲說，「真想不到，艾迪，你看到二〇二頁了嗎？」兩兄弟經常花很多時間爭論石內卜是不是壞人。有一次，他們在廚房一起喝光一加侖的柳橙汁，他們爭論得如此激烈——喬登堅持說石內卜是關鍵，甚至是書中所有邪惡的起源，但艾迪說他內心是好人——爸爸不得不把他們隔離在房子的兩頭，直到彼此冷靜下來。

「不准再攝取糖分了！」布魯斯怒吼。「石內卜到底是什麼鬼東西？」

雪伊在床墊上輕微跳動，看著艾德華，她的眼神讓他很不自在。

「我要讓你頭腦爆炸。準備好了嗎？」她說。

他內心的無底深坑變得更深，口中嚐到厭倦的滋味。「大概吧？」

「你就像《哈利波特》一樣。」

他看著她，不知道該說什麼。

「好吧，我來解釋。哈利小時候遭受劇烈攻擊，照理說沒有人能活下來，對吧？」

艾德華看得出來她期待他回答。「對。」

「雖然哈利只是個小嬰兒，但佛地魔殺死了他的爸媽，卻殺不死他，沒有人知道怎麼會那樣。他活下來這件事，讓很多人很害怕——他們嚇壞了。」她鏡片後的眼睛眨了眨。「我聽電視上的醫生說，像你遇到的那種空難，倖存機率是零。」

艾德華吞嚥一下，有如乖巧的學生，跟隨她的思路。佛地魔等於墜機，死去的父母等於死去的父母，而哈利等於他。

「我姨丈說，我能活下來的原因，是因為我的座位和飛機骨架連在一起，加上被彈飛到殘骸外……」

雪伊搖頭。

艾德華望著她：她的眼鏡、酒窩，頑強的表情。

「你有受傷留下的疤嗎？」他有，是一條很可怕的大疤，延伸到左小腿中央。他拉起褲管，疤痕參差不齊，粉紅色的，表面凸起。

「超噁的啦，你像哈利一樣有疤。」雪伊的語氣很開心。「而且，你被阿姨和姨丈收養。另外，你記得嗎？佩妮阿姨不是很嫉妒姊姊會魔法嗎？蕾西超嫉妒你媽媽。去年蕾西臥床的時候，我媽逼我去陪她，她一直誇耀你媽媽的成就，但語氣很悲傷。」

艾德華身後有一扇窗戶，外面一片漆黑，他能夠感覺到草坪與街道的寂靜。車輛經過時會放慢速度，彷彿生怕會撞到小孩或鹿。一邊思索著她說的話，他隱約有些暈眩，也可能是她的興奮情緒讓他頭暈，就像坐上嚴重搖晃的船。無論如何，他知道明天早上一定吃不下東西。

「說不定你有特殊的能力。經歷過那樣的空難還能倖存，你一定有魔法。」

「沒有。」艾德華毫不猶豫地說。

「哈利也不知道自己有特殊能力。」雪伊說。「他住在德思禮家的櫥櫃裡，十一年之後才知道。」她看看床頭櫃上的時鐘。「再過三分鐘我就要睡覺了，這樣才能睡足八小時，我需要八小時的睡眠。你要在這裡睡還是回家？」

「這裡，如果妳不介意的話。」艾德華說。

他話才剛說完，燈就熄了。

艾德華的心理醫生是男的，身材很瘦，名字叫麥克醫生。麥克醫生戴著棒球帽，桌上放著一個華麗的時鐘，上面裝飾著金銀色的花朵。每當談話停止時，艾德華就會研究指針，這個鐘似乎自有一套運行準則。這是他第五次來看診，時鐘經常完全不動許久，然後突然快速前進，彷彿想趕上四周的世界。

「有什麼新狀況嗎？」麥克醫生問。

「沒有。」艾德華說。「呃，我阿姨和姨丈因為我變瘦所以很擔心。」

「你呢？你擔心嗎？」

「不會吧。」艾德華聳肩，他不喜歡來看心理醫生。醫生感覺人很好，但他的工作是解剖艾德華的頭腦，而艾德華的工作是阻擋他這麼做，因為他的頭腦太疼痛、敏感，就連最輕微的觸碰都受不了，這份工作讓他很累。

沉默持續太久了，於是他說：「我知道我需要吃東西。」

麥克醫生將一支筆從辦公桌一頭移動到另一頭。「我太太懷孕了，她的醫生告訴她，在生理與醫學上來看，人類一共有三種：男人、女人，及孕婦。我認為這種分類法也適用於你，艾德華。世上有成人、小孩，還有你。你已經不覺得自己是小孩了吧？」

艾德華點頭。

「但你還要再過好幾年才會成年。你是不同的存在，我們必須弄清楚你是什麼，這樣才知道該怎麼幫助你。因為懷孕之後體內血液增加，我太太需要補充葉酸、多睡覺。你的頭喀喀作響，你不喜歡食物，你找到方法讓頭腦麻木以保護自己。」

「隔壁鄰居認為我有魔法，她認為我就像哈利波特。」

麥克醫生摸摸帽沿，艾德華記得在球場上這個動作表示要滑壘，也可能是要跑向下個壘包，或是要將對手刺殺出局。他不記得那個動作的意思，一瞬間他慌了，彷彿即將害全隊輸球了。

「有意思。」

艾德華立刻後悔說出雪伊的想法。他的新朋友不會贊成的——他想，雪伊應該算是他的朋友。每天晚上他都在她房間睡覺，不是朋友還能是什麼？這個想法說出來感覺很荒謬，而雪伊並不荒謬。

他用上僅存的力氣改變話題。「為什麼你太太體內的血增加了？」

麥克醫生從帽沿後面看他。「你以前很喜歡吃香蕉的，為什麼現在無法忍受那種口感了呢？」

「我不知道。」

「這是同樣的道理。」

艾德華很想知道，麥克醫生的帽子底下是否有形狀特殊的禿頭——他有頭髮，從帽子底下露出來——也可能是有嚴重傷疤，需要用帽子遮掩。如果問他，會不會很失禮？

他說：「我應該要告訴你我是什麼嗎？」

「不，我們要一起釐清。」麥克醫生說。

天黑之後，艾德華隨著天空一起黯淡。他內心的那片扁平變得鋪天蓋地，他感覺不到反應，沒有責任感，他蹣跚走出大門，走下臺階，穿過草坪，走上鄰居家的臺階。

貝莎開門，但這次沒有直接讓他進去。

艾德華抬頭看她。貝莎個子很矮，臀部很寬，有著濃密的深色眉毛。她在家工作，將西班牙文小說翻譯成英文。約翰給貝莎取了個綽號，叫「噴火龍」。他告訴艾德華，雪伊剛會走路時，貝莎的丈夫就離開了。艾德華說，他離開了？

他搬走了，他不再是那個家的成員了。約翰說。

這讓艾德華想到各種離開的方式：開門、跳窗、開車、搭火車、船、飛機。離開和他家人發生的事不一樣。離開是一種選擇。

「艾德華，mi amor.（親愛的）。」

他瞇起眼睛看貝莎。「是？」

「我希望你知道，我很高興你喜歡雪伊，她幾乎沒有朋友。她覺得客套很無趣，我也是。我努力讓她說同年齡的女孩會說的話，但……我心裡其實不願意。」她嘆息。「她從來不喜歡玩娃娃，她講話到最後總是會惹惱別人，以前她還會和其他女生打架。她喜歡看書，我就任由她看，但或許我不該那麼做。她一直很寂寞。」

艾德華說：「我喜歡她。」儘管喜歡這個詞感覺很不正確。對他而言，雪伊就像氧氣。他不是喜歡氧氣，而是不能沒有氧氣。

貝莎退開讓他進門。「我希望你不會覺得有必要感激我們，你本身就已經是一種福氣。從你第一天來，我就知道你一定能幫助你阿姨。可憐的蕾西一心想生孩子，把自己逼得都生病了，現在她有可以照顧的人了。」

艾德華差點要搖頭否認，但最後還是算了。他覺得他來到這裡，不但對阿姨毫無幫助，反而妨礙了蕾西，現在她要和他一起辛苦了。有時候，阿姨的臉色很灰暗，就像他的心情一樣，有時候他會看到她對約翰發脾氣，有如劈來的閃電。有時候，當丈夫下班回家，她會纏著他不放，像小孩對父母那樣。艾德華自己一團亂，所以能看出蕾西也是一團亂。他也看出，他是她那團亂中的一部分。

他想到那間嬰兒房，裡面的嬰兒書籍與搖椅。第一天走進那個房間時，他的身體自動往後退，他想立刻離開，直覺知道那四面牆無法承擔蕾西的悲傷與他自己的悲傷。沒有出生的孩子，失去生命的父母。他跟隨貝莎上樓，感覺身後跟著太多鬼魂，遠超過他該負擔的數量。

他每天的生活都從早上的一盤食物開始，現在裡面多了蘇打餅乾。是有一天下午約翰加進去的，蘇打餅乾成為他最能容忍的食物，鹽加上酥脆的餅乾，需要咀嚼的次數非常少。早上的第一盤食物吃完之後，他和蕾西出門去復健。看診之間的時間，阿姨拎著一籃籃衣物上下樓。午餐時，她給他第二盤食物，然後和他一起坐在沙發上看午後肥皂劇。故事的主軸是一家醫院，蕾西告訴他，她和他的媽媽十幾歲時每天都在看這部劇。

「也就是說，妳一輩子都在看這部劇嗎？」艾德華驚奇地問。

「斷斷續續的，你媽媽為路克神魂顛倒。」蕾西指著螢幕上一臉疲憊的禿頭男子，一隻耳朵戴著耳環。他人生的摯愛蘿拉在回憶中那麼嬌嫩美麗，現在卻變得憂傷臃腫。

「讓人深深感受到歲月無情呀。」阿姨說。

肥皂劇的節奏很慢，而且經常重複，這樣的速度很適合艾德華。角色一一列出他們面對的難題，然後摸索著，尋找解決方法。大部分的場景都發生在醫院病房裡，不然就是鎮上的碼頭，雖然不知道為什麼。艾德華和蕾西默默收看，那樣認真的態度，以前當艾德華還是正常孩子的時候，一定會覺得很好笑。

約翰下班回家後，艾德華會觀察阿姨是否要發射閃電。約翰進門時總是一臉擔憂，艾德華感覺得出來蕾西很討厭這樣，就連她心情好的日子也難以忍受。晚餐過後，蕾西上樓，換約翰陪艾德華坐在沙發上，約翰會一直抱著平板電腦或筆電，他很少有眼前沒螢幕的時候。

艾德華將另一盤食物放在腿上，心中默數，就像以前彈鋼琴時那樣，計算每一口之間的間隔。他之所以能吃下去，全靠理由的改變。以前的他吃東西，是因為肚子餓，是因為喜歡某一種食物。現在的他吃東西，是為了不要住院，為了不讓阿姨和姨丈擔心。他從蘇打餅乾的角落開始吃，節拍器計算，一、二、三、四。

盤子裡的食物吃到一半，他心中那片扁平往後掀起，像床單那樣，他突然明白姨丈用平板電腦做的事與墜機事故有關。艾德華想偷看，但約翰總是將螢幕擺在外甥看不到的角度。

「你在做什麼？」艾德華問。

約翰通常動作很慢，大部分的時候都像是心不在焉。但這個問題直接來自很少講話的外甥，自從在科羅拉多的醫院醒來之後，除了直接與性命相關的對話，他幾乎從不問問題。約翰猛然坐正，因此失去平衡，導致平板電腦從手中飛出去，落在地上。

約翰慘叫一聲，撲過去撿。

那個誇張的叫聲，不知為何讓艾德華覺得好好笑。他的笑點被搔中，大笑起來。

約翰趴在地上，停止他的動作。

艾德華也愣住，笑聲停止，內疚、羞恥、困惑的感受，有如一桶冷水澆熄了歡笑。

他推開盤子，拉起腦中的床單，重新緊緊蓋上。

約翰依然在地上，只是換成坐姿。他說：「我用這臺 iPad 主要是處理工作。」

「噢。」

「艾德華，你可以笑，沒關係的。甚至有好處。你必須重新開始做那些正常人會做的事。」約翰說。

艾德華的身體感到痠痛。他差點告訴約翰先前心理醫生講的話，他是另一種人類。

他不是小孩，他是一堆細胞、兩顆眼球，以及一條受傷的腿。

「我長胖一磅了。」他說，得意的語氣讓自己也感到驚訝。

他晚上也有固定的規律。大約九點，艾德華會出現在雪伊的房間，坐在窗邊的單人沙發上消磨一個小時。十點，他們會輪流去浴室刷牙，然後他攤開深藍色睡袋，鋪在地板中央。十點十五分，雪伊關燈。

「夏令營好玩嗎？」他坐在單人沙發上，受傷的腿往前伸直。

「很蠢。你不用去，算你運氣好。」

「我不能去，我沒辦法跑來跑去。」

她原本低頭在筆記本上寫東西，這時抬起頭來。「就算你百分之百健康，你想做什麼，大人也都會答應的。如果你現在去向我媽拿她的車鑰匙，她也很可能會給你。」

「才不會哩。」

「你想試試看嗎？」

他想像自己去找貝莎要車鑰匙，但只是搖頭。

雪伊一臉失望。「唉，重點是，一般小孩要遵守的規定，在你身上不適用。你應該慶幸才對，因為小孩要守的規定大多都毫無道理，只是大人自以為他們有權力控制我們。夏令營的老師甚至不准我在吃午餐的時候看書，她說閱讀有礙社交，但我認為其實她根本是約瑟夫．戈培爾。」

「那是誰？」

「納粹，會焚書的。」雪伊重新看著筆記本，寫了幾行字。

每天晚上，艾德華都看著她在筆記本上寫東西。他懷疑她在記錄他的事，推測他有什麼潛藏的神奇能力，但他也不敢發問證實。他端詳受傷的腿，等她寫完。他之所以問她夏令營的事，是因為他知道正常人都會聊這些話題，你今天過得好嗎？你心情好嗎？但他開口問之後總感覺很蠢，而她的回答很不耐煩，他感覺得出來，其實有另一段對話同時進行，只是那種語言他不太能理解。關於魔法、他們的年紀、她沒有朋友的問題、他們的情緒起伏、墜機事故，以及她每天在寫的東西。

她終於停筆，抬頭說：「我看到你質疑的表情。」

他盡可能擺出無辜的樣子。「什麼？」

「懷疑也沒用。事實就是如此，我能夠看到大人看不出來的東西。也就是說，我可以比別人更快看出你心裡在想什麼。」

房間裡的空氣壓縮，彷彿那段暗藏的對話與實際進行的對話瞬間重疊。

真正的艾德華（不是那個一直努力想說出「正確」對話的艾德華）說：「等妳發現我其實很普通的時候，一定會失望的。」

「太遲了。你永遠不會是普通的小孩。」她說。

這句話感覺很真實，他突然安心了。

「我也不是普通的小孩。」她說，彷彿回答他沒問出口的問題。

「太好了。」他說，激動的語氣令他臉紅。

她繼續埋頭寫東西，艾德華察覺他的呼吸順暢了一點，胸口放鬆了。時鐘指向十點，他拿起枴杖走向浴室。

他們各自上床、鑽進睡袋之後，雪伊說：「我想知道，大人會讓你睡在這裡多久。在超市時，我聽到一個太太問我媽這件事，這讓大人感到很不自在，因為我們不是青少年，但也不是真正的兒童，他們說不定很快就會禁止。他們會希望所有人的行為——」

她舉起手指，做出空氣引號。「——合乎規範。」

艾德華望著她。「鎮上的人怎麼會知道我睡在這裡？」

「是八卦、是滲透，誰知道啊？」她一定發現他的表情很怪，因為她說：「噢，別擔心。你可以繼續睡在這裡，多久都可以的。我會對抗他們的，我很擅長這件事，我可以把他們煩死。」

郵差送來一個非常大的信封，厚度至少兩吋，蕾西拿著去客廳，在艾德華身邊坐下。她撕開外面的信封，紙重重落在地上，她拿出一個藍色大活頁夾。

「那是什麼？」艾德華問，同時也讀出封面上寫的文字：二九七七號班機乘客私人物品。

「噢，我的天。」蕾西說。

裡面附上一封信，信上說，如果他們認出任何屬於艾德勒家的物品，便會寄還。蕾西將活頁夾翻到中央，那是一張項鍊的照片，掛著金墜子，底下打出墜子上刻的字。下一張照片是巴黎鐵塔造型的墜飾，另一張則是泰迪熊。

「我不懂。這些東西在墜機後都留存下來了嗎？怎麼這麼多？」艾德華說。

蕾西點頭。

「這些都沒有融化？沒有爆炸？」

她用手指點點活頁夾。「你想全部看一遍嗎？」

艾德華的耳朵喀喀作響，彷彿一連串的鼓聲。「不要，謝謝，現在先不要。」

後來，他聽見阿姨和姨丈在廚房吵架。因為蕾西在艾德華面前打開那個活頁夾，這讓約翰很不高興。

「老天。」約翰說。「我們的責任是要保護他，妳沒看到他多憂鬱嗎？麥克醫生說我們必須非常、非常小心。」

蕾西的語氣變得尖銳。「我不想欺騙他。我認為他應該要看看那些資料，這樣他才能自己理出頭緒。」

艾德華的父母以前也經常吵架，但這次的爭吵感覺不一樣，比較悲傷、比較急迫，彷彿約翰與蕾西在攀岩，但體力和物資都準備不足。他們似乎確切感受到，隨時可能有人因失手而墜落。

姨丈說：「現在還太快，艾德華還沒準備好理出頭緒。」

「他當然還沒準備好。這麼艱難的事，怎麼可能準備好？」

約翰的語氣變柔和，彷彿努力想改變談話氣氛。「蕾蕾，別激動。」他停頓一下，然後說：「妳現在都不叫我大熊了。」

但蕾西似乎無法改變氣氛，也不願意改變，甚至比之前更氣憤。「我不需要你來告訴我，我的表現有多差勁。我對小孩一無所知，我知道他感覺得出來，他甚至不想在這裡睡覺。」

「和他相處時，妳需要更小心一點。真是的，我們拔掉電話不就是為了這個嗎？」

艾德華心中一驚，這才發現他住進來之後，從來沒聽過電話鈴聲。他很想知道，他們是在躲誰的電話。

蕾西說：「那個討厭的人又寄電子郵件來了，說他們需要 DNA 樣本確認遺體身分。他要我聯絡珍恩的牙醫索取樣本。」

珍恩，艾德華想，這時他才意識到，阿姨也同時失去了姊姊，就像他失去哥哥一樣。珍恩、喬登。珍恩、喬登。

「把郵件轉寄給我，我來回覆。」

「這是我的責任，她是我姊姊。」

聲音停了，可能是他們離開廚房，也可能是艾德華的耳朵擅自封鎖他們的聲音。

夏季在悸動中繼續下去，矇矇矓矓的，有太多陽光，艾德華不喜歡。他去看那個愛清喉嚨的醫生，檢查腿和體重。他去看麥克醫生，整理他的情緒。還有一個物理治療師，為了讓他的步伐恢復正常。

艾德華忽然想到，世上沒有人記得他在出事前是怎麼走路的，但他自己也不記得。不過他記得喬登走路的樣子，哥哥的步伐非常獨特，很大步，而且會跳起來。地心引力對他的作用似乎比別人輕。艾德華記得，以前和喬登在路上邊走邊說話，話講到一半，哥哥突然跳到半空中。他很愛跳，媽媽有一次這麼說。

艾德華彎曲膝蓋跳起來。

「哇，冷靜點，小老虎。」物理治療師說。「怎麼回事呢？拜託你專心往前走，不是往上跳。」

那天下午，物理治療師給他回家作業，要他在家門前的人行道上走到底再折返。剛開始的那幾天蕾西陪他一起走，但現在她只會站在門階上等，因為物理治療師說艾德華必須自己學習平衡。一小群人站在人行道的遠處，幾個青少年、一位修女、幾位老人家和婦女，他們的樣子彷彿在等候遊行隊伍。

艾德華知道他就是遊行隊伍。他們說話，他不聽。他們揮手，他也不看。他完全不看向那些人的方向，他專注將枴杖往前移動，踏出一步，接著是下一步。他的耳朵喀喀作響，節拍器正數著拍子，他經過的每棟房子，都聽到裡面的時鐘滴答前進。

*這是有史以來最糟的遊行，*他想。

一天傍晚，艾德華不小心坐在約翰的平板電腦上，他放在沙發上，被毯子蓋住了。艾德華拿出平板，黑色螢幕倒映他的臉。姨丈出門去開會了，阿姨在床上。倒映的臉感覺比較老、比較真，彷彿這片黑色鏡子看出他內在的灰暗。回望著艾德華的那張臉很像電影裡的反派：太過嚴肅，讓人感到充滿惡意。

爸媽不准他和喬登用手機——他們兄弟只有傳訊息用的機器，萬一發生緊急狀況時，爸媽還是能聯絡他們。不過，爸爸和媽媽都有平板電腦，兩兄弟要玩教育遊戲時可以借用。

艾德華按下電源鍵。

螢幕要求輸入四位數密碼。

我真的要這麼做嗎？他真心好奇地自問。要。

他試著以爸爸的方法思考這個問題，爸爸總是充滿感情地和數字對話——彷彿數字是街坊酒吧裡一群特立獨行的人——因此，當艾德華腦中充滿數字時，他覺得很溫暖。當他思考可能作為密碼的數字時，他覺得他正在使用和爸爸一樣的DNA。

他輸入蕾西的出生的年分，一九七四。螢幕震動拒絕。他又輸入約翰出生那年，一九七二，也不是。現在只剩下一次機會了，再猜錯，電腦就會封鎖，並且發郵件給約翰，詢問他是否忘記密碼了。

艾德華放下平板電腦，注視整整一分鐘。數字從來不是隨機的，數字喜歡模式和意義，爸爸會這麼說。

艾德華重新拿起平板，輸入班機號碼，二九七七。

密碼通過。一波恐懼穿透艾德華，他從沙發上站起來。他走出家門，以最快速度穿過夜晚悶熱的空氣，走上雪伊家的門階，去到雪伊的房間。他跌跌撞撞進去時，她正坐在書桌前。他將平板電腦交給她，彷彿那是拔掉保險插銷的手榴彈。

她以相應的鄭重態度接下，艾德華站在她身後，彎腰輸入密碼。

他們一起看著首頁出現，右下角有個紅圓圈，底下寫著「飛機樹」。

她看他一眼，他點頭。她點選那個標誌，出現一份連結清單：

罹難者家屬

艾德華推特

艾德華 Google 快訊

筆記

她壓低聲音說：「你在哪裡拿到的？」

「這是約翰的。」

她蹙眉，酒窩跟著變深。「這樣吧，我可以找出這些東西看一看，告訴你裡面說什麼。你自己不要看。如果是我，一定不想看。」她說。

艾德華走到房間另一頭，沉沉坐在床上。他來這個房間這麼多次，從來沒有坐在床上過，床墊很軟，在他的體重下發出輕微聲響。他好希望可以躺下，閉上眼睛，睡著。但是，即使在這個房間裡，要睡著也很難。每天晚上，艾德華努力想抓住睡意，彷彿那是一塊位於河流中央的石頭，但水流一直將他沖走。有時他的指尖會觸碰到一下，那麼他就能稍微小睡，但他從來無法熟睡一整夜。

他小聲說：「裡面有關於喬登的資料嗎？」

他只能看見雪伊的側臉，她點點螢幕。「約翰製作了一份PDF檔案，裡面有很多連結。」她說。「這裡有一個喬登的臉書專頁，是在事故之後建立的，好像是兩個女生弄的，她們應該不認識他本人。裡面有張照片。」

「我想看。」

她舉起螢幕，喬登就在螢幕上，穿著鮮橘色連帽大衣，背景是他們家附近的雜貨店外面。他的頭髮幾乎完全豎立。

「那張照片是我拍的。」艾德華說。

雪伊放下螢幕。「罹難者名單中有他，有些地方提到他是你哥哥。」她說。「網路和報紙上有一些關於空難的報導，就這樣。」她倒抽一口氣。

「怎麼了？」艾德華問，一絲不可能的希望掠過胸口。

「我剛剛 Google 搜尋你的名字，超過十二萬項結果，艾德華，出現十二萬個。」

「喔。」他不知道還能說什麼。

「喬登只有四萬三千項。」

「快關掉。」艾德華說。「拜託。」

她沒有再說下去，他很感謝她迅速地反應。他知道家門外也有人持續關注他，但他沒想到連網路上也有，在所有手機、平板，及電腦裡。他和雪伊準備去睡覺，輪流去洗手間，艾德華的綠色牙刷和她的藍色牙刷一起放在洗手臺邊。

他出來時，她已攤開深藍色睡袋鋪在地板中央。艾德華慢慢躺下，盡量避免動到未痊癒的那條腿。「我明天要早點起來。趁約翰還沒發現，把平板放回去。」他說。

「如果他發現了，會生氣嗎？」

艾德華略微思考。「應該不會。」

雪伊點頭，摘下眼鏡，她的臉變得不太一樣，模糊、脆弱。一天中，只有此刻的她會顯得沒那麼自信，這是艾德華每晚期待的時刻。她關燈之前，他問，「妳爸爸呢？」

雪伊伸手想拿眼鏡，但又放下，她往艾德華的方向看過去。顯然她看不見他，頂多只有朦朧的輪廓和色塊。

「我爸爸，」她說，從她嘴裡說出這三個字感覺很彆扭。「我兩歲的時候，他遠走高飛了。他從來沒有聯絡過我，我媽認為他應該有了新家庭，可能在西部某個地方。」

科羅拉多州，艾德華想著，因為對現在的他而言，那裡就是「西部」。有醫院的白牆，拄著楞杖的女士，及他腦中暈眩的感覺。或許，雪伊的爸爸目睹飛機從天空墜落。他遠走高飛了，雪伊說，而他的家人墜落了。

雪伊說：「既然他不要我們，我也不要他。」

「他一定是瘋了，才會離開妳們。」艾德華說。

「我媽說，爸爸之所以會娶她，單純是為了激怒自己的媽媽，因為她不希望他娶墨西哥女人。」

艾德華看著雪伊模糊的臉，希望多說一點話，多一點解釋和回答——好填補不斷出現的坑洞，他幾乎整個人都是坑洞。但雪伊關燈了，獨留他在黑暗的寂靜中。

晚上五十點十七分

空中的時間很單調。始終如一的空氣品質與氣溫，有限的聲音，乘客的動作受限。有些人在這樣的限制下反而覺得舒服，在空中比在家更能放鬆。他們將電話關機，電腦收在行李中。乘客們很高興人們無法聯絡到他們，他們可以看小說，或是收看座位前方螢幕播放的喜劇，低聲嘻笑。但是，那些特別有幹勁的人則無法想像放空的狀態，討厭和地面的生活斷線，他們的焦慮更加放大。

珍恩從馬克前面擠過去。頭等艙的座位空間夠大，他不必站起來，但她覺得他應該出於禮貌站起來才對。此刻，她的臀部直接從他的臉前面經過。她到了走道上，回頭一看，發現他的注意力完全放在電腦螢幕上。這個男人自從登機後一直對那位空服員流口水，但她的屁股經過時，他甚至沒有抬頭。

老天，我的性感魅力和葡萄柚差不多。她想著。

走到盡頭時，她穿過分隔頭等艙與經濟艙的紅布簾。所有座位都有人，這一區的乘客感覺都有些不自在。珍恩匆匆按一下胎記，她很想知道，有人坐頭等艙不會感到內疚嗎？她鄰座的那個人會內疚嗎？很可能不會。

「媽！」艾迪喊，她順著聲音看過去，找到她的三個男孩，一個是滿頭的白髮，兩個是滿頭亂翹的鬈髮。

她對艾迪揮手，每次一段時間不見之後，再次看到他時，她總會想起他的嬰兒時期，整天哭鬧不休，無論是在她懷裡、在嬰兒床上、被布魯斯抱在肩上搖晃，他都一樣哭個不停。出生後的三個月，他幾乎都不睡覺，那是珍恩人生中最黑暗的時光。她的荷爾蒙混亂，母乳滲出，每天的每分鐘都無比失敗。她無法給予寶寶足夠的安慰，她無法做那個喬登熟悉的媽媽。三歲的喬登看著她的哺乳睡衣和沒有整理的亂髮，表情摻雜著恐懼與悲傷。她也深刻感受到她辜負了自己——她一直相信，無論遇到什麼狀況她都能克服，現在只是證實她做不到。她不是自己以為的那種人，也不是她想成為的那種人。

成年之後，她的人生一帆風順，直到那個時候。一直以來，她想要什麼都由她決定，然後努力爭取，在文學雜誌上刊登短篇小說，嫁給布魯斯，找到寫作電視劇本的高薪工作，生下長子。喬登小時候她整天把寶寶背在胸前，無論去哪裡都帶著。現在她只能無力癱坐在沙發上，母乳弄髒衣服，無法睡覺、無法休息、無法思考，因為寶寶不停大聲哭鬧。然而，當艾迪停止哭鬧之後，他變成最可愛的寶寶，笑容滿面，跟著哥哥在家裡到處爬，他比喬登小時候更愛撒嬌。有一天早上，珍恩大笑著醒來，因為寶寶趴在她身上，用一個個濕答答的吻轟炸她，啾、啾、啾，珍恩的抑鬱從此煙消雲散。

喬登總是能吸引目光，身為哥哥，他速度快、體力好，什麼都贏過弟弟，但艾迪和喬登是一個團隊。喬登遇到不順心的事就會發脾氣，艾迪讓他冷靜下來。艾迪喜歡彈鋼琴，於是喬登作曲給他彈。艾迪用樂高建造城市，從廚房延伸到大門口，爸媽每次半夜要去上廁所，都一定會踩到積木痛得罵髒話。樂高狂熱剛開始的時候，喬登去圖書館借建築類的書籍，幫助弟弟規劃更精美的都市。當喬登開始在小地方反抗布魯斯，例如在該讀書的時候溜出去，去博物館的時候比說好的時間晚十五分鐘回家，艾迪成為他的共犯。當他們被門房或布魯斯本人「逮到」的時候，艾迪總是會立刻說：「對不起，爸爸。」用可愛的童音撒嬌，澆熄布魯斯的怒火。珍恩認為艾迪嬰兒時期的瘋狂哭鬧將脾氣都耗光了，他會順風順水，滿臉笑容地長大成人，跟隨著喬登比較狂暴的航路。

到了他們的座位旁，她問：「你們還好嗎？」三顆頭一起往後仰起看她，同樣一臉嚴肅。

「頭等艙的餐點比較好，可以把甜點留給我們嗎？」喬登說。

「沒問題。」她對兩個兒子微笑，卻有點不敢看布魯斯。她答應過會及時完成工作，改動機票和他們坐在一起，最後卻沒做到，不知道他會因為這件事嘔氣多久。

「妳的劇本出現外星人了嗎？」艾迪問。

「沒有。」

「潛水艇呢？」

「沒有。」

「突變狂猿呢？」

「有，好幾隻。」

「或許你媽會寫愛情故事。」布魯斯說。

這句話，等於是他在按她的胎記。十年來，她一直想寫一部電影劇本（風格平靜，以對話為主，全長一小時）但她為了接能賺錢的工作，而遲遲沒有動筆。現在她好想寫那個劇本，她想像劇中的情侶，即將第一次接吻——在她寫出劇本之前，這一幕不會存在——她搖搖頭。男主角摟著心愛的人，轉頭看珍恩。他的眼睛在說，拜託快點寫，快沒有時間了。

上方的播音系統發出雜音，一個聲音說：「機長廣播。接下來二十分鐘，我們將飛過一片小型暴風雨，因此可能會有輕微亂流。請各位乘客回到座位，繫好安全帶，等候燈號熄滅。」

艾迪雙手抱胸，轉頭看窗外。珍恩不用看也知道，突然冒出的淚水沾濕了他的眼眶。這次搬家對每個人都造成很大的壓力，他很希望能在飛機上和媽媽坐在一起。

「對不起，寶貝。」她對著艾迪窄窄的肩膀說。「過幾分鐘我再回來。」

「甜點。」喬登說。「等一下午餐的時候，記得把甜點留下來。」

她和喬登進行複雜的握手儀式，這是他們花了很多時間設計出來的，足足要五秒鐘才能結束，保持面無表情也是整套動作的一部分，不准笑。完成之後，他對她點頭表示滿意。這個握手儀式有如測驗，通過之後她就可以繼續留在他的小圈子裡。問題在於，這個測驗經常舉行，只要踏錯一步，很可能她就會被驅逐到圈子外。

回座位的路上，她經過那個體型碩大、裙子上綴著小鈴鐺的女子。走道太窄她們兩個都必須側身才能過去，而且不可能不碰到對方。一瞬間她們鼻子對著鼻子，然後肩膀輕觸，鈴鐺在她們腰部下方叮噹作響。

「我喜歡妳的裙子。」珍恩說。她很清楚喜歡這個詞不對，但她不知道正確的詞是什麼，她因為臉紅而尷尬。

那個女人上下打量珍恩，觀察她扣起來的毛線外套、牛仔褲，長度到下巴的短髮。

「謝謝。」她說。「我看到妳和兩個兒子在前面那裡，他們很可愛。」

珍恩微笑。「以前他們很可愛，現在我不知道該怎麼形容。」

「哎，我還是覺得他們很可愛。」

「多謝了。」

談話顯然結束了，但珍恩離開之前猶豫了一下。在那瞬間，她想多說點什麼，但想不出合適的話。即使當她回到座位繫上安全帶，卻覺得好像還站在那塊橘色地毯上，尋思該說什麼。我靠寫對話賺錢呢，我真是惡質的冒牌貨，她想著。

班傑明看著那兩個女人在走道上錯身而過，她們距離他大約六英尺。他聽不見她們對話的內容，但他看到那個媽媽臉紅了。剛才，他聽到她和走道另一邊白髮爸爸和兩個兒子講話。這樣的核心家庭──爸爸、媽媽、兩個孩子──他總覺得很像博物館的展示品。當他們說話的時候，感覺好像在念臺詞，所有幸福家庭一開始都會拿到一份劇本。他看到媽媽走開時，小兒子的眼睛湧出淚水，班傑明忍不住想：你也太扯了吧？她只不過是要回座位。

他知道統計數字，知道這種家庭真的存在，但他生長的地方很難得看到。在軍隊裡，大部分的士兵家庭狀況都不甚理想，從來沒有人會說家裡很幸福。班傑明的遭遇不算太好，但他聽過更慘的故事。曾經有個士官這樣問手下的小兵：「是誰讓你拿起槍？你自己或你老爸？」

兩個女人分開，那位菲律賓女士經過他，裙子叮噹響。走道對面的爸爸按住大兒子的手，孩子大笑。班傑明努力分辨他看到的感覺是什麼，他腦中浮現自在這個詞。他們相處很自在，沒有人緊張防備，不必小心警惕、也不必有所保留。他感覺得出來，那家的爸爸從來沒有打過孩子。如果將暴力比喻為扔進池塘的石頭，班傑明能夠敏銳觀察到漣漪，但這個家庭完全沒有。

蓋文生長的家就像這樣，所以他才能那麼輕易交朋友，可以毫無顧忌地說說那些「敲敲門」一起頭的冷笑話。他爸爸是牙醫，很可能是雙手柔軟、笑容緊張的人。班傑明想像著他有溫柔的媽媽，會在家烤餅乾，接送孩子用的休旅車絕對會裝上最高級的輪胎。他忍不住想，要是能認識他們該有多好。

◆

佛羅里達看著那個一臉疲憊的媽媽走遠，她很想給她一個擁抱，至少幫她稍微按摩一下肩膀。那位媽媽渾身尖叫著需要觸碰。她是那種太經常用腦的人，太投入於他們謹慎盤算的計畫中。佛羅里達看過她丈夫，那個好像很聰明的猶太人，她想像他們的性關係還算不錯，但不常親熱擁抱，也很少營造情趣。她深深相信，那麼封閉緊繃的人，藉由藥物放鬆能帶來好處。他們不知道如何打破界線，要由外力替他們解除。如果她身上有迷幻菇，一定會偷塞進那個媽媽的皮包裡。

她坐下時，飛機剛好抖動一下。

「小姑娘，妳還好嗎？」她說，同時想著這一個孩子就不適合任何藥物。琳達也很緊繃，不過她是毫無頭緒那種，她有太多糾結斷裂的線，她的能量根本亂七八糟。她死命抓住正常的人生，迷幻藥會讓她的手放開，下一瞬間，她就會在街上尖叫裸奔。

琳達原本望著窗外，這時回頭看佛羅里達，眼睛睜得很大。「我不知道為什麼要告訴妳這件事。」她說。「不過我沒有其他人可說，我真的很想說出來。」

「說吧。」

「我懷孕了。」

佛羅里達端詳這個年輕人。巴比一直想要孩子，她得偷藏避孕藥以免懷孕。當他們認真討論生孩子的事，她感覺得出來，他想要孩子不是因為愛孩子，而是想把孩子變得像他一樣，想要孩子對他言聽計從。她盡可能改變自己，以配合他和他的理想，但她保留了一小部分，關於她的思想、歌曲、每天在森林裡散步——他卻認為這樣等於犯了不忠的大罪。

巴比相信，要有和他理念相同的信徒，才能平安度過各種災難：社會崩解、美元崩盤，或是小行星撞擊導致的末日。佛羅里達相信，一旦有了一、兩個孩子，他就會把她排除在外。從她自己的家庭、他的計畫、他的人生中排除。

飛機撞上世貿雙塔時，他在曼哈頓的一家保險公司上班，在那之後，一切都變了。他辭去工作、賣掉西裝，在布魯克林區當服務生，佛羅里達就是在那裡認識他的。那時，她在針灸診所當秘書，也是女子藍調樂團的歌手。巴比之所以吸引她，是因為他相信真實很重要。他很聰明，讀過很多書，屁股精瘦性感，能夠清楚解釋資本主義很邪惡的原因。他指出，在他們住的那個街區，為了要蓋摩天大樓、賺更多錢，一位九十二歲的老太太從她住五十年的家裡被趕出去。因為資本主義，佛羅里達和她的所有朋友才會負擔不起健康保險——保險業的目的不是提供健康照顧，而是為了從每個人身上榨取最多的錢。巴比有精闢的口才——她認識太多大麻上癮的帥哥，每次爭論到最後只會說，噢，老兄，你懂我的意思吧？——加上他好看的屁股，讓她決定和他在一起。

占領華爾街行動的第一週，他們一起去了祖科蒂公園，在那裡堅守好幾個星期，直到市長彭博（那個法西斯廢物）派垃圾車去清場。巴比加入好幾個行動委員會，經常在開會時遭到排擠。佛羅里達為抗議群眾煮飯，分發毯子、牙刷、保險套，及衛生棉條。她也加入一個抗爭樂團，這是那年秋天她最愛的一段時間：許多充滿希望的好人一起奮鬥，大聲唱出他們純淨的歌聲。她一直相信音樂的力量，但現在證據就在眼前。人們想要改變他們痛苦的奴役生活，甚至徹底改頭換面，來這座公園歌頌更美好的世界。他們的歌曲塑造他們的當下，形成一個完整的迴圈，佛羅里達很少看到這種盛況。

飛機劇烈搖晃了一下，琳達緊抓著扶手，指節發白。

「我還沒準備好要面對這件事。」她說。

「這件事。」佛羅里達說。她心裡想著，這件事是定義女性的大事。生兒育女。要不要生？能不能生？想不想生？

「一切都會順利的。」佛羅里達說，以她上舞臺表演的經驗，用自信照耀這個年輕人，但她肯定無意中流露了質疑，因為在琳達的臉上能清楚看見。

二〇一三年九月五日

學校就在短短三個路口外，但貝莎還是開車送他們去。「一定會有一堆瘋子和白癡跟著你，對你說些奇怪的話。」她看著後視鏡說。「不過到聖誕節的時候，他們就會忘記這件事，不會再騷擾你。所以千萬記住，這種狀況只是一時的，記者的注意力像果蠅一樣短暫。最可怕的是宗教狂熱份子；如果他們跑去跟你說那些天花亂墜的故事，客套微笑走開就好。」

蕾西坐在前座。艾德華覺得她很奇怪，坐姿太端正，好像石化了一樣。那天早上約翰在浴室的時候，她傾身越過餐桌，輕聲問：「要不要把《杏林春暖》錄起來，等你放學回來一起看？」他點頭，她也點頭，她的表情很鄭重。他很好奇，他不在家的時候，她一個人要做什麼。他似乎可以從她的肩膀看出，她也在想同樣的問題。

他發現，貝莎也看著蕾西，今天對他們意義重大。所謂的他們，包括蕾西、貝莎、雪伊、約翰，他們出發時，約翰站在車道上一直對車子揮手，彷彿這趟旅程很危險，他們或許無法平安歸來。

艾德華回想這件事，提醒自己正常人的行為模式，也可以解釋奇怪的緊張氣氛。第一天上學，儘管他從來沒有去過學校，但對他而言沒有比其他日子更崩潰或更徬徨。他的心臟在胸口規律跳動，他的頭喀喀作響，他呼吸。

「媽咪，妳以前都會上教堂。」雪伊說。

「那時候我頭腦不正常，我在墨西哥被洗腦了。」

安全帶下的雪伊躁動著。她花了整整三天和媽媽爭執開學第一天要穿什麼衣服，最後終於達成妥協方案：貝莎選的粉紅色荷葉邊裙子，搭配雪伊選的藍色棒球衫。不過雪伊特別允許媽媽幫她綁頭髮，那天早上站在門階上的艾德華看到整個過程。貝莎的雙手深深埋進雪伊的頭髮中；雪伊的頭往後仰，閉起眼睛，舒服的表情像貓一樣。母女兩人都沒說話，非常難得，這個畫面洋溢著平和。

雪伊說：「妳會害艾德華緊張啦，他不該緊張的，因為學校的學生都是白癡。他們不值得他費事緊張。我很清楚，我從五歲就和他們讀同一所學校。」

「我不緊張。」他說，很清楚她們三個都不會相信。

「你以前自學好多了，可以整天在家裡看書。」雪伊說。

艾德華聳肩。從一開始，爸爸就和他們兄弟倆解釋他反對學校教育的原因。「制度很糟。」布魯斯說。「學生良莠不齊。一班至少有二十五個學生，學習當然很沒有效率。聰明的學生會因為其他同學趕不上而被迫放慢腳步。另一方面，因為學生太多，所以學校的管理方式很像工廠，說得更難聽一點，就像監獄。做什麼都要排隊，鈴聲一響就要移動，一天只能在戶外活動一次，而且是在柵欄很高的操場裡，這些都無益於深度思考及創造力。才剛開始深入探索一個科目，鈴聲響了，你就得離開。」布魯斯搓搓頭，這是他焦躁時的小動作。「你們能理解嗎？」當時喬登八歲，艾德華五歲，他們聳肩。但那天晚上，經過一整天的數學題目、鋼琴練習、自主思考，他們其中一個在黑暗中說：

「我敢說學校一定比較好。」

「我想和雪伊同班。」艾德華說。他穿著蕾西準備的灰色長褲和白襯衫。他沒看過這套衣服，不過他現在穿的衣服都是這樣。事故之後，蕾西幫他買了整個衣櫥的新衣服，她買衣服的風格和他媽媽很不一樣。他以前習慣穿亮色系的衣服搭配工作褲，或是喬登的二手滑板風T恤，現在他穿的是燙過的牛仔褲、白T恤，顯然還有西裝褲。

車子停在學校前面，貝莎的眼神很強勢。「Pobrecito（小可憐），別擔心，你會和雪伊同班，我們處理好了。」她說。

鎮上的國中和高中在同一棟巨大的紅磚建築裡。他們的車停在國中部的入口，高中生從比較遠的門出入，在三、四樓上課。國中部則在一、二樓。艾德華專注看著雪伊的藍上衣背影走進學校，集中精神保持平衡——他已經不需要用枴杖了，但有一條腿仍比較沒力氣。他對學校的瞭解都來自於電影，這間感覺很符合他的期待。進入大門會先看到幾間辦公室，有磁磚的牆壁，四四方方的置物櫃，及兩排教室門。這裡和艾德華從小學習的環境很不一樣，以前他會躺在客廳沙發，或在床上看書，在廚房餐桌旁算數學，等爸爸煮晚餐。

他小心翼翼往前走，其他學生像彈珠一樣在走廊上衝來衝去，有說有笑的。大人警告他們不要跑，慢慢走、要小心、別推擠。「同學！」一個大人喊。「拜託你們冷靜！」

他不是在跟我說話，艾德華想。

他感覺耳朵響個不停，喀喀、喀喀、喀喀。然後他進教室，坐在雪伊旁邊，看著老師在黑板寫上計算三角形面積的公式。他已經學過了，爸爸幾年前就教過了。過了幾分鐘，他察覺他可以教這堂課，這種程度的數學對他而言像呼吸一樣簡單。下課之後去另一間教室，坐在另一排位子上，這堂課是女老師，穿著紫色洋裝，她東看西看，就是不看他。接著去喧鬧的學生餐廳，雪伊幫他打菜，他小口吃著肉捲，顏色像他的長褲一樣灰。

他有種感覺，好像有一群嗡嗡叫的蜜蜂一直跟著他。那個聲音讓他很不舒服，像是同時從天花板和地板冒出。

雪伊叉起一個薯塊。「假裝這裡是霍格華茲的交誼廳吧。哈利第一天上學的時候，大家也像這樣竊竊私語的。」

「我沒有什麼做值得讓人竊竊私語的事。」艾德華說。

「你做過的事，就像哈利剛入學的時候一樣。」

她發現他沒有看她，於是說：「你活下來了。」

他想，噢，沒錯。

他要離開學生餐廳時，有人拍他的肩膀。

他回頭，看到一個棕色皮膚、蓄八字鬍的男子。

「阿倫迪校長。」雪伊說。

「妳好，雪伊。」他說。「艾德華，可以請你一塊去校長室談談嗎？」他又看著雪伊說：「我保證會把他平安送去下一堂課的教室。別擔心，小姑娘。」

艾德華跟著校長穿過擁擠的走廊。這裡的學生感覺腫大、變型，艾德華這才明白他們到了高中部。這裡的男生聲音較大、較低沉，他旁邊有兩個學生假裝打架，艾德華縮了一下。不過，一發現校長來了，學生紛紛安靜下來站好。幾個學生向校長打招呼，然後又看艾德華一眼。阿倫迪校長走向一扇裝著毛玻璃的門。進去關上門之後，幾乎聽不見走廊的吵鬧聲。

整間辦公室和窗臺上都擺滿大小不一的盆栽，連天花板上也垂掛著。有些葉子很厚，有些姿態修長，有兩盆開著粉紅色的小花，空氣中有潮濕泥土的氣味。這裡感覺像溫室，中間的辦公桌反而顯得突兀。

阿倫迪校長微笑。「我喜歡將自然帶入室內，我算是一位業餘園丁。」他將雙手交握放在身前。「好了，艾德華，通常有學生轉學進來時，我會在他來的第一天廣播，希望大家一起歡迎新同學。但你轉學來時我沒有廣播，因為我認為你不需要更多關注，你應該也不想要。不過，我想知道有沒有我能幫忙的地方，讓你在這裡能更自在一些。」

「應該沒有。」艾德華說，但他心裡想著：「我在哪裡都不自在」。

校長停頓一下，望著艾德華頭部的後方，大概是在看檔案櫃上那盆開橘色花的植物。「春天的時候，你接受過標準學力測驗，應該是你父親安排的。你的分數非常高，足夠讓你跳級了。」他說。

艾德華在椅子上坐直。「我不想跳級，我想和雪伊一起，拜託。」

「你阿姨和姨丈也覺得你會這麼說，那你就留在原班吧。」

校長滿臉期待看著他，於是艾德華說：「謝謝。」

「年輕人，我有件事要問你。」

艾德華做好心理準備，知道一定是關於墜機的事。

「你對植物有什麼想法？」

艾德華愣了一下才領悟這個問題。「你說植物嗎？」

校長點頭。「地球生態系統的根基。」

老實說，艾德華對植物沒什麼想法。媽媽在廚房放了一盆吊蘭，但在他眼中那只是家具。

「我每年都會請幾個學生幫忙照顧這些美麗的植物。」校長粗略地比了比辦公室。「或許你可以當我第一位志願義工？」

「好。」艾德華說，因為這似乎是唯一的答案。

「我再和你說什麼時候要來幫忙，你可以出去了。艾德華，如果在學校發生任何問題，別忘記有我在。」

蕾西和貝莎一起坐在車上，在接送區等候。她們排在最前面，車子就停在校門口，幸虧如此，因為停車場擠滿了車和人，貝莎打量艾德華一番。

「看來今天沒有人找你麻煩，對吧？」

他點頭，坐進後座。

她對停車場的那群人揮揮手。「看吧？鎮上的瘋子都悶壞了，竟然搞得像看到幽浮一樣。」

她說得沒錯，鎮上所有人似乎都來了，停車場的人全都注視著他們的車。這肯定是學校史上最刺激的一次接送時段。爸爸媽媽、祖父祖母、姑姑阿姨、叔伯舅舅，各種親戚全都來了。甚至有人特地從外地來接第一天上學的曾姪兒。許多青少年圍在校舍外，或是擠在國中部門口，來接平常根本懶得理的弟弟妹妹。那些人假裝沒有在看他們，但演技很差，有幾個人看到目瞪口呆，無數手機對準艾德華的方向。有個蹲在樹上的年輕人拿著老式相機，還有此起彼落的低語聲。他在那裡，是那個孩子，是他。

艾德華看到那些手機、相機，想起他的Google搜尋結果數量。他想著，十二萬加一，十二萬加二，十二萬加三、四、二十二。他想像自己的照片，穿著這身僵硬的衣物，模樣瘦小怯懦。這個影像的新版本不斷增值，他想像照片上傳到Instagram、臉書、Tumblr、推特。

「他們沒有別的事可做嗎？」蕾西問。

「全都是傻瓜。」貝莎說。因為車太多，他們只能龜速前進。一個長得像和藹老奶奶的婦人舉起手機，在艾德華的車窗邊按下快門，她給他一個抱歉的笑容。貝莎猛按喇叭，那個婦人嚇一跳。

「我的牙醫在那裡，他明明就沒有小孩。」蕾西說。

艾德華想說話，想告訴她們沒有關係，因為他知道，她們是替他感到氣憤。但這一天似乎徹底耗盡他的電力，他的下顎動不了。

他們終於成功離開學校，雪伊說：「嘿，那我呢？怎麼沒有人問我七年級的第一天過得好不好？」

緊繃的氣氛解除，車上的三名女性一起大笑。蕾西笑得太厲害，眼淚都出來了。距離學校一個路口，路邊站著一排修女，看到這個畫面，她們笑得更瘋狂了，那一排穿黑色長袍的人對車子的方向頷首。

晚餐時，蕾西說：「下週三搬家卡車會來。」

約翰與艾德華一起看著她。晚餐的菜色是千層麵配生菜沙拉，艾德華之前消失的八磅體重，已經長回了六磅，而且慢慢開始吃正常的三餐。有時候，他真的感覺很餓，肚子裡那種難受的感覺總是令他驚訝。他知道阿姨的餐點有刻意調整，要讓他每一口都盡可能多攝取熱量。有一天吃早餐時，約翰說牛奶的味道怪怪的，她承認是為了提高熱量而加了腰果粉。約翰呆望著她，似乎覺得她瘋了，艾德華笑了出來，這是在新身體裡的第二次大笑。

「你們……我們要搬家嗎？」艾德華藏不住驚恐。

「噢，不是啦，對不起。」蕾西急忙說。「我的說法不太正確。」

「我們沒有要搬家。」約翰按住艾德華的肩膀。

「我們在奧馬哈租了一個倉庫，搬家公司會先將你家的東西存放在那裡，等我們之後再決定如何處理，現在那些東西要運來了。家具之類的大型物品都賣掉了，但個人物品星期三會送來。」

「妳打算要放哪？」約翰說。「地下室應該可以，我稍微整理一下就好。」

「我想放在樓上，艾德華的房間。」蕾西看著外甥。「可以嗎？地下室很暗，把東西拿出來整理好應該要花不少時間。」

艾德華迷惑了一下才理解阿姨的話。他從來不曾睡過嬰兒房，以後也不會，不過阿姨似乎需要相信那是他的房間。他說：「好啊，沒問題。」

「你要不要和我一起整理？你的東西一定也在裡面。」蕾西說。

「或許吧。」艾德華說。他想像那些箱子，堆在一輛卡車裡，在傍晚夕陽下穿過中西部。這些箱子應該直接從紐約運往洛杉磯，結果半路停了下來，逗留三個月，現在又要回頭了。艾德華想像紙箱四四方方的模樣，而不是裡面的東西。他記得那些箱子整齊地堆在紐約家裡的客廳，等著搬家公司來收。媽媽花了好幾個星期，井井有條地打包，每次發現兒子亂翻箱子找衣服或書，她就會怒吼。

艾德華放空自己的頭腦，不願繼續想媽媽和那些箱子，他問能不能先離席。到了客廳，他發現約翰的平板電腦放在沙發上，他的第一個反應就是想拿起來，塞在手臂下，帶去雪伊家。但他只是站著不動注視平板。姨丈在廚房設計咖啡機，方便明天早上飲用，他正低聲哼著音樂劇歌曲。為了消耗蕾西準備的高熱量餐點，他開始慢跑，下載了很多百老匯音樂劇，一邊跑一邊聽。現在他上樓梯或倒早餐穀片時，經常會哼唱《歌劇魅影》或《你好，多莉！》的曲子。

艾德華回到廚房，姨丈對他唱：「阿根廷，別為我哭泣。」

「我現在好像不適合上網。」艾德華停住，不知道該怎麼繼續說下去。

「我同意你的看法。」約翰說。

「不過我在想，如果你每隔一陣子，和我說一下我該知道的事，這樣可以嗎？我認為你應該能判斷……」艾德華不知道該說什麼，我知道你在網路上追蹤空難的資訊，還有關於我的事，但說出來就勢必得承認他偷拿過姨丈的平板。

約翰靠在流理臺上，雙手抱胸。「你希望我大致告訴你網路上關於你的新消息，但不要讓你知道或看到任何詳情。」

「大概是這樣。」

姨丈端詳他片刻，彷彿想要判斷他能承受多少。「我相信你一定知道，因為你開始上學了，再次進入公眾的世界，所以會有你的一些新照片，可能還有影片。不過，我想應該不會有太多新的內容，艾德華，至少不會有可靠的消息。大家會宣稱在某些地方看到你，或說認識你，自從事故之後這種說法沒停過，但全都是捏造的。」

「大家都以為他們在哪裡看到我？」

約翰嘆息。「各種地方。有個人相信他在阿帕拉契山的步道上看到你，帶著一隻黃色拉布拉多犬，還說跟著你走了好幾個星期。有人說，看到你在蒙大拿州的普萊西德湖游泳，還有人在紐約的藝術博物館看到你，甚至遠在愛丁堡。」

艾德華聽見自己說：「我和雪伊上網查了喬登。」

約翰沉默片刻。「關於他的資料不多，對吧？」

「對。」

「我答應你，我會有限度地讓你知道外界的說法，但我希望你明白，那些關於你的消息，真實的那些，你自己早就知道了。你的生活是你自己在過，其他人什麼屁都不知道，網路上有太多愛吹牛的人，還有很多可悲的人愛捏造故事。」他停頓一下。「我愛網路，至少以前很愛，不過在網路上找不到真相。」約翰說。

艾德華差點問，那要去哪裡找真相？但這個問題感覺太空泛，無法從他喉嚨發出，於是他只是說晚安，然後回客廳。

麥克醫生的診間外面有棵長滿漂亮葉子的樹。樹幹顏色像棕色制服，而且非常健壯。那棵樹比周圍的樹更有樹的感覺，彷彿是幹練工匠製作的電影道具。想到那棵樹可能是假的，艾德華內心深處感到莫名欣喜。他覺得自己有一半是塑膠做的，每個小時都會產生新零件，拼裝在一起，讓他扮演「克服悲劇的人類兒童」這個角色。他坐在固定的位子上，望著心理醫生後方的樹。

麥克醫生說：「當你的記憶浮現的時候，是想起在飛機上的事，還是以前的事？」

「以前的事。」

「告訴我你想起來哪些事，什麼都好，片段也沒關係。」

艾德華閉起眼睛一分鐘，看到鋼琴上擺著翻開的樂譜。他說：「我快要開始學新的鋼琴曲，拉威爾的《史卡波》。」

「我不知道你會彈鋼琴，說說那首曲子的事。」

艾德華蹙眉。「我還沒開始學，老師說不確定我的程度到了沒。有很多震音，有不少地方要彈八度音，右手有很多大二度的雙音階。」

艾德華低頭看雙手，指節在皮膚下感覺特別白，感覺不像每天下午練習鋼琴幾個小時的那雙手。他十分確定，如果現在坐在鋼琴前面，一定彈不出任何學過的曲子。他的手指感覺不一樣了，飛機失事之後，他腦中再也沒有響起過音樂。雖然他不曾有意識地思考這件事，但現在他察覺他一直在等音樂回來，就像等待掙脫牽繩的狗。但音樂沒有回來，以後也不會回來，消失了。艾迪有音樂天分，艾德華沒有。

麥克醫生說：「也就是說，你學得很認真嗎？」

「我不想談這件事。」艾德華說到最後音量提高。因為平常他在這裡都用沒有起伏的聲音說話，所以他們兩個都嚇了一跳。

「不要告訴我阿姨和姨丈。」他說。

「他們不知道你會彈鋼琴？」

「那是以前的事了。就算他們知道，也忘記了。」

麥克醫生好像想說什麼話，但又決定不說了。

「我不喜歡這一切。」艾德華說。

「一切什麼？」

「以前很好，但都過去了。一定要談嗎？」

「現在不用，我只是不希望你把回憶全部封鎖。因為回憶很好，所以力量很強。我們現在要建立新的地基，如果你能讓回憶進來，甚至偶爾從中得到喜悅，就能成為構築新地基的磚塊，堅固耐用的磚塊。」醫生說。

艾德華在座位上往下沉，閉上眼睛。

因為他位置太低，只能聽到麥克醫生的聲音，看不到他。「今天就到這裡好嗎？」

「好。」艾德華說。「就到這裡吧。」

星期三下午放學回家，他們看到一輛四四方方的白色卡車停在屋外。兩個壯漢合力搬一個巨大的箱子，奮力走過草坪，艾德華不由自主轉頭不看。

雪伊雙手一拍說：「我想幫忙拆箱。」

「我也來幫忙。我們合力，今天應該能處理好大部分。」貝莎說，語氣同樣興奮。

「噢，那個，我——我沒想到今天下午就要開始整理。」蕾西一臉慌張。

艾德華點頭，這個時間通常他會和阿姨一起看錄起來的《杏林春暖》。路克和蘿拉的兒子拉其失蹤了。

「我們應該做一份詳細的清單，寫下每個箱子裡放了什麼。」雪伊對她媽媽說。

「Perfecto（好主意），這樣你們可以慢慢思考要怎麼處理。」貝莎說。

蕾西和艾德華對看一眼。

「好？」蕾西說。

蕾西和艾德華身不由己地跟著那對母女進去。箱子的數量超出蕾西的預期，嬰兒房放不下，還得放在走廊上。貝莎回家去，拿來幾支像手術刀的東西。

「如果你不想看，可以不用看。」雪伊對艾德華說。

他點頭，但沒有動。他看著她割開紙箱，側邊用奇異筆寫著數字一，他曾看著媽媽寫上那個號碼。

「廚房用品。」雪伊說，從箱子裡拿出一張紙。「哇，清單耶。」她搖搖頭，顯然充滿崇敬。「非常有條理。我看看，有咖啡杯、水杯、刀具，及點心盤。」

媽媽最喜歡的馬克杯一定在裡面，杯身上印著紅氣球，來自於她最愛的法國電影。那個有缺口的長玻璃杯，艾德華特別偏好這個杯子。他們全家人放在床邊的小杯子，方便夜裡喝水。

艾德華後退離開。他經過阿姨身邊，她站在忙碌的貝莎和雪伊身後徬徨張望。蕾西感覺很蒼白，雀斑變得非常明顯，彷彿小小的求救訊號。她碰一下艾德華的手臂，看他一眼，他覺得眼神有道歉的意味。我好像沒有考慮清楚，他感覺得到她心裡這麼想。

他內心的那片扁平拉起來緊緊蓋住。從身體下面往上蓋住腹部，然後是胸口。艾德華低頭看熨燙筆挺的灰色西裝褲、Brooks Brothers 品牌的白色襯衫。

「蕾西。」他說，她的名字從他口中說出，讓他吃了一驚。

這一瞬間，艾德華才察覺，他很少叫她。每天下午他們並肩坐在沙發上，但他們很少講話。艾德華喜歡阿姨，但她比約翰難以捉摸，而且她長得太像媽媽，所以他經常轉頭不看她。有一個很難得看到的角度，她幾乎有八成和媽媽一模一樣，但大部分的時候，他只能看到那令人沮喪的兩成，讓他想起失去了什麼。當艾德華有所求的時候，通常都會去找姨丈。

「嗯？」她說。

「我想要箱子裡的衣服，我和喬登以前的衣服。如果妳不介意的話，我想穿。」

「噢。」蕾西上下打量他，表情變了。「你不……我懂。沒問題。」

「我來找。」雪伊在紙箱塔中央說。「我很快就會找到那些衣服的。」

那天晚上，艾德華躺在睡袋裡，穿著自己的格子睡褲和哥哥的紅T恤。他已經把蕾西買的衣服收進袋子裡了，只有非穿不可的時候他才會拿出來穿，偶爾穿一下讓阿姨高興。除此之外，以後他都會穿尺寸和款式真正適合他的衣服，已經穿舊的衣服，隱約有喬登的氣味。

他聽雪伊朗讀，因為太疲憊，他沒有力氣抽離。他們正在讀《哈利波特》系列，每天晚上雪伊都會朗讀一小段。

讀完一個段落之後，雪伊說：「嘿。」

「嘿。」艾德華昏昏欲睡地說。

「看到那些箱子的時候，你的疤會痛嗎？」

「不會。」

「嗯。」她似乎沒有因此喪氣。「等發生重大的事，你就會有感覺了，我知道一定會。」她說。

艾德華閉上雙眼，他聽著雪伊的聲音，她很擅長朗讀，該做戲劇效果的地方都做得很好，會隨著情節調整音量。喬登以前也會朗讀給他聽，雖然不常，但他看小說時遇到特別好笑或恐怖的段落，就會大聲讀出聲。睡衣柔軟地貼和艾德華的皮膚，當他躺著不動的時候，可以假裝還是以前那個和哥哥睡雙層床的男孩。

有一天早上，阿姨說：「那些箱子裡有厚外套嗎？」艾德華這才驚覺冬天快來了。他從衣櫥拿出喬登的橘色連帽大衣，但對他而言尺寸太大，但過長的袖子剛好可充當手套，兜帽幾乎遮住他整張臉，他很喜歡。他盡可能避免感受到季節變化，第一個秋天來了又走了，第一個冬天降臨。他的生日，聖誕節和光明節快到了——他們家兩種都會多少慶祝一下。麥克醫生告訴他，明明時間過了卻無法察覺，這種症狀叫「神遊狀態」。他說：「經歷過創傷的受害者很常發生。他們會好幾個小時完全沒記憶，甚至好幾天。他們會照常生活，但大腦似乎無法紀錄發生的事，就好像大腦沒抄筆記、不專心。」

「真希望每天都是神遊狀態。」

麥克醫生聳肩說：「如果能讓你進入那種狀態，我一定會做，至少能讓你撐過節慶的季節。」

這樣的善意讓艾德華很想哭，但哭泣變成很難的事。出院之後，他幾乎沒哭過，他的眼淚彷彿積在頭部，不確定該從哪條管線流出。眼淚流不出來，只有鼻竇很痛。他捏捏鼻梁。「可以休息了嗎？」

「不行。」

「不行？」

「上個星期你告訴我，倖存的人應該是喬登而不是你。你為什麼那麼想？」

艾德華全身都在抱怨，雖然嘴巴沒有發出聲音。窗外的那棵樹，上次看診時葉子變成紅色，現在褪色往內縮，有些落在地上。

艾德華感覺到麥克醫生注視著他。「因為他就該活下來。」他說。

「為什麼？」

艾德華想著，為什麼要逼我？

麥克醫生碰碰帽沿，艾德華知道那不是棒球暗號，只是習慣，醫生不經思考就會做出這動作。

他說：「我很抱歉，艾德華，但我不能再讓你封閉下去。在外面可以，但是在這裡不行。」

我可以離開，艾德華想，但他用感覺很煩躁的語氣說：「喬登是真正的人……他知道他是什麼人，大家都喜歡他。他已經做了很多事，很重要的事，例如在機場的時候他拒絕過安檢掃描器。他不再吃肉……」艾德華越說越小聲。

「事故發生時你才十二歲。」麥克醫生說。「喬登已經十五歲了，這樣的年齡差距很顯著。你哥哥十二歲的時候，會拒絕過安檢掃描器嗎？」

艾德華想了一下。「不會。」

「艾德華，十五歲的人有更多選擇，你現在也依然才十二歲。因為你經歷過那樣的事故，現在的你已經比哥哥更有意思了。大家都想跟你講話，不是嗎？」

這倒是真的。艾德華每星期三下午固定去校長室，他拿著藍色舊花灑從一盆植物走向下一盆，阿倫迪校長告訴他每株植物的名稱與歷史。實驗課解剖青蛙的時候，和他同組的矮個子男生告訴他，他長大之後想當聲樂家。他去辦公室交文件的時候，學校祕書告訴他，她出生在喬治亞州，小時候每天放學都會和姊姊一起去餵野生短吻鱷。「牠們最喜歡神奇牌的白吐司。」她說。置物櫃在他隔壁的女生告訴他，她有一個六歲的妹妹，從來沒有說過話。

麥克醫生說：「因為你經歷過特殊的事，所以他們也想告訴你他們特殊的事。」

艾德華沒回答，因為無話可說。醫生說得沒錯，他不想浪費時間爭辯有道理的事。

一天下午，雪伊忘記一本書，回學校去拿，艾德華獨自站在馬路邊。校車已經出發了，停車場上只有零星的幾輛車。聖誕假期快到了。艾德華穿著橘色大衣瑟瑟發抖，因為尺寸太大，所以大衣有太多讓風鑽進去的地方。他彎腰搔搔小腿，那道疤進入新的癒合階段，讓他很不舒服。今天早上他醒來時，疤痕感覺像噘起的嘴，他盡可能輕輕抓，以免刺激太薄的皮膚。

他聽到一個男人的聲音說：「嗨，艾德華——你不認識我，我的名字叫蓋瑞。」

艾德華失去平衡，好不容易才沒摔倒。他站穩之後，看到一個中年男子站在距離幾步的地方，穿著牛仔褲和厚毛衣。

「我的女朋友在那班飛機上。」那個人鏡片後的眼睛眨了眨，他的頭髮是暗金色，留著落腮鬍。「對不起，我不該打擾你。我從加州開車過來。你的遭遇讓我肅然起敬。」他說。

艾德華看看四周，附近沒有別人。

「我想知道，你在飛機上有見過我的女朋友嗎？我研究過座位表，她的座位應該和你很近。大家都說是因為座位的位置剛好，你才能倖免於難。琳達的座位很接近，大概往前兩排，在走道另一邊。」

艾德華吞嚥一下。他聽見自己說：「她長什麼樣子？」

「她二十五歲，白人，或許沒必要說。不過以前我的一個教授說過，如果不說白人是白人，那也是一種歧視，因為我們都會說黑人是黑人，她的頭髮是金色。」他猛眨眼睛。「等一下，我怎麼這麼白癡？」

他從口袋拿出手機，滑了一下之後，塞到艾德華面前，因為動作太快，艾德華縮了一下，然後才看清楚照片中的年輕女子。她微笑看著鏡頭，坐在公園長凳上，上衣好像整件都是蕾絲。

艾德華感覺心中有個東西抽動。他想起麥克醫生問，當你的記憶浮現的時候，是想起在飛機上的事，還是以前的事？他很努力只想起以前的事，但這個女人的照片讓他無法這麼做。他確實記得她，她坐在他們前面的幾排，她和喬登一起排隊等廁所。經過他們的座位時，她曾對艾德華微笑，和照片上有相同的笑容。

現在手中拿著照片，蓋瑞似乎冷靜一點了。「我打算那天要求婚的，我帶著求婚戒指去機場接她。」他說。

「我看過她。」艾德華說，他努力猜想大人會想聽什麼。「她感覺人很好。她好像很激動、很開心。」

從那個人的表情他看得出來，他猜對了。「謝謝你。」蓋瑞說。

艾德華發抖，雙手深深藏在大衣口袋裡。「你特地開這麼久的車，就是為了來問這件事？」

蓋瑞點頭。「工作的地方強迫我休假，所以我只能整天坐在家裡喝雪碧，寫下所有我想知道答案的問題。我快把自己逼瘋了，我突然想到你可以回答其中的一個問題，所以我就開車出發了。」

艾德華想，很合理。

「我不知道這樣問會不會很沒禮貌。」蓋瑞再次迅速眨眼。「不過，我想知道你過得好不好。」

自從艾德華在醫院醒來後，經常有人問他好不好，這個問題總是讓他很不舒服。蕾西、護士、醫生、老師——所有人的語氣都帶著期待。他看得出來人們問題之外的盼望，他們有多希望他說他很好。艾德華很驚訝地發現，這個在停車場和他對話的陌生人問他好不好，他竟然不介意。他看得出來，蓋瑞並沒有預期他要怎麼回答，他只想聽到實話，或許就是因為這樣，艾德華才覺得能夠自在地說出實話。

「不太好。」他說。他停頓一下，然後又問：「你呢？」

蓋瑞謹慎地看他一眼，然後說：「不好。」

他們在寒風中沉默了一下。

蓋瑞說：「問題在於，我一直相信我無法在陸地上正常地生活、結婚生子，但認識琳達之後我才改變想法。認識她之前，我完全不想結婚成家。」

他閉上眼睛一下，艾德華在蓋瑞臉上看出痛苦的痕跡，因為失去摯愛而留下的痕跡，艾德華整個人滿是這種痕跡，他因為同病相憐而顫抖。

「不過，我很高興有機會和你說話。現在，這一刻，是我這幾個月來感覺最好的時候。」蓋瑞點頭，彷彿贊同自己的話。「艾德華，謝謝你願意和我說話。」他轉身準備離開。

「等一下。」艾德華說。

蓋瑞停下腳步轉身。

「你現在就要開車回加州了嗎？」

「對。」蓋瑞說。「我研究鯨魚——牠們在等我。」

鯨魚在等他，艾德華想著，過了幾個星期，他才發現這句話有多怪。他目送蓋瑞上車離去，雪伊出來了，他們一起走路回家。

艾德華想著，晚一點再告訴她剛才的事。他會告訴她的，不過是在回家的路上。他的疤不停抽動，冷空氣卡住他的喉嚨。他想著金髮的小姐和鯨魚，很擔心要是企圖找出恰當的詞彙，他會崩解成音節，成為空氣粒子，甚至成為四周的寒冷。

上午十一點十六分

厚重灰暗的天空變得更陰沉，而且開始下雨，雨水輕盈透明，敲打飛機的外殼。駕駛艙啟動雨刷，客艙的橢圓小窗被雨水沖刷。雨水不會對商用客機造成任何危害，但在這種高度下雨，表示今天的雨雲異常高、異常濃密。雲通常出現在兩千到一萬五千英尺的高空，飛機飛行的高度則是三萬到四萬英尺，三十萬英尺便進入外太空。

乘客的注意力轉向窗戶，雨點和陰沉天空讓大家更想睡覺，於是人們闔上勉強閱讀的書籍。他們鬱悶地看椅子一眼，彷彿希望出現神奇的按鈕，能讓不舒服的窄小椅子變成家裡的床。

班傑明閉上眼睛，停止抗拒回憶。這樣感覺像放棄，他討厭放棄，但他很累，但又像喝了六杯咖啡一樣無法入睡，他的心思無處可去。隔著走道的三父子安靜下來，爸爸睡著了。

那次打架之前的幾個月一直風平浪靜，營地裡所有人都快無聊死了。槍械清了一次又一次，整天打電動，士兵甚至期待午夜巡邏，因為至少有點事做。謠言說阿富汗人即將進攻，但一直沒發生，班傑明發現自己站在營地邊緣，注視著森林，將樹木誤認為敵人。風吹過時，樹枝搖晃的動作很像手臂，他立刻拔出槍。

他、蓋文還有一個綽號叫「澤西小子」的白人傍晚一起巡邏。那天謠言四起，說有三個組織要聯合伏擊。軍營裡的蔬菜水果都吃光了，補給明天早晨才會到，班傑明覺得身體裡全是濕答答的玉米片、燕麥粥和漢堡，他的舌頭感覺很奇怪。

「不要再嘆氣了。」蓋文說。「你害我也緊張起來。」

「我沒有嘆氣。」蓋文的話讓班傑明相當錯愕，彷彿他說他在挖鼻孔。

「媽的閉嘴啦。」澤西小子說，他是那種永遠不知道該說什麼的人，於是認為「媽的閉嘴啦」是安全的選擇。依照不同的狀況，他會用不同的語氣講這句話，真誠的、嘲諷的、憤怒的，但這次的語氣只有枯燥。

「你真的在嘆氣，你整天都在嘆氣。早上刷牙時，你對著鏡子嘆氣。」蓋文說。

班傑明停下腳步。他瞪蓋文一眼，他從經驗中得知，這個表情通常能把別人嚇得屁滾尿流。他是和蘿莉學的，他見識過她瞪街角的瘋子路瑟。他沒看過自己做這個表情的樣子，不過他知道看起來很兇、很嚇人，通常只要擺出這個表情，對方就不會再囉唆。

「我才沒有嘆氣。」

澤西小子吹一下口哨，這是他慣用的三種回答中的第二種。他有一套表明「我只想結束派駐活著回家」的語言，包括：低聲吹口哨，還有「媽的閉嘴啦」、「王八蛋」。

蓋文似乎不害怕。他說：「你嘆氣了。」

班傑明和蓋文以眼神較勁，嘆氣這個詞懸在空中，有如四格漫畫的對話框。班傑明願意用全部財產擔保他沒有嘆氣。他不確定這輩子有沒有嘆過氣，就算有，一定也是在沒有人的時候。

「你說什麼？」他說。

「嘿，你們兩個王八蛋。」澤西小子以安撫的語氣說。

「我說你嘆氣了，或許你很傷心。」蓋文踢一下泥土，已經兩個星期沒下雨了，他們被困在乾枯的和平中。「畢竟這個地方讓人很傷心。」

班傑明感覺內在湧起滾燙熱潮，有如故障的引擎。他撲向蓋文，抓住他的上衣，將他扔出去。蓋文被摔出一段不短的距離，然後翻滾停住，他的眼鏡不見了。蓋文爬起來，俯低做出助跑姿勢，然後撲向班傑明，動作有如小火車頭。他撞上班傑明的腹部，讓他一下子無法呼吸。

班傑明猛吸一口氣，感到難以置信，他與身體脫離。他腦中某個遙遠的部分想著，說不定這是一場夢。在夢裡，他撲向蓋文，舉起他往地上扔，蓋文落地時發出聲響。在遠方，澤西小子大喊：「王八蛋！你們快過來——斯提曼要宰了蓋文！」

班傑明往前撲，彷彿棒球選手撲向本壘，將蓋文壓在乾涸的土地上。他低頭注視他，努力想找話講，能夠讓他害怕、讓他道歉的話。讓他承認班傑明從來沒有嘆氣，未來也永遠不會嘆氣。

他注視蓋文的藍眼睛和剛刮過鬍子的下巴，他心中的血紅熱潮變成一種新的東西。非常強大，是他無法控制的東西。感覺就像內心的高牆爆炸，變成無數大小石塊。每塊石頭都是慾望；他成為一片搔癢可怕的需求。他想要新鮮的生菜沙拉、高級球鞋，不必再隨時擔心會死，他想撫摸蓋文的臉頰，感受一下有多柔嫩，他可以那麼做。他聽見靴子在地面奔跑的聲音，其他士兵趕來了。班傑明往前逼近，距離蓋文的臉只有幾吋。

在那一刻，幸好同袍將班傑明從蓋文身上拉開，否則他一定會做出詭異的事。他知道，從蓋文的表情看來，他也知道。班傑明急忙站起來，強迫自己擺出凶神惡煞的表情，轉身走開。他躲在森林裡好幾個小時，不停發抖。午夜時，他悄悄溜回床位，聽到有人在黑暗的帳篷裡說：死玻璃。兩週後，嚴重睡眠不足的他出去巡邏時，落後隊伍幾步，腰側中彈。

隔著走道的那個人正對著克里斯賓說話，這個狀況讓他很不愉快。「我讀過你寫的書。」那個人說。「你打書的巡迴演講我也去了，你來過我的大學。那時候你像搖滾巨星一樣，考克斯先生。」

克里斯賓點頭。困在重病的身體裡，他感到很不可思議，以前他曾經走遍全國巡迴演講，站在舞臺上激動地大聲疾呼，強調一定要找到合適的員工，大刀劖除負擔，讓成長中的企業保持靈活。有一次，他甚至得要穿過拒馬才能進會場演講，示威群眾高舉標語牌，上面寫著：人比錢更重要、改變世界絕非幻想、人道需求優先，貪婪企業垮臺。可想而知，全都是噱頭，那些無能的白癡看不見大局。露易莎以前很喜歡蒐集罵他的報導寄給他，親愛的混蛋，她每次寫信都用這個稱謂。

那個年輕人注視著他，那個眼神克里斯賓很熟悉——何止熟悉，根本是他發明的。那個眼神表明，我渴望成功，我迫不及待要成功，我比你聰明，所以快滾開，不要檔路。現在這個眼神只讓他覺得累，彷彿在早已漏氣的輪胎上再戳一個洞。

「你有幾個前妻？」克里斯賓問。

年輕人的眼神一暗。「一個，我知道你有四個。」

「盡量維持一個就好，一個好打發，四個就太花錢了。寧可早一點搞清楚自己要什麼，不要等到來不及。」他咳嗽，然後降低音量。「我一個人在這架飛機上，只有看護陪。」

年輕人一臉困惑，然後流露憐憫，他驚覺克里斯賓可能已經老糊塗了。

「你的氣色很好。」年輕人說，太明顯的謊言。

克里斯賓很想閉上眼睛休息，但還是回敬一句。他依然好勝，不想讓這個自大的小鬼以為他能為所欲為。「你好像快把到那個空姐了。」

小鬼的眼睛像聖誕樹一樣大放光彩，克里斯賓猜中了。「你覺得有機會嗎？」

克里斯賓點頭。「如果你好好出招，說不定她會是你的二號前妻。」

小鬼大笑，他的笑聲莫名熟悉。曾幾何時，克里斯賓連續工作十二小時後，打開家門就會聽見這樣的笑聲，廚房、臥房、遊戲室傳出一陣陣開心或得意的歡笑。總會有個孩子先發現爸爸回家了，跑出來撲進他懷中。很快他就會將孩子全按在地上，亂七八糟的四肢、光溜溜的小腳和肚子，笑聲有如交響樂，同時奏出歡樂的音符。露易莎以「親愛的混蛋」稱呼他是後來的事了，當家裡每晚只有寂靜，當家裡只剩他和新任妻子。

喬登看著弟弟，艾迪伸手按住滿是雨滴的窗戶，停留片刻，然後收回，他一次又一次重複這個動作。喬登看手錶，這是爸爸送他的十三歲生日禮物，上面有七個小方格，有七種不同的測量方式，包括計算毫秒的計時器。喬登花三分鐘幫弟弟計時。

「見鬼了。」他說。

爸爸睡著了。要是他醒著，一定會責備喬登說粗話。布魯斯和兩個兒子說過，他不介意他們講髒話，但前提是必須有好的用處。有一次，珍恩剛好撞見他針對這個主題對兒子說教，「當你們真的非常生氣的時候，所有合理的爭辯方式都用完了，但依然想傳達強烈的情緒，那麼，或許可以說，他媽的。我所反對的，是用如此衝擊的字眼作為填補，例如，有人會說，你他媽的在搞什麼？這是偷懶。他媽的在這句話裡有什麼特別的作用？」珍恩在門口咳嗽，然後說：「打擾一下，可以說他媽的？」

艾迪似乎吃了一驚，他把手放在腿上。「什麼？」他說。

「你怎麼做到的？」

「做什麼？」

「你把手貼在玻璃上二十秒，然後收回去十秒。你一直重複這個動作，每次的時間都很準確，一秒不差，不是二十一秒，也不是十一秒。」

艾迪說：「呃，我不知道，我不是刻意的，只是就這樣做了。」

喬登打量弟弟，他好像很累，他們這幾個星期都沒睡好。他們從沒去過加州，除了幾次去參觀南北戰爭戰場和其他歷史遺跡，他們從來沒有在其他地方過夜，一直睡在紐約市那間公寓的雙層床上。

「一定是因為彈鋼琴的關係。」

艾迪淺淺一笑。喬登經常會以鋼琴作為藉口或例子，很可能是因為他不會音樂這件事讓他有點悶。他知道弟弟醒著的時候會一直聽到音樂，喬登所作的那些曲子，全都太誇張、激動——抱怨自己欠缺天賦。發現爸爸知道他在做什麼，更令他感到心煩。有一天下午，喬登在作曲的時候，布魯斯在他身後探頭看，然後說：「兒子，只要能催生出好作品，無論出於怎樣的動機都無所謂，挫折也是很有力的催化劑。」

這時他第一次驚覺，原來他寫的曲子其實一點也不好。他想著，艾迪擁有天分，我只擁有憤怒。

「你的眼睛怪怪的，好像濕濕的。」艾迪說。

「去死啦。」喬登說。

「喂。」布魯斯突然醒來，在位子上坐正，有如一頭受驚的海象。「喂，你們在吵什麼？」

兩兄弟對看一眼。喬登的內心恢復平靜。這個變化來得非常突然，但他很樂意。他突然好想彎腰湊到艾迪耳邊，說出他和瑪希拉交往的所有細節，這幾個星期他一直想開口。在這之前，他和弟弟之間從來沒有祕密，而這個祕密影響了他的日常生活，引導他的思緒。然而，從他們第一次接吻開始，這個祕密就變得有如木楔，在他與艾迪之間製造出過往不存在的縫隙。

喬登想要把手圈起來放在艾迪耳邊，告訴他一切，但他無法開口。他和弟弟之間有了隔閡，他知道，無論這道裂縫多細小，仍會讓他們雙方覺得受傷。他們曾經是一起在地毯上打滾的幼童，然後一起成為即將長大成人的少年。原本是變化多端的一個晶體，現在變成兩個各自占據一角的石塊。

「噢，爸。」艾迪的語氣充滿同情，彷彿安撫搞不清狀況的孩子。「我們沒事。」

二〇一四年一月

一月一日，艾德華盡可能一層層地穿上喬登的衣物：內褲、衛生褲、襪子、長袖T恤、短袖T恤、運動外套、毛帽，過大的紅色帆布鞋。他走進廚房，蕾西與約翰都背對著他，站在窗前低聲交談。低聲，但並不平靜。他們在用聲音互推，艾德華的大腦判定。蕾西的語氣推約翰一把，然後他用比較輕的力道回推。

「你甚至沒有問我想不想去聽證會。」

「我沒想到。妳想去嗎？」約翰問。

她用力搖頭。「說真的，我甚至不知道他想不想去，根本是你自己想去，這樣不健康。為什麼你要去？」

約翰靠著流理臺，彷彿需要支撐。「我有責任要盡可能蒐集資訊，這樣才能保護他。我需要知道以後他會面對怎樣的狀況，要是我無法掌握所有——」

「去年你也說是為了保護我。」蕾西哽咽著深吸一口氣。「但所謂的保護，是不和我講話，直到我答應要放棄。」

「這次不一樣，當時沒有足夠的資訊，沒有能夠理解的原因。他們不知道為什麼妳的身體拒絕接受寶寶，但現在有能夠理解的資訊。所以運安會才要召開聽證會。」他停頓一下，然後說：「我希望妳放棄，是因為醫生說妳可能會死。」

「我放棄了，不是嗎？」

「只是因為後來發生的事。」

「但是你所謂的保護並沒有幫到我。」蕾西咬牙切齒說完最後三個字，然後匆忙轉身，卻看到艾德華站在門口。她的表情從憤怒變成驚訝，又再變成假笑。

「老天！你昨晚睡得好嗎？」她說。

阿姨虛假的開朗神情令艾德華覺得很愧疚。他點頭，雖然其實他睡不好，她一定知道他一直睡不好，但她希望在這一刻一切都能好轉，而他想幫助她。

「約翰，你看看他穿了多少衣服。」蕾西說。

約翰打個哆嗦，彷彿從睡眠模式醒來的玩具機器人。他配合演出，但語氣有點無力。「難道他要去探險嗎？」

艾德華想著，這是新年第一天，我爸媽和哥哥永遠看不到這一年，你們不知道嗎？他小心翼翼看看阿姨，又看看姨丈，發現他們不記得，他們沒有想到這件事。這表示他獨自在黑色冰面滑行，而這片冰只存在於他的腳下。

約翰說：「剛好我們有話想跟你說，律師告訴我們一些事，我們想讓你知道一下。」

蕾西站在窗邊，拿著一顆水煮蛋；約翰站在另一頭的日曆旁。艾德華想著，以廚房的幾何空間來看，我剛好在他們爭執的中央。他感覺自己像太過瘦弱的四肢，承受不了體重而彎折。

「要不要吃烤吐司？」蕾西問。

「不用，謝謝。」

「好，來講律師的事。」約翰說。「大部分的後續事宜都決定好了，保險公司達成協議，好幾家保險公司。」他做個苦臉。「大部分的罹難者家屬會收到將近一百萬的撫卹金，你會收到五百萬，因為——」他停頓一秒。「你會拿到比較多。這筆錢將交付信託，直到你滿二十一歲。」

蕾西將雞蛋放在餐桌上敲了兩下，艾德華看著蛋殼上出現細小裂縫。

「這樣的談話讓我想起在醫院的時候，那時候，所有事情都感覺好荒誕。」她說。

「這是很大一筆錢。」約翰說。

艾德華往後靠，離開桌面，彷彿那筆錢真的堆在他面前。他也想起在醫院的時候——穿著鮮豔襪子的腳抬高，一個低沉的聲音在房間裡迴盪，他不懂為什麼美國總統覺得他應該要打電話給一個剛從天空掉下來的孩子。

「我建議，你先不要去想這件事，你才剛滿十三歲。」約翰說。幾個星期前，他們吃蛋糕慶祝過生日，場面很安靜，沒有人唱生日快樂歌，因為艾德華以眼神懇求他們不要唱。就算生日非來不可，也要盡可能快速、安靜地度過。

「再過八年，你才會滿二十一歲，而且那筆錢還沒真的進來，還要等一堆繁文縟節處理好。我們只是想讓你知道，因為在運安會的聽證會上說不定會有人提到這件事。」

約翰在烤吐司上塗了低脂奶油。「雖然我想應該不太可能，但還是先告訴你，免得你突然聽到時嚇一跳。」

「我不想要。」艾德華說。

「我知道了，要幫你整理去華府的行李嗎？」蕾西說。

他打包行李的時候，雪伊來陪他，不過他有點後悔讓她來，她想聊聽證會的事，但他不想。幾個月前他決定要去，但他不願意想這件事。每當他開始思考她講的話，腦中就會響起一個原始人的聲音，就去吧，不要想。

「一定會像電影裡的法庭場景一樣，揭露殺人犯身分的那種橋段。」她說。

「應該不會。」艾德華把哥哥的T恤全攤開放在沙發上，他選了兩件塞進行李袋。

「他們會解釋失事的原因，對吧？他們找到黑盒子了，所以應該知道所有過程。」

當時我就在飛機上，他想著。這是他第一次允許自己回到飛機上，回到那個座位，回到哥哥身邊。那只是一個念頭，一瞬即逝，但足以讓他看到飛機上四周的情景：天空、機翼，及其他乘客。

她說：「老天，真希望我能去。所有家屬都會去，你知道嗎？說不定蓋瑞也會去，你的疤一定會有瘋狂的感應。」她雙手一拍。「說不定，你的魔法會開始顯現，你會接近飛機殘骸，找出真相，感覺就像回到星艦母船一樣。」

那個星期看診的時候，麥克醫生說：「艾德華，你感覺很恍神，你應該知道你不必去華府吧？」

艾德華以麥克醫生能理解的語言解釋：「我想去。」雖然「想」不是正確的說法，艾德華只知道他說過要去，所以他就會去。

雪伊說：「要專心聽，如果可以做筆記就寫下來。我需要知道所有大小事，這樣才能幫你。」

艾德華點頭。

「那裡的人無法傷害你，再也沒有人能夠傷害你。你已經失去一切了，對吧？」雪伊說。

這番話撼動了艾德華內心深處的東西，他試著說出口。「再也沒有人能傷害我？」

「沒錯。」雪伊說。

艾德華和約翰出發之前，雪伊拍拍艾德華的背，有如送士兵上戰場的將領。蕾西送他們上車，約翰進屋裡一下，她緊緊擁抱艾德華。

「祝我好運，我今天要去面試一份工作。」蕾西微笑，但臉上仍寫著焦慮。「我遲早得找點事情打發白天的時間，對吧？大家都一樣。」

「祝妳面試順利。」

「我需要勇氣，所以我穿了你媽媽的上衣。我想要堅強起來，艾德華，為了我自己，也為了你。」

艾德華剛才沒發現，但現在他看出蕾西穿著一件有小玫瑰印花的襯衫，以前媽媽每週至少有一天會穿去上班。看到熟悉的衣服，他一時間喉嚨梗塞，一股憤怒襲上心頭——那不是妳的衣服，是我媽媽的！但怒火幾乎立刻熄滅。他自己也穿著哥哥的衣服，怎麼能責怪蕾西穿她姊姊的衣服？更何況，蕾西也說了，穿上他媽媽的衣服能帶給她勇氣，這個想法很有意思。艾德華不禁自問，穿上喬登的衣服，能帶給他什麼？他之前沒有這樣想過這件事，紅色帆布鞋、橘色大衣、睡衣，他穿這些衣服，只是因為想把哥哥留在身邊。此刻，他穿著喬登的藍條紋毛衣，蕾西穿著他媽媽的襯衫。蕾西將他拉過去，給他最後一個擁抱，他想著，我們是誰？他放開阿姨，腦中糾結著珍恩、喬登、珍恩、喬登，他幾乎是奔逃上車的。

這趟車程耗時四小時，沿路風景都是一條又一條灰色高速公路。

經過普林斯頓時，約翰看看手錶，然後說：「你阿姨現在應該正在面試中，我們祝福她吧。」

艾德華在安全帶下動了動，想找個舒服點的姿勢。「你希望她去上班嗎？」

「我希望她快樂，而且你的狀況也比較好了，對吧？所以她沒理由整天待在家。」

艾德華心裡想，我的狀況比較好了？這個問題感覺沒正確答案。他想起，爸爸有一次改作文的時候說：你的用詞必須更準確，「比較好」是什麼意思？比什麼好？

樹木光禿禿的，天空慘白。路上出現好幾個告示牌，提醒他們即將離開紐澤西州，然後是進入德拉瓦州的告示牌。約翰讓艾德華選要聽哪齣音樂劇，艾德華望著曲目清單，努力判斷哪一齣比較不俗氣、不難聽。「《吉屋出租》？」

「選得非常好。」約翰說，剩下的車程，他們一塊聽著年輕藝術家高聲唱出他們的情感。

那天晚上，他們睡同一個旅館房間，躺在黑暗中的艾德華聽姨丈打鼾。車程中他的身體痠痛，彷彿地心引力的作用比平時強。停車時，他原本希望那種感覺會消失，確實消失了一下，但在黑暗中又回來了。被單像紙一樣薄脆，他在被單下扭了扭，這種感覺讓他想起剛出院的時候，身體以一種新的方式疼痛，他這才發現，原來醫院有如甲殼，失去之後，他變得不堪一擊。他雙手按住前額，想用壓迫來抵銷壓迫。他在旅館的床上，在陌生的黑暗中，聽著暖氣雜音加上姨丈的打呼聲。艾德華感覺飄盪無依，彷彿他可能存在於任何空間、任何時間，而所有地方都很可怕。他好不容易入睡，身體又將他拋回意識中、拋回恐慌中：這是什麼地方？

早餐吃燕麥粥的時候，約翰說：「我覺得我們應該約定一個暗號，如果聽證會進行到一半你想離開，只要說出暗號就好。只要你想離開，我們隨時離開。」

「暗號？」他想起麥克醫生的棒球帽。

「或許你可以說，這裡好熱。只要你說出那句話，我們就走。」

「萬一真的很熱呢？」

約翰看著他。「那就不要說。」

「噢，好，好主意。」

聽證會在運輸安全委員會的會議中心舉行，位在華府市中心。因為道路封閉，他們把車停在幾個路口外。「一定是在施工。」約翰說。他們往前走，轉彎走到會議中心所在的那條路，行人變得很多，他們必須在人群中穿梭。

「你怎麼想？」約翰的語氣彷彿在問自己。

艾德華手臂的汗毛豎立，但他還來不及弄清楚原因。一個身上有濃濃古龍水氣味的男人轉身看他，用非常客氣的語氣說：「可以讓我碰一下你的手臂嗎？我太太在那班飛機上。」

艾德華的第一個念頭是他在撒謊，這個人只是在路邊隨口捏造謊言，但那個人的話彷彿啟動了一個開關，另一個人也過來和他說話。「嗨，艾德華，抱歉打擾了。我想請問，你有見過我妹妹嗎？」一個女人高舉手機，螢幕上的女子滿臉笑容，一頭棕色鬈髮。

「噢。」艾德華說，他的聲音往上揚，彷彿想讓這個單音感覺像回答。

「她的名字叫羅琳娜。」那個女人說。

另一支手機塞到他面前，來自不同的方向，螢幕上的人是個亞裔中年男子。一個模樣有點頹廢的藍眸男子塞過來一張列印照片，上面的人物是位雪白鬈髮的老太太，笑容有點不耐煩。「你對我媽有印象嗎？」

艾德華將視線移往他們指的地方，是螢幕、是臉。他想著，我應該要回答的，但他做不到，他好像忘記怎麼說話了。

他聽見各種詞彙堆疊：女生、媽媽、表哥、朋友、男友。

有個人說：「我正在拍攝關於單獨倖存者的紀錄片，可以訪問你嗎？」

約翰抓住艾德華的手臂，拉著他往右走，離開人行道，躲進一家乾洗店，約翰鎖上門。「我已經拿到初期資金了！」那個人在玻璃門外大喊。

「喂！」櫃臺後面的人說，但一看到櫥窗外的攝影機和人臉，他立刻安靜下來。

「你們其中一個人很紅吧？」他說。「你們一定很有名，有拍過電影嗎？」

艾德華轉身離開櫥窗。

「可以在我的牆上簽名嗎？」

「應該不行。」艾德華說。

約翰打給運安會的聯絡人，一位保全來乾洗店接他們，帶他們從後門離開，用身體擋住艾德華，不讓群眾接近。無數的手越過保全，摸他的手臂、肩膀，有更多手機螢幕、更多男男女女的照片，大量的姓名朝他飛來。

有人說：「從飛機殘骸走出去時，是什麼感覺？」

一位南方口音很重的女士背誦聖母經，那是艾德華唯一背起來的禱文。以前在紐約的家附近，有個長年待在遊戲場的女街友，她總是坐在心愛的長凳上，大聲背誦聖母經。有時候艾德華在努力研究數學題目或讀書時，喬登會偷偷摸摸跑來，在他耳邊念：萬福瑪利亞，滿被聖寵者，主與爾偕焉。艾德華還記得，當喬登最後一次這麼做的時候，哥哥背誦著經文，艾德華脫下鞋子朝著逃跑的喬登扔過去，他們一起大笑。

艾德華身後有人大喊，「如果這個孩子是黑人，絕對不會有人把他當一回事。你們有沒有想過？那些人以為他是耶穌再臨，因為他是白人！」

保全打開門，約翰走在前面，所以他先進去。艾德華進去之前，保全彎腰接近他說：「來擊掌，小兄弟。真是不簡單，遇到那種事故能活下來，真是不簡單。」

艾德華舉起手和他擊掌——因為他似乎沒有其他選擇——然後彎腰鑽進門，米色金屬門關上，他跟著姨丈、另一位保全走過空無一人的走廊。保全指著走道旁邊的一排摺疊椅，要他們坐在這裡等。約翰和艾德華坐下了，沒有腳步聲，艾德華聽著自己和姨丈的呼吸聲。約翰似乎刻意放慢呼吸速度，彷彿想讓他們兩個都冷靜下來。艾德華心裡想，雪伊錯了，他還是會受傷，而且很痛。

約翰說：「現在安全了。這裡是地下室，聽證會的場地在三樓，我們要搭的電梯就在轉角那裡。」他說出這個實用的資訊時，感覺大大鬆了一口氣，艾德華領悟到，姨丈最喜歡的東西是資訊，關於數據、統計，及系統。對約翰而言，這些東西維持著世界的秩序。

姨丈接著說：「聽證會如果準時開場，那麼時間還有三分鐘，我們沒有遲到。我聽說通常一個小時就會結束，頂多一個半小時。」

艾德華說：「我不要去聽證會。」

「什麼意思？」

「我不想去了，之前我以為我想去，但其實我不想。」

「艾德華……」約翰說。

他很想給姨丈一個合理的解釋，但他不確定該怎麼說，因為要是他說身體裡的東西改變了，約翰一定會很緊張。不過這是真的，是昨天在車上發生的，他體內的那片扁平開始消失。剛才走在人群中，剩下的一點點也完全不見了。萬福瑪利亞，滿被聖寵者。艾德華察覺到，其實自己一直都無法想像自己在聽證會場的樣子。他是否早就知道自己不會出席？倘若如此，那他為什麼要來？

他覺得好像剛剛清醒了，剛剛睡醒。他定位自己所在的地方，有如地圖上閃爍的小點，他在這個樓層，坐在這張金屬椅上，雙手放在膝頭。他百分之百在華盛頓哥倫比亞特區，一個不是州的州，坐在姨丈身邊。艾德華領悟到無法在阿姨家睡覺的真正原因——答案就這樣浮現，簡單到令人驚訝。他受不了，他們是父母的角色，但又不是他真正的爸媽。他曾經有過真正的爸媽，但已經失去了。此外，假裝是約翰與蕾西的小孩，這件事太難了，因為他們真正的孩子沒有來到人世，而他根本不是小孩，他是完全不同的人類。

艾德華彎下腰，雙手捧著頭，對著姨丈的方向送去這個心念：對不起。

約翰清清嗓子。「今天聽證會上公布的資料會成為公開記錄，網路和其他地方都能看到。我本來想先聽聽、做筆記，這樣如果你有疑問我才能回答。不過，既然你想離開，那就走吧。」

「你應該去聽證會的。」艾德華說。「我或許會有疑問，雪伊要我寫筆記，所以你幫我寫吧。我在這裡等，保全守在門口，我不會有事。」

約翰瞪大眼睛看他。「唉，即使你說想來，你阿姨也覺得我不該帶你來。我應該聽她的話，我太頑固了。」

艾德華不喜歡姨丈這麼難過的樣子，也不喜歡自己好像很難過的樣子。他說：「聽證會快開始了，你真的應該去。」

「比起不去，我去了你會覺得比較好嗎？」

「會。」

約翰離開後，艾德華繼續坐在硬椅子上不動，感覺腰上繫著飛機安全帶。他的手很冰，彷彿掌心按在被雨打濕的窗戶上。他記得那時他按住窗戶又放開，感覺哥哥溫暖的身體就在旁邊，這感覺不像記憶。他坐在這張摺疊椅上，感覺到飛機安全帶緊緊綁著他的腰。

艾德華感覺得到樓上所有人的心跳，母親、父親、手足、配偶、親戚、朋友、子女。他的身體與他們的悲傷同步，他很慶幸留在地下室。其他人用拳頭敲打飛機窗戶，但艾德華在這裡，因為他不該和他們在一起。他屬於死去的那一群，那些沒有到場的人，那些什麼都知道、但也什麼都不知道的人。

一個小時後，他聽見真正的腳步聲，抬頭看到姨丈大步走來。「聽證會剛剛結束。」約翰回頭張望。「我們必須馬上離開，保全在側門等我們。好幾百個人出席，人數多到場地塞不下。」

艾德華點頭，他覺得很合理，因為他聽見了幾百個心跳。

「大部分的人來此，主要是為了看你，我覺得很過分。」約翰揮揮手，彷彿要趕開那些人。「我在聽證會上遇到一個人，她的車和司機在後門等，她會送我們到停車的地方，免得又被人群包圍。」他帶頭走向門。「我寫了很多筆記。」他回頭說。「主席負責說明，簡報的內容我都拍下來了，上車後我再給你看。」

他還沒說完，艾德華已經開始搖頭了。「沒關係，我不需要看，我不想知道飛機失事的原因。」

姨丈看他一眼。但艾德華覺得很滿意，因為他什麼都無法確定，但知道這個答案是正確的。那是他人生中最糟的一天，他不想知道任何細節。

他突然想到，說不定他來華府是為了弄清楚他想要什麼。他想加入飛機失事造成的這場大戲嗎？他想在人行道上被包圍嗎？他想聽別人說他很特別、是上帝挑選的人嗎？他想要公聽會提供的那種答案嗎？他跟著姨丈走向門口，露出類似微笑的表情。答案是否定的，他全都不想要，這讓他放下心中的大石。他感覺自己選擇走開，拋下某樣東西——飛機，墜落解體後那片起火的原野。

他們走到人行道旁，一輛非常長的車停在那裡，車門打開，他們上車。坐在車裡，他發現這輛車好像是迷你禮車，駕駛座上有位穿著西裝的司機。一位很瘦的老夫人坐在艾德華對面，白髮梳成髻，穿著天鵝絨連身裙。她的雙手交疊放在身前，下巴昂起。艾德華從沒想過人坐著的時候也能氣勢堂皇——但這位夫人做到了。

「幸會，艾德華。我是露易莎．考克斯。」老夫人說。

「妳好。」艾德華說。

「小包，幸好我們選了賓利。」老夫人對司機說。「車身夠大，好處多。」

「是，夫人。這位先生的車停在不遠的地方。」他已經開上路，車子離開大樓與人群，艾德華心中有個東西平靜下來，他擔心會哭出來。他不想在這位華貴的老夫人面前哭，她仔細脫下手套，對他微笑。

「我有三個兒子。」露易莎說。「我可以想像你這個年記的他們，和你排排坐在一起。他們小時候很愛胡鬧。我強迫他們穿綁手綁腳的西裝外套、打領帶，不過他們比較想要像你一樣穿牛仔褲，我應該讓他們穿才對。他們那樣子像壞脾氣的小總裁，像他們的爸爸一樣……」

「非常感謝妳幫忙。」約翰說。「我不知道……」

她揮揮手，戒指閃耀光輝。「這是我的榮幸。等一下到了你們停車的地方，你們就能徹底逃脫了。」她轉頭看艾德華，彷彿他是等著她撬開的鎖。他腦中閃過一個念頭，她這樣看他好像不太禮貌。

「年輕人，你非常明智，選擇不去公聽會。簡直像馬戲團一樣，你要是去了，就會變成今天的大秀。」

艾德華將安全帶拉過腰，但扣住的那一頭埋在旁邊的座位裡，無法扣上。他說：「夫人，這安全帶壞掉了嗎？」

「不用繫安全帶，過幾個路口就到了。」約翰說。

「我需要安全帶。」他說。

露易莎伸手過來，鬆開安全帶的扣鎖。喀一聲扣上，艾德華對她點頭表示感激。

車子左轉然後右轉。每條路都是單行道。

「好像是我想得不夠周全。我……我沒料到會有那麼多家屬出席。」約翰說。

露易莎淺淺一笑。「我前夫也是乘客，克里斯賓．考克斯——或許你聽說過他的名字吧？我們離婚已經……呃，我想想……將近四十年了。」

艾德華一手按住安全帶，確認已固定住。現在他處於完全清晰的狀態，世界看起來就像實際上那麼危險。

「妳前夫去我的大學演講過，不過是很多年前的事了。」約翰說。

「克里斯賓是個混蛋。」露易莎說。「他得了癌症，但他原本可以成功抗癌，繼續當很多年的混蛋。」

「妳不喜歡他？」艾德華問。

「這個嘛，很複雜，不是單純喜歡或不喜歡而已。不過我確實恨他，一星期中大部分的日子都恨他。」她說。

「我看到我們的車了。」約翰往車子的方向拉長身體，他們慢慢靠近。現在人行道恢復正常了，只有普通的路人走向他們要去的地方，他們不認識艾德華．艾德勒，對他毫無興趣。

「我不恨我的家人。」艾德華說。

露易莎讚賞地看著他。她的眼睛是很鮮豔的藍色。「聽你這麼說，我感到非常遺憾。」她說。「要是你恨他們，現在就會輕鬆很多，不是嗎？」

約翰越過艾德華打開車門，然後他們站在人行道邊，從打開的車窗看車上的夫人。

「很高興認識你，艾德華．艾德勒。如果你不介意，希望能繼續和你保持聯絡。」

「我不介意。」他說。

她揮揮戴著戒指的手，車窗關上，賓利禮車緩緩駛離。

回到紐澤西之後，所有東西感覺都不一樣了。彷彿艾德華不在的時間，空氣都改變了，感覺比較濃稠，而且隱約有股酸味。每天早上蕾西給他喝的牛奶太冰了，艾德華發現他最近開始擔心細菌，他吃東西之前都會先聞一下，以防食物臭酸、壞掉，或腐敗。

能回到雪伊的房間讓他感覺鬆了一口氣，但睡袋好像縮水了，夜裡翻身時，裡面的標籤會讓腿上的疤不舒服。喬登的衣服不再有他的氣味，也沒有放在紙箱裡好幾個月的味道，現在只有蕾西用的花香洗衣精的氣味。

艾德華發現，腦袋裡的喀喀聲也不見了，他花了好幾個小時測試新的寂靜，他緩緩左右歪頭，上下跳，甚至想著媽媽，但怎麼都無法引起熟悉的喀喀聲。他很想知道，這麼多症狀一口氣消失——神遊狀態、內心的那片扁平、喀喀聲——這樣算不算也是一種症狀？

才離開短短幾天，他就覺得雪伊的臉也變了，而且多了幾種難以解讀的新表情。有時候，當午餐吃到一半或站在置物櫃旁邊，她會用一種特別的眼神看他，然後他會說：「對不起。」

「不要這樣、不要道歉，你沒有做錯事。」每次她都會這麼說。不過艾德華知道，他沒有去運安會聽證會，仍讓她感到很失望。回來的第一天晚上，當他告訴她時，她的臉脹紅，然後說：「這件事本來會很有趣的！」

他跟著她走在學校走廊上，發現自己一天被嚇到好幾次，無論是有人大力關門還是播音系統啟動的雜音，都會讓他嚇一跳。學校比印象中吵鬧，有天下午，一個男生在他耳朵旁邊大喊：「去你的！」然後又以眼神告訴他「別緊張，老兄，我不是對你說話」，艾德華急忙跑進附近的空教室，找張椅子坐下。

春天快結束時，他收到一封邀請他參加一週年紀念會的信件。二九七七號班機的家屬們組成一個紀念委員會，航空公司負擔所有相關費用。失事週年紀念日當天，科羅拉多州慘劇發生的地點將豎立一座紀念雕塑，州政府捐出那片土地，紀念雕塑將永遠矗立在那塊地上。

那封信附上紀念雕塑的預想圖。藝術家計畫雕刻一九一隻的鳥兒，串成飛機的形狀，由銀色鳥兒組成的噴射機。

「真可怕，但也真美。」蕾西看著圖片說。

當約翰與艾德華從華府回到家時，她告訴他們，她答應要去鎮上的兒童醫院當志工，擔任協調聯絡人。她會負責管理志工，確保有足夠的人力為病童們朗讀、哄抱剛出生的嬰兒。她一臉自豪地告訴艾德華：「以後我就會像《杏林春暖》演的那樣，在醫院上班嘍。」

艾德華希望她不要去上班，但沒有說出口，因為這又是他生活中另一項不愉快的變化。他沒有說出口，他發現他住進來之後放在茶几下的嬰兒雜誌不見了。他也沒有說出他發現她上班之前、下班之後在家裡走動的樣子不一樣了。現在她移動時腳步迅速，充滿使命感，也不再陪他看電視。當艾德華閉起眼睛，聽她在廚房走動的匆忙腳步聲，感覺好像是陌生人。

「你想去參加揭幕儀式嗎？」約翰問他。

「不想。」

「嗯，老實說，這個答案讓我放心了，那些家屬都會在場。」約翰的語氣幾乎藏不住驚恐，艾德華差點笑了。

「他會受不了。」蕾西說。

即使這件事已經決定了，而且日落後廚房漸漸變暗，但他們三個依然站著不動，注視圖中指向天空的鳥群。

那年夏天，艾德華白天都在看電視，雪伊去夏令營。醫生說他如果想去也可以去，但他的語氣有一絲猶豫，艾德華也無所謂，因為他無法想像自己玩跑壘遊戲、黏珠珠，或打躲避球。他發現自己很喜歡一個人在家。他學會對《杏林春暖》劇中角色說話：他勸傑森不要去當黑道老大桑尼的手下，也勸亞倫要對女兒好一點。

今年夏天看醫生的次數減少了，所以他有更多時間看電視，吃完午餐就在沙發上打盹。有幾次，約翰帶艾德華去工作，大概是因為覺得他需要出門。他們走進一間幾乎沒有人的大型辦公室，從一臺電腦走向另一臺，進行資料備份。「這家公司破產了。」約翰告訴他，對著遠處站在一起的幾個男人一撇頭，他們每個人都衣服皺巴巴、鬍子亂糟糟。「九個月前我幫他們安裝電腦，那時候他們好興奮。真是可惜。」

雪伊似乎也想盡辦法要讓他出門。一週兩天，她從夏令營回家之後，堅持拉著他一起散步去附近的遊戲場。「你需要新鮮空氣，人生不是只有《杏林春暖》。」她說。

他聳肩表示懷疑，但他不介意和她並肩坐在鞦韆上，聽她講媽媽或夏令營的人又說了什麼話惹她生氣。他把手舉在眼睛上方遮陽，看著那些幼童在沙坑裡挖洞，表情無比認真。

八年級開學之後，他們繼續每週去遊戲場一、兩次。艾德華不覺得開學有什麼不好，他不介意跑教室的日常，他欣賞阿倫迪校長暑假時添購的兩株蕨類，每週三下午會固定去校長室幫忙澆水。他也設定電視每天錄下《杏林春暖》以便放學回家看。

十月中，飾演拉其的演員離開劇組，新演員立刻取而代之。那天傍晚，在鞦韆上，艾德華努力向雪伊解釋這件事多令人生氣。

「所有人都表現得好像一切正常，只有螢幕下方跑過一排小字公告。其他演員假裝那個人是同樣的拉其，儘管明明是完全不同的人。新的演員比真正的拉其至少重二十磅，一點也不像，感覺好假。」

「那只是肥皂劇。」雪伊踢一下地往前盪。她總是蕩得比他高，她以雙腿推進，中間不停歇，製造出完美的拋物線，彷彿有人在旁邊評分。「那齣戲的所有女性角色都做過大量的整容，莫妮卡的臉都快動不了了。」

他蹙眉看著她，心裡想，真的嗎？

「我不喜歡新的拉其，我以後再也不看了。」他說。

「真的拉其說不定會回歸，他在電影圈不見得混得下去。」

艾德華幾乎對她惱怒大吼。「才不會哩。」

雪伊轉頭看他，她盪過去，淡淡的模糊身影。「我一直很想問你，暑假時你不去參加紀念會，是因為不想搭飛機嗎？」

艾德華用腳輕推地面，他來回盪，一腳放在地上。「有一部分是這樣。」

她竟然問這件事，這讓他很驚訝，當他思考的時候胸口隱隱作痛。那天和阿姨、姨丈談完之後，他就不准自己再去想紀念會的事。那天離開聽證會場後，他就拋下了與事故相關的所有想法。但雪伊問起這件事，他的答案是他無法想像自己走進機場、穿過安檢儀器，坐在位子上扣好安全帶。這一連串動作感覺不可能實行，違反自然法則。他不能上飛機，就像他無法揮揮手臂從遊戲場飛起來。他屬於大地，他從此只能腳踏實地。

雪伊說：「你再次遭遇同樣事故的機率應該低到極點。基本上，只要你上飛機，等於保證會安全抵達。」

「機率不是這樣計算的。」他移動重心，鞦韆發出吱嘎聲響。「妳知道嗎？這叫『賭徒謬誤』。」

「什麼？」

「意思就是，賭徒們總會因為之前一直輸，以為很快就會贏回來，當然不是這樣。

拋硬幣的時候，即使連續拋出十次反面，正反面出現的機率依然是各五成。」

「有意思。」雪伊仰起頭往上盪。「因為我總覺得，只要和你在一起就不會發生不好的事，就好像我連帶受到保護了。」

艾德華幾乎沒聽見她說的話，因為哥哥的回憶猛然來襲。有時候會這樣，他知道只能等回憶過去，唯一的辦法就是硬撐。他想起喬登躺在雙層床的上鋪，一半的頭埋在枕頭裡。他想起喬登作曲時的臉，因為專心而眉頭糾結著。他看到在飛機上的喬登坐在他身邊，他知道他之所以不搭飛機，最微小也最真實的理由，其實是他人生所坐的最後一個機位，必須是旁邊有哥哥在的那一個。

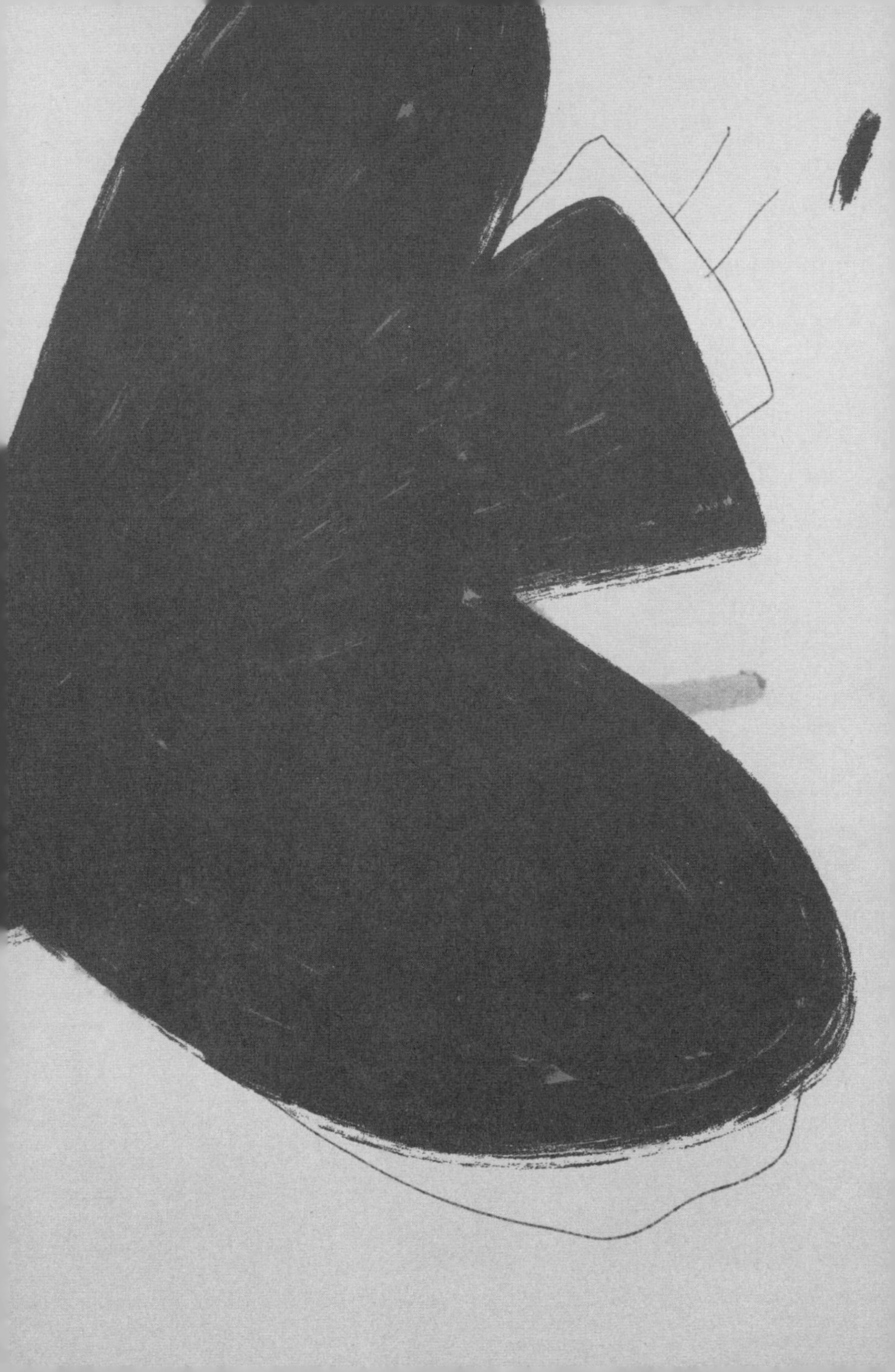

第二部

「人生的目的是什麼？

不就是為了讓彼此的生活好過一點？」

——— 喬治．艾略特（英國小說家）

上午十一點四十二分

開始送餐服務之前，薇若妮卡在廚房旁邊的機艙角落稍事休息。這種時候，她總是希望能來根菸，這種渴望很奇怪，因為她已經戒菸四年了，而且並不想念香菸充滿肺部的感覺，不過當她的一邊臉部靠在金屬臺上，從小窗戶望出去，這個動作每次都讓她想抽菸。

她很想知道自己能在洛杉磯停留幾天，是兩天？或三天？她已經連飛四天了，雖然她還沒收到下週的班表，但她知道應該很快就能休假。她想穿上新買的比基尼，躺在泳池邊。她想開弟弟的敞篷車去兜風，讓微風吹亂頭髮。

飛行的時候，她最懷念的就是風。常有乘客抱怨機艙空氣品質不好，其實並非如此，她最討厭那些不先瞭解事實就胡亂發表意見的人。飛機裡的空氣一半從客艙抽取的，然後混合機外的新鮮空氣，過濾、消毒後才會注入客艙。也就是說，飛機上的空氣其實很乾淨，沒什麼好抱怨的，儘管如此，薇若妮卡仍要感受中間耗時費力的過程。

每回走出機場，她都特別享受每次吸氣時難以預料的感覺。或許會有一陣微風，或許會有爆米花的香味，又或許會有大雨前的濕悶氣息。她會留意空氣中的細微差異，一般人根本不會察覺，大概只有潛水艇上的軍人和太空人例外。對這些人而言，地球無法帶來滿足，他們必須離開地面才能感受自由。薇若妮卡喜歡偶爾享受一下外頭世界的放肆自由，但這裡才是她的家，三萬英尺高空，是她最圓滿的樣貌。

她站直，雙手撫過臏部。自從和里歐諾分手，只有她自己的手碰過她的身體。她整整一個月沒有和男人上床了，刷新她的個人紀錄。通常遇到乾荒期的時候，她有固定的解決對象，例如她家公寓一樓的性感癮君子或大學前男友，但她最近太忙，沒空去找他們。不過，她知道自己很寂寞；和好看的男乘客擦身而過時，她會感覺到一股電流。就連頭等艙那個搞金融的男人也讓她體內蠢蠢欲動——通常她對這種男人沒興趣，太滑頭、太貪心。她搖頭，拉出堆滿托盤的巨大抽屜，裝上送餐推車。她選擇最緩慢的步伐，最能強調臀部搖擺的那種，邁步走進客艙。她希望所有人注視她，將他們的眼光像硬幣一樣投入錢箱。

◆

經濟艙的空服員出現在布魯斯身邊。「我們先送特殊餐點。」她說。

布魯斯怔怔看著她。「特殊餐點？」

喬登放下餐桌。「是我的，謝謝。」

「為什麼你有特殊餐點？」艾迪問。

「是純素餐。」喬登說。「媽訂機票的時候順便幫大家訂餐，我要她幫我點純素餐。」空服員送上的那盤餐點，裡面有一盒蘋果醬、一個鷹嘴豆泥三明治，及一堆切塊紅蘿蔔。

布魯斯說：「你什麼時候吃純素了？」

「已經幾個星期了，你只是沒發現我不碰有乳製品的菜。」喬登撕開三明治的透明包裝。

布魯斯告訴自己，這次搬家讓全家人都很不好過，他只是想展現自己。青少年都是這樣，不要動怒。

布魯斯一直負責煮飯，喬登在念幼兒園的年紀，會跑來廚房要求幫忙準備晚餐。從那之後，他們就成了雙人團隊。一開始，喬登只能用奶油刀切軟的蔬菜，幫忙擺盤，試試義大利麵的軟硬度，嚐嚐醬汁的鹹淡。十歲開始，他幫布魯斯挑選菜色。光明節時，爸媽送的禮物是幫他訂閱屬於自己的《Bon Appétit》美食雜誌，每一本他都專心研究，把想試的食譜折角。艾迪成為試吃員，練完鋼琴或放下書，便進廚房吃一口，比個大拇指。對布魯斯而言，幸福就是在廚房和喬登一起煮飯，聽著艾迪在隔壁房間彈鋼琴。這樣的場景經常上演，讓布魯斯的心充滿喜悅。每次他都想，我絕不會將這樣的幸福視為理所當然。

一年前，喬登宣布，出於道德因素，他以後不吃肉了。從此告別牛胸肉、週日漢堡、肉醬義大利麵，及酒蒸蛤蜊。布魯斯不希望喬登吃的東西和大家不一樣，於是他訂閱了《素食時代》雜誌，每天晚上固定煮一道不含肉類的菜色。有時候他會做漢堡給珍恩、艾迪及自己吃，然後特別幫喬登製作素食漢堡，或是多加一道西班牙香腸或義大利培根（他最愛的兩種菜色）當配菜，喬登不吃就好。雖然很辛苦，而且布魯斯暗中覺得很煩，但至少還行得通。

純素，這又是另外一回事了。他說：「不吃雞蛋或乳製品？完全不吃乳酪嗎？」

「我應該直接吃純素才對。」喬登說。「是我的心不夠堅定。牧場的乳牛受到恐怖虐待，以人工受精的方式強迫牠們一直懷孕，然後又搶走小牛。人類以基因工程讓乳牛能生產出比一般牛多十倍的奶，害牠們一輩子腫脹疼痛，乳牛比一般牛早死。」他搖頭。「真的很慘。」

「超噁的。」艾迪說。

「雞的遭遇更慘，你不會想聽的。」

「沒錯，我不想聽。」布魯斯說。

喬登瞇起眼睛，彷彿評判坐在他身邊的那個人。「你自認是道德懦夫嗎？」

布魯斯錯愕猶豫，他腦中響起妻子的聲音：這就叫自作孽，是你說想要培養兒子批判思考的能力。

艾迪撞一下哥哥的肩膀。「不要對爸爸這麼壞。」

「我才沒有。」

「喬登說得沒錯，事實站在他那邊，」布魯斯說。「我們這個社會對動物太殘忍。」

「還有，人類是唯一會喝其他動物乳汁的物種。你從來沒看過小貓喝羊奶，對吧？仔細想想，我們喝牛的奶，其實很噁心。」喬登說。

布魯斯用雙手揉揉眼睛，想著，那以後我要煮什麼？他會的素食料理幾乎都要用到乳酪或鮮奶油，他感覺彷彿有重物壓在胸口上。他看過加州新家的照片，廚房裡有閃亮的不銹鋼料理臺面，空間比紐約公寓的廚房大上兩倍，他很期待能在那裡煮飯。他已經想好一星期的菜色，要煮全家最喜歡的料理，讓新家充滿熟悉的香氣，幫助他們找到歸屬感。

「我沒有要大家都吃純素。」喬登似乎感應到爸爸的憂傷。「如果你想繼續讓動物受無謂的虐待，儘管請便。」

「謝謝喔。」布魯斯說。「真是多謝。」

琳達看著自己點的午餐，心裡非常後悔。雞肉三明治飄出一股雞的怪味，直衝她的鼻子，無論她把頭轉向那邊，就是躲不過。紅蘿蔔條令人沮喪，顏色很橘，而且軟趴趴。唯一讓她覺得不錯的，只有那罐冰可樂。

鄰座的佛羅里達吃著從大包包拿出來的三明治，味道好香。她邊吃邊哼歌，翻閱女性時尚雜誌。

「親愛的，妳一直在嘆氣，簡直像一個漏氣的輪胎，別緊張嘛。妳吃不下嗎？」佛羅里達說。

「嗯，我吃不下。」琳達說。

「妳的狀況還只是初期階段。」佛羅里達對著她的腹部揮了揮手。「什麼都會發生，所以啦，先別擔心孩子長大沒錢讀大學。」

琳達的胸口一陣緊縮，她的年收入還不到二萬六千元。她打算在加州找工作，不過，懷著孩子開始新工作，對雇主而言會不會不太公平？她猛然想起一件事。她說：「我不能暴露在那麼大量的輻射中。」

「什麼意思？」

「我是X光技師。」

佛羅里達的表情變了，她拍拍琳達的手。「啊，」她說。「瑪麗是我的好朋友，她真是活力四射。我家和她家很近，中間只隔兩戶。」

琳達愣住。「瑪麗？」

「瑪麗．居里。他們那時夫妻一起發現了放射能啊？妳既然是做那行的，一定聽過她吧？」

「噢，老天。」琳達說，她以為自己會笑出來，但那瞬間的笑意立刻被焦慮吞沒。她沒錢、沒工作，還發誓永遠不再向爸爸伸手，而且她的工作生涯一直暴露在放射線中，她的寶寶生下來搞不好會像手電筒一樣發光。

「當然啦，瑪麗後來因為那玩意死掉了，但那是因為她放在口袋裡整天帶著走，還放在床頭櫃上。事實證明，那麼做很不妙。」

窗外下著雨。琳達好希望能在外面淋雨，遠離這個怪人瘋瘋癲癲的人生故事，在滂沱大雨中，洗掉過去五年累積的放射線、底片、超音波。她想要變乾淨。

班傑明在排隊等廁所。他原本希望盡量不要用飛機上的廁所——自從起床後，他盡可能少喝水，打算到了佛州再上廁所。不過，如果他願意對自己說實話，其實手術之後，他每天都這樣。他總是很渴，甚至到了脫水狀態。他不想看見貼在身側的造口袋，他討厭轉開頂端，用彆扭的動作把裡面的東西倒進馬桶。以前無論在哪裡，他絕對都是全場最強壯的人。現在，他則是內臟掛在身體外面，皮膚再也包不住器官，所有東西都在滲漏。

班傑明感覺有人來到身後。「嗨，老兄。」一個男人說。

班傑明回過頭，看到一個穿襯衫的有錢白人。「嗨。」他說，語氣表明他不想對話。但那個人轉轉脖子，眼睛半閉，顯然很不會察言觀色，也可能是不在乎別人的心情。他說：「一直坐著不動，真是受不了。」

「可不是。」

「我可以用頭等艙的洗手間，但我想走一走。」

班傑明沒有回答，只是納悶這個人知不知道自己說這種話很混蛋。

「不好意思，兩位。」薇若妮卡側身從他們旁邊走過，她走到一半停下來，左邊臏部像槍一樣翹起來，她對班傑明說：「你自己可以嗎？如果需要幫助，請讓我知道。」

「我可以。」他說。

她點頭，繼續在走道上前進。

「你認識她嗎？」有錢白人問，他說到一半時聲音啞掉。當他看向那個空服員，表情讓班傑明想起小時候星期日看的卡通裡那隻大壞狼。他的眼珠子都快掉出來，眼神彷彿他快餓死了，而她變成一大塊火腿。

班傑明想著，老天爺呀，我多希望我想要的是她。在那一刻，飛機在他腳下輕微晃動，雨水拍打窗戶，他很清楚，如果要他選空服員或身旁這個男人，他會選這個男人。他一直告訴自己，只是因為蓋文，只是一時失誤，很可能是精神崩潰，但事實上，早在蓋文出現之前就是這樣了，至少可以回溯到剛進軍校住宿的時候，他察覺自己很高興學校裡沒有女生。從他有記憶以來，女生一直讓他感到淡淡哀傷，而這位空服員和她的火辣翹臀，更讓他覺得無比淒涼。

「不，我不認識她」他說。

「輪到你了。」那個男的說，指著廁所門上方的「可使用」燈號。

「你先吧。」

「真的？那我就不客氣嘍。」他側身從班傑明旁邊過去。他們的肩膀碰到一下，班傑明察覺一股震撼竄過全身。這股震撼讓他心裡想，全部去他的，而所謂的全部，包括這個看似來自華爾街的男人、蓋文、貼在他身側的造口袋、下一次手術，以及自從蘿莉送他去軍校之後他一直奉行不悖的所有規定，以及持續的悲傷。全部去他的，他想，感到一股全新的震撼，這次來自心底深處。

佛羅里達吃掉最後一口的三明治，將保鮮膜揉成小球。

她發現琳達在看，於是說：「秘訣是在肉裡加一點薑黃。」

「那是一種香料嗎？」

她手中的保鮮膜來自佛蒙特家中的廚房，三明治裡的火雞和番茄也一樣。她站在洗碗槽前面做三明治，那是整個家裡她最喜歡的地方，光線從窗戶灑落，可以看到庭院盡頭的高山。他知道她要出門，但不知道要去多久。她告訴他，她要去紐約東村參加一個朋友的婚前送禮會。確實有這一場活動，而佛羅里達也受邀參加了，但她在衣櫥後面的健行靴裡藏了一張去洛杉磯的單程機票。

「沒錯，那是一種香料。」佛羅里達將小球放進皮包。「我要去加州曬太陽了。」她說，對窗戶揮揮手。「下雨只是為藍天開路，我喜歡這麼想。」

「妳要去那裡做什麼？度假嗎？」

佛羅里達聳肩。

「妳在那裡有親友嗎？」

「有兩個老朋友，我可以去找他們。真正的理由是我從來沒去過加州，我沒去過的地方不多。我想在海邊彎彎曲曲的木棧道上溜直排輪，妳知道，電影裡常出現的那一條路啊？」

「我知道。」琳達說。

「嗯，我要去洛杉磯做這件事。」

琳達看向佛羅里達的手，於是她也看向自己的手指，她的左手無名指上戴著簡單的銀戒指。她原本想拿掉，但她喜歡這個戒指，而且很可能已經拿不下來了，她和巴比結婚時比較瘦。

她說：「我離開了，趁狀況變糟之前先走。我經歷過太多段前世，知道要相信自己的直覺。我在他對我還有感情的時候離開，我們只是走上了不同的道路。」

琳達沉默片刻。「意思是說，他不想在海邊彎彎曲曲的木棧道上溜直排輪嗎？」

佛羅里達爆出一陣狂笑，連自己也嚇一跳，坐在她們附近的乘客八成也嚇到了，她若是開心就一定會讓旁人感受到，前排和隔著走道的人也轉頭看了。非常不可思議，坐在琳達旁邊的女人繼續熟睡。佛羅里達笑到喘氣，彎腰抱著肚子。她想起巴比坐在工作檯前，面前放著一卷又一卷藍圖，每張藍圖都規劃出發生不同災難時的求生方式：美元崩盤、全球暖化造成水資源枯竭、極端氣候、民粹組織推翻政府、法西斯國家，還有許多狀況。他做出十三套精細的計畫，內容非常複雜，設想可能發生的狀況，以及該如何應對。

「對極了。」佛羅里達喘著氣說。「他不想溜直排輪，但我想。」

她離開他的理由或許有很多，但這個也是很真實的好理由。她以全新的敬意看待鄰座的年輕人，看來她畢竟也有一些智慧。

另一個真實的理由則是他們結婚之後那些藍圖不停修改。一開始，他計畫要救所有人，至少要救他們的朋友與志同道合的盟友。然而，當他們在佛蒙特住得越久，計畫變得越來越孤立，之後計畫修改了。一開始只是些微變化，後來大幅度修改，變成只救他們自己兩人。她甚至懷疑，其實他只想救自己。

「很遺憾妳的婚姻走不下去。」琳達說。

佛羅里達對她微笑。「一切終有盡頭，沒什麼好難過的。此刻開始的一切才重要。」

「此刻嗎？」

「沒錯。」

上完廁所之後，馬克在走道上來回走了兩趟。鄰座的那位太太一直勤奮地打字，前額皺起，害他覺得壓力很大。那個體格巨大的士兵回座位時又遇到他，他原本想和他碰拳頭，但又擔心這個舉動會被誤會有種族歧視意味，於是他只是簡單頷首。他很想知道，那個士兵是否會覺得被輕視，因為他是軍人，可能教育程度不高，但他完全沒有輕視他。他看得出來，那位老兄有能力自己作主，他看起來像個專業人士。馬克也是專業人士，而克里斯賓．考克斯在全盛時期更絕對是。他們三個是同道中人，種族與階級毫無影響。你懂自己的專業嗎？你熱愛競爭嗎？你是狠角色嗎？那就和我一起走上這條路吧，兄弟。

他回到頭等艙。正要坐下時，決定還是再去走一圈。鄰座太太有兩個兒子和白頭髮的老公，她不是狠角色，她只會擔心，不會戰鬥。她是媽媽，她害他的氣場變得軟趴趴的。馬克在走道一半的地方閉上眼睛，他想感應薇若妮卡的位置。

「你還好嗎？」他身邊傳來她的聲音。

「噢，很好。」他確實很好。他離開座位之前吞了一顆咖啡因膠囊，他精神很振奮。事實上，他覺得棒透了。

有些女人的眼神彷彿在說，我能看穿你的想法，現在她就用那種眼神看他，於是他決定，不管了，我要說出口。他壓低聲音，以免別人聽見。「我想吻妳，勝過地表的一切。」

接下來一片沉默。空調嗡嗡作響，有個人打開洋芋片發出很大的聲音，有人打個聲音尖銳的大噴嚏，在這片沉默中，馬克意識到這句話很可能惹出大禍。她或許會以厭惡的眼神看他，堅持要他立刻回座，向公司報告他性騷擾，甚至提告。

然而，她卻只是壓低聲音說：「先生，我們不在地表上。」

他心中綻放煙火。「這樣更好。」他說。

二〇一五年六月

飛機失事滿兩年了，物理治療師、愛清嗓子的醫生都表示艾德華已完全恢復健康，如此一來，他別無選擇，只能和雪伊一起參加夏令營。輔導員其實只是比他大兩歲的少年，艾德華發現他們根本不在乎他是否參加跑壘遊戲，於是他成為計分員。他坐在陰涼的看臺上，記錄其他人跑步的成績。美術工藝課程出乎意料地好玩，可以和雪伊坐在一起，自由取用口紅膠、毛根、麥克筆、玩具眼睛，隨意創作醜怪的東西，帶給他莫名的鎮定療癒。

不過，艾德華很緊張，因為醫生宣布他健康無虞之後，大家對他不再那麼小心翼翼。八年級快結束時，老師開始要他交作業，在課堂討論上發言。蕾西第一次分派家務工作給他——洗碗、洗自己的衣服——她在醫院加班的時候，他負責用烤箱加熱冷凍披薩和約翰一起吃。當貝莎買了很重的東西，也會請艾德華幫忙從車上搬進去，有時也會用質疑的眼神看他，彷彿在問，你真的還需要整天和我女兒黏在一起嗎？大人集體在背後推著艾德華，降低對他的關注。他們的肢體語言表明：危機已經過去了，你必須往前邁進，這樣我們才能繼續過日子。

然而，危機怎麼可能過去了？他仍舊很難入睡，必須穿著哥哥的衣服才有安全感，再也見不到他的家人。於是，當蕾西滿懷期待問他，夏令營好玩嗎？你喜歡嗎？他不得不掩飾煩躁。不，我不喜歡夏令營，他心裡想。他主要的感受只是鬆一口氣，夏令營沒有想像中那麼難以忍受。艾德華發現自己盡可能迴避阿姨，待在雪伊家的時間比平常更長。他明白，大人希望他就此痊癒——他們怎麼可能理解他經歷過的事？但他以為蕾西應該比其他人更理解。

暑假結束，阿姨對他要上高中這件事感到十分興奮，一看就知道，艾德華完全不懂為什麼，因為他看不出來會和國中有什麼不同。他和雪伊去一樣的學校，校長也是一樣的人，只是上課的地方從一、二樓換到三、四樓。對艾德華而言，唯一重大的改變是他得去上體育課了。以前體育課他可以一個人在自習室看書、塗鴉，他很喜歡這樣。

巨大的高中體育館在四樓後面的角落——第一次上課之前，艾德華去辦公室找體育老師，他說：「我跑不快，而且有時候會失去平衡，我覺得還是先讓我坐在看臺上比較好。如果有需要，我可以幫忙計分或計時，幫同學做紀錄，什麼都好。」

教體育的杜翰老師是位矮壯的女士，棕髮剪短，脖子上掛著哨子，她看著文件夾板，甚至沒有抬起頭。「孩子，這不是社團——是體育課，你不會是班上唯一摔跤的人，還有五分鐘就要上課了，你快換上運動服，去黃線集合。」

「可是——」

「沒有可是。」

換好運動服之後，他發現雪伊在更衣室外面等他。「我覺得好像會分組打籃球。」她說。「你有沒有打過籃球？」

雖然艾德華和哥哥偶爾會在社區的遊戲場玩投籃，但他搖頭。「我爸對團體運動評價不高。」

「說不定你會喜歡，我最愛把球從混蛋的手裡拍掉。你知道嗎？籃球規則裡允許這麼做。」她斜斜看他一眼。「說不定你會發現自己擅長體育。」

「恐怕很難。」

雪伊聳肩。

艾德華穿著運動短褲，覺得腿很冷。他發育得太快，手腳經常會痠痛。他不想在這裡。他說：「不要再期待我有隱藏的力量，好嗎？我不是什麼魔法師。」

「我早就不期待了。」

他看著她，明白確實如此。《哈利波特》系列早已成為遙遠的過去，那樣的期待與童稚，早已被他們拋在腦後，他們長大了。艾德華不斷拉長的身體只帶給她失望，他自己也一樣。他做好迎來悲傷的準備，沒想到來的卻是憤怒。他開口時，語氣很惡劣。

「我可以保證，我絕對不會擅長打籃球。」

「老天。隨你便。」雪伊說。

他的臉發燙，跟著她走進體育館，和其他同學站在一起。開始上課之後，他發現體育館的噪音令他無比痛苦，尖銳的哨音不斷響起，籃球撞擊地面，腳步摩擦，別人的身體撞上他。空間太大、噪音太急，喚醒了他想逃離的回憶。他在球場上來回奔跑，心跳敲打耳朵。他刻意迴避視線，這樣就不會有人把球傳給他。有一次，球往他的手彈過來，他整個身體僵住，他急忙逃開，彷彿那是即將爆炸的手榴彈。

體育老師大喊了兩次，「艾德勒，你跑錯方向了！快回頭！」艾德華深信牆上的時鐘停止了，不然就是他困在這個小時裡，彷彿陷入流沙，就算他拚命掙扎也逃不出去。時間將他整個人吞噬，他只能永遠滿身大汗、驚恐慌亂地在這間體育館奔跑。一個同學撞上他，艾德華不經思考就做出動作，轉身推那個人的胸口。同學跌倒在地，艾德華這才看清楚那是一個亞裔女生，她叫瑪格麗特，她幫他找到高中用的新置物櫃。杜翰老師說：「艾德勒，立刻離場！去坐下！」

那天晚上，他對約翰與蕾西說：「你們一定要幫我寫信給老師，讓我不必繼續上體育課。幾個月就好，等我的狀況更好一點，這樣太危險。」

「危險？」約翰看著妻子。「我們畢業以後，體育課不一樣了嗎？」

「如果你們不幫我寫，以後每次上課我都會假裝肚子痛。我不要再上體育課了。」他說。

「親愛的。沒問題，我們幫你寫。」蕾西說。

那天晚上，他走進雪伊的房間，低頭注視自己的腳。他腦中依然能聽見球敲擊地面的聲音，他說：「對不起，我是爛人。」他察覺自己的語氣好像在生氣，但其實沒有，他只是想提高音量，壓過球彈跳的聲音。

「你對瑪格麗特有什麼意見嗎？」

他努力思考，該如何解釋在籃球場上的那種感覺，他的神經像是著了火，一根又一根地點燃。體育課下課之後，他去向瑪格麗特道歉，她沒有回答，只是瞪了他一眼，然後走開。

「至少你知道就算推了她，你也不會被處罰，因為你是你。」雪伊說。

「只是推同學一次，無論是誰都不會被處罰。」

「絕對會。我有一次揍一個男生，結果被停學。」

艾德華目瞪口呆。「妳被停學？什麼時候？」

「你來之前。那個男生全家搬走了，所以他已經不在學校了。」雪伊闔上手中的書。「他每次上課都低聲哼歌，真的煩死人了，我受不了。」

「所以妳就揍他？」

「唉，你來之前我很無聊，我討厭無聊，我得找樂子。從我六歲開始，一直要離家出走。每次我都做好不同的計畫、選擇不同的時機。後來我發現，我並不會真的離家出走，因為我媽會傷心死。但我還是繼續做計畫，只是為了有別的事可想。」

艾德華想起來到這裡的第一週，和貝莎一起站在門口講話。「妳媽對我說過，妳小時候會和女生打架。因為我願意和妳當朋友，她還謝謝我。我還以為她只是不想讓我因為跑來這裡而感到不好意思，所以說得比較誇張。」

「一點也不誇張。」

「妳為什麼需要有別的事可想？妳想逃避什麼？」

雪伊發出氣惱的聲音，然後說：「我不知道。我媽每年聖誕節都買娃娃給我，希望我會玩。每天固定五點十五分吃晚餐。你知道我們家有雞肉行程嗎？真的有，星期一吃炸雞、星期三吃烤雞、星期五吃火烤雞胸肉，從來不變動。」

艾德華感覺好像走錯房間了，這裡不像是他每天晚上睡覺的地方。他想起七年級的第一天，跟著雪伊在學校走廊上前進，看她用手肘推開一個擋路的男生。他想起她蹙眉怒瞪那些將他當成馬戲團看的人，他在舊的雪伊身上看到新的她。

她甩甩手放鬆，就是運動選手比賽到一半常做的那種動作。她說：「那個，我不想一直什麼都不說，我認為你也不希望我說實話。」

「嗯。」他說，雖然他很緊張，房間的空氣很怪，彷彿暴風雨即將來臨。

「墜機、你搬來這裡，那時候一切都非常刺激。」她說。「不過現在……」

他點頭。他知道現在不一樣了，無法讓她滿足。空氣變得鬆弛，有了無聊容身的空間，以及其他長期存在的淡淡不自在。艾德華有點喘，幾乎彎腰將雙手撐在膝蓋上，因為這一天讓他累壞了，她必須專注，因為「他討厭全世界」和「雪伊討厭他」是兩件截然不同的事。他無法接受後者，不過，艾德華也察覺到過去幾個月她逐漸遠離他。有時候，雪伊會提早關燈睡覺，甚至當她不是特別累的時候也一樣。她在夏令營選了不同的課程：艾德華多選一堂美術與工藝，她選了木工。有一、兩次午餐時，她選了已經有很多人的桌子，他感到一陣恐慌，他快失去她了。

「對不起，我讓妳無聊了。」他討厭自己哀怨的語氣。

她聳肩。「艾德華，難得這麼一次，有事情完全與你無關。」

她的表情聽來有點危險。她望著窗外，彷彿想跳窗出去，一落地就狂奔。他知道，一定是因為今天在體育館他說話的口氣太差，所以她才決定要這樣。一直以來，她全心全意照顧他，他卻嫌她煩。

噢，老天，我做了什麼蠢事？他想著。

她轉身看他，表情非常嚴肅。「我要告訴你一件事。」

「不用急著現在說，明天再說吧。」艾德華說。他不知道雪伊要說什麼，只是他再也無法承受。他想起以前看到媽媽按住鎖骨下方的胎記，珍恩發現兒子在看，於是微笑著說，我只要按這裡就可以回到過去。八歲大的艾迪相信了，好希望自己也有神奇的胎記，現在他再次這麼期許。他滿心恐懼，好希望時間能倒退，離開這一刻。

「我答應過我媽會和你說，不然她會自己告訴你，那就太丟臉了。」

馬路上有輛車大聲按喇叭，艾德華體內感覺到那個聲音。

「以後你不能來我房間睡覺了。不過沒關係，其他事都不會改變。」

他的體溫驟降，皮膚突然變得好冰。「為什麼？」

「你剛搬來，開始在我房間睡覺的那時候，我媽要我保證，等我們長大之後就要停止，等我成為女人為止，啊啊。」她雙手摀住臉。她從指縫間說。「她是那麼說的。」

艾德華看著床邊的時鐘，八點十七分。這一天怎麼還沒結束？「那是什麼意思？妳知道我什麼都不懂。」他說。

「我的月經來了。」

自從認識她之後，除了去華府那次，艾德華每天晚上都摸黑從他家來她房間。「那又怎樣？」他說，不過他知道貝莎會在意這種事，她會在這樣的重要里程碑插旗，而且已經插了很久。

「我知道你不想睡在嬰兒房，但你家地下室也有張沙發床，你可以睡那裡，我會幫你布置。地下室布置好之前，你可以繼續來我房間睡幾天。」

艾德華眨眼。他知道必須回答，於是說：「好。」

「你我都知道，你不可能永遠在這裡睡。」

他心裡想，我不知道。

隔天是星期三，艾德華放學後去校長室。他們繞著辦公室走，艾德華拿著藍色花灑，校長拿著幾個小布包，裡面裝著不同的植物糧食。袋子上沒有標示，但他很清楚裡面裝的是什麼。有幾盆植物，校長將糧食揉進葉子，然後調整上方的加熱燈。有幾盆他小心用食指在土壤上鑽個洞，輕輕將袋子裡的東西倒進去。

艾德華學會水要慢慢澆，並且從土壤顏色判斷水夠不夠。深棕色很好，焦油黑加上泥濘感表示水過量，他專注地控制澆水的動作，但手不規律地顫抖，因為昨晚他幾乎沒睡。他躺在雪伊房間的地板上，努力記住天花板上的Y字形裂縫，也努力記住她翻身時輕微的吱嘎聲響。

「艾德華，你知道這幾盆植物的名字嗎？」校長指著艾德華前方的三個盆栽。他嗅嗅其中一株的葉子，然後歪頭，彷彿在思考氣味的意義。

艾德華第一次來的時候，以為校長種了各式各樣的植物，但現在他知道，這些盆栽其實都是蕨類，只是品種不同。阿倫迪校長不是一般熱愛植物的人，他專精研究蕨類，甚至出過一本書《西北地區蕨類大全：包括石松與木賊》，書就放在窗臺上展示，夾在兩個大盆栽中間。

艾德華放下花灑，拿起辦公桌上的噴瓶。前面那株葉子成波浪狀的植物噴了水會更漂亮。「這是鱷魚蕨。」

「很好。」

艾德華說出旁邊幾株的名字。「波士頓腎蕨、鹿角蕨，還有兩株鐵線蕨，一株貫眾蕨。」他瞇眼看角落的那盆植物。高度兩英尺，厚厚的葉子有一條條波紋。「那盆和後面那盆都是山蘇。」

阿倫迪校長以充滿愛的眼光看著那兩盆。「前面那盆從我念研究所的時候就有了。」

「鈕釦蕨，書架上面那盆是大銀脈鳳尾蕨，那邊的是袋鼠爪蕨。」

「非常好，蕨類有什麼與其他植物不同的特點？」

「蕨類是維管束植物，並且以孢子繁殖。」

校長點頭，笑容牽動鬍鬚。「非常棒。教你很有成就感。」

艾德華澆完水之後，背起書包。雪伊在家等他，他們要動工布置地下室。艾德華調整書包的帶子，緩緩深呼吸幾次，希望時間變慢。

阿倫迪校長站在角落最老的那株蕨類前面，轉過身說：「已經四點了嗎？艾德華，在你回家之前，我有一件事要說，杜翰老師告訴我，你不想上體育課。」

「我的腿很痛。」

「嗯，好。她告訴我課堂上發生的事，以及你阿姨寫的信。可以幫我拿一下嗎？我想調整一下架子。」

艾德華心裡想，他知道我推了一個女生。校長將檸檬鈕釦蕨交給艾德華，轉身調整架子。艾德華低頭看植物，葉子是鮮綠色，大約六吋高，葉子的尺寸類似大拇指的指甲。艾德華將盆子抱在胸前，低頭看著蕨類的中央，如果植物有臉，中央這裡就是，艾德華忍不住覺得鈕釦蕨一臉猜忌地看著他。我也有同感，他想著。

「艾德華，你覺得這個辦法怎麼樣？」

聽到自己的名字，他才驚覺校長至少和他講了一分鐘的話。他急忙抬頭，將植物交給校長。「不好意思？」

「舉重。」阿倫迪校長的表情有點心煩。「體育課的時間，你不用和同學一起上課，而是去重訓室練舉重，這樣你就不必動到受傷的腿，也有機會運動，我個人覺得不錯。練壯一點沒有壞處，對吧？」

「舉重？」艾德華說。一開始他很難想像自己舉重。在他的印象中，舉重的人都是穿小泳褲、身上塗油的大塊頭。爸爸從來不舉重，約翰也一樣。艾德華打量校長，他的臉頰和肚子都很鬆軟。校長會舉重嗎？

然後他想起飛機上的那位軍人。艾德華和班傑明在廁所外面互相介紹過，他感覺雄壯到難以置信。他絕對經常舉重，沒有人敢招惹他。無論身在何處，班傑明一定都很有安全感，除了在那架飛機上的時候。艾德華低頭看自己細瘦的手臂和手腕，感受腿上那條疤的形狀，他想像自己變大、變壯、變安全。

「我願意。」他說，聲音沙啞。「謝謝校長。」

晚餐時，蕾西問：「你有喜歡的電影嗎？」

「我嗎？」艾德華一直低頭看著盤子，努力設法吃下夠多的豬排，以免蕾西失望。自從雪伊說出那件事，他的胃口就變得很差，他感覺自己的內在變得昏暗，他的光一一熄滅。

你沒事吧？不要因為這件事就變得怪裡怪氣。一切都沒問題，我們沒事。今天午餐時，雪伊這麼對他說。他說，我知道。事實上，他覺得彷彿收到死刑通知，即將走過木板，落入滿是鯊魚的海中，每一分鐘他都離那塊木板越來越近。今晚將是他最後一次在她房間打地鋪，明天就要跳下海了。

「對，你，傻孩子。」蕾西說。

「妳最喜歡的電影是什麼？」他反問以爭取時間。他沒有特別喜歡的電影。小時候他喜歡《森林王子》[4]。他思索，飛機失事之後他看過電影嗎？《杏林春暖》算嗎？

「《鋼木蘭》[5]。」蕾西說。

「你呢？」艾德華問約翰，他很習慣這樣讓對話轉移、延伸，畢竟他每週都和麥克醫生做一樣的事。只要遇到讓他感到不舒服的問題，他就會像這樣導往其他方向。這個星期，為了避免提到雪伊以及得要在家睡覺的事，他告訴麥克醫生：露易莎．考克斯的司機這星期送來一本講投資的書。包裹裡有一張短箋，寫在非常厚的卡片紙上，她寫道，有些東西學校不教，卻是完善教育該有的元素。讀完這本書，然後以有條理的方式寫下心得交給我。聽證會之後，這是司機第二次送書來。第一本書，是老羅斯福總統的傳記，雪伊和艾德華一起看，每隔一兩頁就停下來取笑作者，他實在太愛這位魁梧的總統。每當雪伊說，來寫功課吧，艾德華總是會感到一股歉疚，但不是因為老師規定的作業，而是因為他還沒有寫出有條理的心得交給考克斯太太——那本書實在太無聊，他連第一頁都看不完。

麥克醫生覺得很好笑，因此艾德華贏了。他不是每次都能贏——麥克醫生通常會配合他一、兩分鐘，然後提出的問題會更逼近他想逃避的事——但艾德華相信他能左右阿姨和姨丈談話的方向。他們不是心理醫生，他們不可能贏。

「《銀翼殺手》[6]。」約翰一邊咀嚼一邊微笑，彷彿那部電影是溫暖的回憶。「我看過二十三次。」

「老天。這種事不值得吹噓吧？」蕾西說。

「是嗎？」約翰用叉子指著妻子。「蕾蕾，那妳《鋼木蘭》看了幾次？」

「那部電影是經典。」蕾西裝出高高在上的語氣，她轉頭看艾德華。「我在想，如果你喜歡《星際大戰》或其他賣座大片，我們可以買主題的床組。」

艾德華在腦中反覆翻轉這句話，努力想理解。「床組？」

4《森林王子》（*The Jungle Book*），1967年迪士尼上映的經典動畫片。
5《鋼木蘭》（*Steel Magnolias*），1989年上映的美國喜劇電影。
6《銀翼殺手》（*Blade Runner*），1982年上映的美國科幻電影，雷利·史考特所執導。

「貝莎說，以後你就要去睡地下室的沙發床了，我覺得可以把樓下布置成你的特殊空間。」

樓下。艾德華想像地下室，就在他們的正下方。他已經快走到木板盡頭了，大風呼嘯，他討厭自己有這種感覺。他知道他不該這麼難過，至少這件事表面看起來不值得難過。他以前在那個房間睡覺，現在只是換個房間睡覺。雪伊的臥房距離阿姨家的地下室不到三十碼，而他依然會每天早上和雪伊一起走路上學，依然可以聽她朗讀。表面上，這件事真的沒什麼，但可能藏在表面下、滾滾浪濤下的改變，令他萬分沮喪。

蕾西在餐桌對面微笑看著他。艾德華放下叉子，他徹底失去胃口，黑暗全面占領他的內心。他很想知道究竟貝莎和蕾西說了什麼，她告訴她雪伊來月經了嗎？還是她告訴蕾西另一個不同的原因？艾德華最怕成真的事，是雪伊再也受不了他了，而現在她終於有理由將他趕出房間，也趕出她的人生。

他舉起杜翰老師要他舉的金屬物品，照她的要求挺直背脊，盡可能解讀她使用的神祕體育術語。重訓室就在體育館的正下方，艾德華聽得到同學在光亮的地板上跑動、運球，還有人吹哨子要大家注意。

「你要做深蹲、硬舉，仰臥推舉。」她說。「這三項是所謂的複合運動，意思就是能一次練到不同的肌群。如果仰臥推舉練得好，可以推開比你重一百磅的人。硬舉練到完全發揮潛力，可以舉起一輛車救出壓在下面的小孩。」

「真的？」艾德華說。他試著想像自己舉起一輛車，臉脹紅，手臂因為用力而顫抖，這個畫面太可笑。

「真的。」

「那深蹲有什麼作用？」

「深蹲的的好處太多了。深蹲的時候，會用上全身的系統。想要有粗壯的腿嗎？就做深蹲。想要有粗壯的手臂？就做深蹲。」

杜翰老師總是感覺很認真，但此刻她彷彿在宣揚偉大的永恆真理。班傑明．斯提曼一定很常做深蹲，重訓室裡的所有金屬物品，他一定都知道怎麼用。

艾德華扛著一根木棍做深蹲，因為杜翰老師說他弱得可憐，還不能用金屬棍，更別說真正的槓鈴了。他往下蹲，回想雪伊神情嚴肅望著窗外的模樣。

「艾德勒，深蹲不是一直蹲到底，那叫坐下，你要回到原始姿勢。」杜翰老師說。回到原始姿勢，艾德華在腦中重複，盡可能做到。

雪伊朗讀《黃金羅盤》的一個章節，九點到了，艾德華站起來。他努力找話說，讓他可以不用離開。但他找不到，因為事實很簡單：既然雪伊要他走，他就該走。他幾乎沒聽見她朗讀的內容，他得自己迅速看一遍趕上進度。他全身的肌肉都在刺痛、顫抖，像是幾百條橡皮筋，他知道明天一定會全身痠痛。

他沒有看她。他說：「呃，好吧，晚安。」

「希望你睡得好，明天見。」

他們兩個都有點太大聲，艾德華拿起書包，蹣跚走出房間，他很慶幸貝莎不在外面。他自己打開大門出去回阿姨家，走到半路的陰暗處——他知道雪伊從窗戶看不見的地方望著——他沉沉倒在地上。這並非他的決定，只是他的身體徹底放棄而倒下。

他想著，現在我沒有家了。

紐約市的公寓，有爸媽和哥哥，那是家。墜機之後，他的身體帶他去雪伊房間的地板上，他窩在那裡，逐漸茁壯。他原本睡在喬登附近，後來變成睡在雪伊附近，這帶給他安慰。阿姨的家矗立在黑暗中，感覺從來不是他需要的家。艾德華從木板盡頭墜落，沉入黑暗水中，群鯊環伺。

他側躺在地上蜷起身體，九月夜晚出乎意料地寒冷。他閉上眼睛，應對黑暗的海水與黑暗的天空。他不記得多久沒有這樣痛哭了，墜機之後再也沒有，可能從來沒有。他的眼淚讓四周的大海水位升高。波浪捲起，然後碎裂成泡沫，不知道會不會看見蓋瑞或他的鯨魚。

有人搖他的手臂，艾德華才驚覺自己睡著了。

「噢，我的天，艾德華！你受傷了嗎？」阿姨慘白驚慌的臉出現在上方。她轉頭大喊，「約翰！約翰，快過來！約翰！」

艾德華心裡想，她好像很害怕。

蕾西抓住他的肩膀。「艾德華，你能說話嗎？你知道這是什麼地方嗎？」

他點頭，儘管這個動作需要用上無盡的力氣，他的身體彷彿被強制變成固體。他好不容易張開嘴說：「知道。」

接著姨丈也出現了，彎腰看著艾德華，約翰穿著舊睡褲。「怎麼回事？」

「我不知道。你看他，要送他去醫院嗎？」

「先帶他進屋裡去吧。」

約翰將艾德華半舉起來，讓他站著，然後將外甥的一隻手臂搭在他的肩上，而蕾西將另一隻手臂搭在她肩上。艾德華這樣站著，感覺頭的位置比記憶中高，他懷疑自己是否真的崩解了，頭飄上了天空。當他們三個歪歪斜斜往前走，他只有一個心願——希望雪伊已經睡著了，離臥房窗戶遠遠的，這樣她才不會看見阿姨和姨丈將他殘存的部分拖進房子裡。

中午十二點二十二分

儘管知道每年都有一定比例的飛機會失事，但人們依舊搭機。他們「知道」這個事實，但會找理由說服自己沒什麼好擔心。最常見的理由是：統計上，開車比搭飛機危險。如果光看數字，一年會發生超過五百萬次車禍，飛行意外只有二十起，因此，飛行確實比較安全。更何況，搭乘商用飛機的人數很多，人們也因此感到安心，集體信心影響了他們的決定，身邊有其他人可帶來安慰。他們並肩坐在一起，相信不可能同時有這麼多人做出愚蠢的危險決定。

克里斯賓腳下的地板震動著，他在座位上緩慢往後移動。去廁所再回來，耗費他二十分鐘。他必須坐在馬桶蓋上休息很久，才有力氣走回座位。他想著，一個月前我還覺得狀況不錯，還像以前一樣。現在我都不知道這個人是誰了。

上飛機之前，克里斯賓的律師山繆打電話來，他們兩個年紀一樣大，但山繆在七十多歲時開始健身，他告訴克里斯賓，他登上了《富比士》美國年度百大富豪榜。

「喔。」他對著電話說。

「恭喜，考克斯。你真是不簡單。」

「喔。」他再次說，充分感受到自己毫無感受。他登上富豪榜已經二十年了，最近十年更是躋身前半，自從他出售公司之後，每年都很期待《富比士》的榜單。他會在行事曆上標註，開心地接聽電話，知道名次之後歡呼、搥桌子。

「考克斯，你還好嗎？洛杉磯的醫生肯定很快就能治好你。」

「打給爾尼，告訴他，我抵達之後要修改遺囑。」

「沒問題。」

「我為什麼要把財產留給子女？他們恨我。」

「大都會博物館希望你會想到他們。」

「叫他們滾蛋。」克里斯賓擔任博物館理事幾十年了，他很喜歡去開會，董事都是紐約的大人物，幾乎都是他經常來往的朋友，但他從不曾走進展覽室欣賞藝術品。那裡就是和露易莎鬥智鬥力的有趣場地，因為他們兩個都參與博物館的經營。她在大學時主修藝術史，自以為是收藏家。在九〇年代中期，她當選了理事長，從此禁止克里斯賓出席會議。

「你有什麼打算？」

克里斯賓差點說出，我不確定，幸好即時停住。他從來不說我不確定。猶豫不決很軟弱，他堅決反對這種態度。於是他說：「說不定我會把整座錢山砸在露易莎頭上，那樣肯定能讓她暈頭轉向。那個可惡的女人一輩子想盡辦法挖我的錢，我乾脆放在銀托盤上送給她吧。」這個想法讓他忍不住嗤笑。

電話另一頭沉默了一下，因為山繆也是露易莎的律師。因為專業上的保密條款，他不能隨便說話。「你想怎樣都可以，考克斯。我會通知爾尼。」

此刻，克里斯賓滿懷感激坐回椅子上，看著窗外的大雨，他的財富像雨一樣灑在地面。這個想法太悽慘，沒有了他，那些錢毫無意義。他一輩子窮盡心力積存的財富，變成只是印著綠色和白色圖案的長方形紙張。他很想惡整一下露易莎，但她不需要那些錢——多一筆財富甚至不會對她的日常生活造成任何影響。他的一位朋友曾經說過，「你不可能比現在吃得更好了。」他和露易莎所吃的都是人類所能取得最高檔的食物。

他向來很重視他的錢，也很重視賺更多錢的方法。對他而言數字很重要，直到今天早上接到律師的電話，假使他連錢都不在乎了，那還剩下什麼？走道對面，那個小鬼非常亢奮，拚命敲鍵盤，彷彿他所打的每個字母都會帶來實質影響。或許真的會，說不定此刻正在發生。

或許已經發生了。

疼痛有如一堆彈珠，在他的腹部滾來滾去。他入睡時想著，當年孩子要我帶他們去露營的時候，應該去才對。

布魯斯摸摸頭——這是他緊張時的毛病，他不確定算不算無意識的小動作，因為他每次都知道自己在摸頭——然後站起來。「我去看看你們媽媽。要乖喔。」他說。

艾迪說：「爸，我們不是五歲小朋友了。」

喬登說：「幫我謝謝她的甜點，不過因為有乳製品，所以我給艾迪吃了。」

布魯斯嘆息，因為在剛剛的夢境中，艾迪真的才五歲。他坐在沙發上，小小的男孩坐在他腿上，布魯斯讀《小熊維尼》給他聽。艾迪靠在爸爸胸口，那樣的重量，那樣全然信任、毫無顧忌的放鬆，將整個身體靠在爸爸身上，就是因為有這樣的感受，生育子女才會是人生不可錯過的體驗。

布魯斯為艾迪讀那本書十二或十三次，從頭到尾一再重複。他知道所有小孩都喜歡重複，但艾迪更是如此。他識字之後，幾乎每天晚上都自己在床上讀《小熊維尼》，他最喜歡的電影《森林王子》更是看了無數遍。當布魯斯煩惱艾迪太少看其他書，珍恩說：「至少他品味不錯，選的都是經典。」

十二歲的艾迪手腳細長，嬰兒肥早已消失。他的擁抱很彆扭，在爸爸懷中，他感覺像承受風吹雨打的小樹。現在彈鋼琴似乎是艾迪最熱愛的重複行為，他已經不需要爸爸讀書給他聽，也不想要了。

布魯斯撥開頭等艙的布簾，發現珍恩旁邊的座位空著。

「坐吧，我不知道他去哪了。」她說。

布魯斯在她身邊坐下。「旁邊那個人感覺不太妙。」他指著在走道另一頭熟睡的老先生。

「他好像是什麼有名的富豪。」

「富豪。」他微笑。「為什麼要搭商用飛機？如果我是富豪，一定會買自己的飛機。」

「他其實是靠惡劣詐欺手段致富的那種人。」她說。「我鄰座那位也是，我感覺得出來。」

「劇本寫得還順利嗎？」布魯斯盡可能保持語氣輕快，他想聊聊天，不想吵架。他在遙遠的經濟艙思念妻子。

她似乎感應到他的心思，她總是這樣。「對不起，再次抱歉。」她說。

她按住他的手捏了捏。她的肌膚柔嫩，捏手的動作讓他不由自主微笑。他或許在生她的氣，但同時也感受到他愛她。花了好幾年的時間，他才接受他們的關係毫無邏輯可言。氣惱加上壞心情加上她獨特的笑容，等於他肚子裡愉悅的感受。他希望兩個兒子未來能找到屬於他們的失衡邏輯。他想起喬登在那家中國餐廳的表情，一瞬間懷疑大兒子是不是已經找到了，不過他很快就將這個想法斥為無稽。

「怎麼了？」珍恩說。「麻煩說出你在想什麼？」

「我們應該讓艾迪去念洛杉磯的柯爾本音樂學院。」

珍恩揚起眉毛。「真的？」

「妳不同意？」

「我當然同意，我認為他很有天分，而且他愛鋼琴。不過，這樣他就不能繼續跟你上課了。」

「還是可以，我會繼續教他數學和歷史。」

「喬登會寂寞的。」

「我知道，但到時候再想想辦法吧。以後他有更多機會可以獨占爸爸，說不定會很高興呢。」

這只是開玩笑，但他們兩個都明白，所以反而不需要笑。

珍恩把頭靠在他肩上。

「這個人到底跑去哪裡了？」布魯斯說。

「八成跟著頭等艙空服員到處跑吧，我覺得他愛上她了。」

「她很漂亮嗎？」他努力回想空服員的長相，但除了綁很緊的包頭，他毫無印象。

珍恩瞇起眼睛。「你真的沒注意到嗎？」

他對她的電腦一撇頭。「妳快完工了嗎？」他聽得出來，他的語氣流露出累積的無奈，他對自己很失望。這樣的回答太沉悶，畢竟他想表現得更好，做個更好的丈夫、更好的人。

珍恩坐直，看向螢幕。一排排字母形成文字，顯示模式有如一片開放空間，點綴著幾句對話。「還沒。但降落前一定會結束，我保證。」她說。

薇若妮卡的職業生涯中做過這種事兩次。雖然這不是她習慣做的事，但她十分熟練，很清楚該怎麼做。她要馬克十分鐘後去後面左邊的廁所，那是最不容易被飛機上其他人看到的一間。看到他進去之後，她啟動「請繫安全帶」的燈號，讓乘客盡量待在座位上。然後她將播音系統開到最大音量，發出靜電雜音，醒著的乘客都抬頭看上方的喇叭。她關掉播音系統，偷溜進廁所。

空間非常狹小，她一進去立刻和馬克貼在一起。門上鎖之後風扇與燈光啟動，他們沐浴在日光燈下，她的頭再往後兩吋就會撞上鏡子，馬克的膝蓋壓到馬桶座。不過至少氣味出奇地宜人，抽風機的效果不錯。

「不要說話。」薇若妮卡低聲說。

馬克捧住她的後腦，手指探入她後頸的髮髻。薇若妮卡自身的飢渴讓她忍不主輕聲嚶嚀，她好想拔掉小髮夾，但她必須在六分鐘內回到工作崗位，否則一定會被發現不見了，她出去時必須和進來時一模一樣。

她扭動身體拉起裙子、扭動身體拉下褲襪。

馬克解開腰帶。

她聽見拍打的聲音，並非有人敲門，而是來自機身側邊，薇若妮卡腦中的角落隱約想著，那是什麼聲音？

答、答、答，那個聲音持續，可能是拍打聲，也可能是空調機組，說不定是管線鬆脫，同時馬克吻上她的唇——想不到他的吻功竟然如此高明——她抓住他的臀部讓他進入。

接下來她腦中一片喧囂，她的皮膚變成口紅的顏色，生命的元素在體內奔騰，當馬克．萊西歐在她耳邊低語，我好像需要妳，她將那句話吹開，有如送出飛吻。

喬登推推弟弟，然後靠到他耳邊。爸爸還沒回來。

「怎麼了？」艾迪問。

「頭等艙空服員和一個男的一起進廁所。」

艾迪在座位上轉身，往機艙後面看過去。「他們為什麼要一起進去？」

喬登差點笑瘋了。「大概是去做愛。」

艾迪一臉驚恐。「在飛機上的廁所裡？」

「其他人好像都沒注意到。她故意讓播音系統發出雜音引開乘客的注意，沒有人留意她。」

「那你怎麼會看到？」

「我剛好在數有幾排座位，所以往那邊看。」

艾迪思考這件事，神情嚴肅。「說不定他暈機，她進去幫忙。」

「或許吧，不過他感覺挺健康的。」

艾迪打個哆嗦。「超噁的。」

「嗯，我絕對不會再去上那間廁所。」喬登想起瑪希拉，在褲子裡變硬了，他放下餐桌以免弟弟看見。

他發現爸爸在走道上朝他們走來。他想像爸爸媽媽做愛，勃起立刻軟掉。

艾迪用他獨特的謹慎思索語氣說：「不過，這其實也有點酷，性愛原來那麼棒，甚至讓人不介意在廁所裡做。」

喬登點頭，深深感激弟弟的評論。感激弟弟開始加入他的世界，能夠理解情色幻想與緊繃的內褲。

克里斯賓睜開眼睛，不知道自己身在何處。呃，他知道自己在飛機上，一看就知道。不過要去哪裡？什麼時候到？他這輩子飛過幾百次；有一年，他在空中的時間似乎比地面多，去開會、參加研討會、享受奢華假期。如果他想要，這種飛機他可以買一整隊，但他一向不肯坐私人飛機。商用飛機是少數能讓他和顧客坐在一起的地方，他喜歡觀察人們的思想與行為，總是將在機場與飛機上的時間視為無價的市場調查。

「今年是哪一年？」他問旁邊的女人。

她穿著白色毛線外套，鈕釦扣到最上面。「請把手腕給我，我想確認你的脈搏。」她說。

「想都別想。回答我的問題。」

「二〇一三年。」

「我是一九三六年出生的，也就是說我今年……」他閉起眼睛，但頭腦拒絕計算。

他懷疑這個女人是看護，很可能是他的看護。

她接過他的手臂，彷彿有資格這麼做，然後用兩隻手指按住他的手腕內側。他姑且容忍，因為他失去運算能力的同時，體力也消失了。

「脈搏微弱。」她輕聲說。

他點頭，或許他沒有真的點頭，不過他心中同意，他很微弱。他的意識忽明忽暗，有時候知道時間、地點，有時候不知道。

「考克斯先生，你會冷嗎？」

會，我快冷死了，而且還不再年輕。我獨自在天空中，前往我不知道的目的地。他心裡想。

鄰座的人回來時，珍恩忍不住覺得好笑，他和她丈夫實在差太多。

馬克臉上的皮膚感覺乾燥紅潤，彷彿剛才走出飛機，在暴風雨中散步。他總是動個不停，反覆按著原子筆尾端的機關，把筆芯按出去又收回來。剛才布魯斯只是靜靜坐在她身邊，她得看他的眼睛猜測他的心情，沒有其他線索。

「好像下冰雹了。」她指著窗外說。

「太扯了，現在是夏天耶。」

她點頭，望著灰黑朦朧的雲和雨。她自問，這樣的天氣難道是想讓她打退堂鼓？天空彷彿是要說，回頭吧，去寫妳的愛情故事，少賺一點錢，過樸素的生活。搬去蕾西家附近，就像她一直想要的那樣，和她一起養育孩子。

沒想到，蕾西竟然無法生孩子。每次聽到妹妹流產的消息，她都很意外自己竟然那麼難過。當然，她在蕾西面前不會表現出悲傷，不過當妹妹再次懷孕時，珍恩感覺全身充滿興奮。家族即將多一個全新的人，有個寶寶可以讓她的兩個兒子寵溺。想到這些，她開心得暈陶陶。有新的寶寶可以疼愛了。然而，激動盼望的同時也有恐懼，妹妹說不定又會流產。

珍恩在電話裡對妹妹說：還有其他方式可以有小孩。要不要幫妳找領養機構或代理孕母？但蕾西不肯放棄嘗試懷孕，因此珍恩完全不想搬去妹妹家隔壁，目睹她害死自己。更何況，她絕對會受不了郊區生活、超級盃派對，鄰居也會因為兩個兒子自學而以奇怪的眼光看他們一家，認為他們的思想很危險。布魯斯會擅自跑去地區教育會議，爭論集體教育對兒童的壞處，最後遭到排擠。

「可惡。」馬克說。「我無法專心。」

「是因為現在剛好飛到一半。」珍恩說。「每次到半途的時候我都很絕望。都已經過了好幾個小時，卻還有好幾個小時，感覺好像困住了。」

馬克轉頭看她。「有道理。」他按筆，然後說：「妳結婚多久了？」

她驚訝微笑。「我想想……十六年。」

「媽的，好久喔，妳從來沒有外遇過嗎？」

珍恩想，多麼奇怪的對話啊，不過頭等艙的人或許比較容易對彼此敞開心胸，因為他們自認都是同類？

「沒有。」

他搖頭。「媽的。」

「你結婚了嗎？」

「結過，只維持了十分鐘。」

「是好笑的錯誤嗎？」

「哈。」他的笑聲很自嘲。「算是吧，吸了太多古柯鹼。」

「啊。」珍恩從來沒試過古柯鹼，從來沒嫁給不對的人，從來沒有愛上空服員。她感到一絲遺憾。她不想成為這個人，她不喜歡那種躁動的感覺，不過她希望人生路能多一、兩個轉折。她總是每一步都小心翼翼。

現在喬登似乎對全世界舉起拳頭，她好希望能夠對他說，我懂。有一年我去西雅圖抗議世界貿易組織，整個十一月都耗在那裡。但她不能說，她對世界舉起拳頭的方式是閱讀《國家》雜誌，然後義憤填膺地點頭。她想著，亂七八糟的人生也有好處，她和布魯斯的人生太中規中矩了。就連她最大的夢想——寫一齣小型、個人、私密的電影劇本——感覺也那麼中規中矩。

馬克揉揉眼睛，看看四周，肯定在找那個空服員。

珍恩也拉長脖子，一起幫忙找。

二〇一五年十二月

艾德華看看麥克醫生診間外的樹。灰色樹皮上有很深的溝紋，樹枝的樣子彷彿永遠不會再長葉子。一隻鳥落在樹枝上，但又立刻像直昇機一樣飛走。

麥克醫生說：「能告訴我你心裡在想什麼嗎？如果我知道問題，或許能幫你。」

艾德華早已放棄控制心思，所以每個念頭都帶來小小的驚訝。他聽著桌上那個精美的時鐘滴答前進，心裡想著：我從來沒有這麼想念喬登。

「艾德華？」麥克醫生說。

「我知道他們希望我一週來兩次，但我覺得這樣是浪費你的時間。」他說。

「你癱倒在阿姨家外面。」

「那是三個月前的事了，而且那真的不算什麼大事。」

「要是那時候再冷一點，你可能會凍死，當然是大事。」

「我不會死。」

「你怎麼知道？」

艾德華望著樹枝，希望鳥兒再次盤旋降落，不過空氣和樹都靜止不動。但這樣的空洞感覺很對，因為他現在獨自睡在空空的地下室。他在想要不要告訴心理醫生，雖然雪伊還是他的朋友，但自從那次他在體育館叫她不要煩他，他們之間的深層連結——他一直知道那是他的氧氣——已經逐漸死去。雪伊非常堅強，必要的時候她可以自由脫離，在其他地方找到空氣，但他知道自己沒有那麼堅強，而這已經是她給的第二次機會了。艾德華很清楚，等到他和雪伊之間的那種說不清的東西終於死去，他內心活著的部分也會跟著死去。

麥克醫生一定希望艾德華告訴他這一切，但艾德華不想說話，繼續望著窗外，他有種感覺，那棵樹也在看他。

現在約翰每天晚上都會等艾德華去地下室睡覺之後才上床。他會探頭進門，確認外甥躺在沙發床上蓋好被子。「沒什麼事吧？」約翰問，艾德華點頭之後翻身。

一個鐘頭後，等他確定阿姨和姨丈睡了，艾德華就會起床，穿上運動服和帆布鞋——如果很冷，就穿上橘色大衣——然後開門出去。他繞著街區走幾圈，小心避開雪伊從房間窗戶會看到的地方。他計算經過幾棟房子、幾扇窗戶，頭頂的星星連綴出圖案。他渴望移動，喜歡夜晚近乎漆黑的天空，以及樹木之間黑色的空間。有時候，如果腦子裡數字亂了，他就閉起眼睛走。他從不允許自己坐下或躺下，以防他睡著之後凍死，證明大人不是瞎操心。

到了某個時候，當他內心的某個東西放鬆了，他就會回到地下室躺在沙發床上。地下室並非寂靜無聲，但這裡的聲音和雪伊房間的不一樣。或許因為他在房屋的底端，整個結構彷彿在他的床鋪上方移動喘氣。每天晚上至少會有兩次響亮的喀啦聲，他總會坐起來，注視黑暗處。

他心裡不想要黑暗。他把浴室的燈整夜開著，街燈也會從高處的窗戶照進來。有自己的房間只有一個好處，就是可以不必保持安靜以免吵醒雪伊，他不必裝睡。他可以咳嗽，握拳捶打床墊，跟自己說話。他可以從床墊的一邊翻身到另一邊。凌晨兩點要是肚子咕咕叫，就起來吃穀麥棒。

他聽見杜翰老師尖銳的哨音，想起法文課上聽到雪伊和一個女生講話，她的語氣高亢激動，說著星期五可能會去湖邊的派對。艾德華望著高處狹窄的窗戶，天色變亮，另一天又開始了。

杜翰老師非常執著於所謂的「正確姿勢」，要他移動右腳一公分、臀部往後推一點、手臂要百分之百伸直。他在練習的時候，紅髮粗壯的足球隊長剛好進來，看到艾德華深蹲的樣子，他咧嘴一笑。

「很帥喔，艾德勒。」他拿出手機拍照。杜翰老師訓了足球隊長一頓，叫他立刻出去，但艾德華知道已經太遲了，他一定把照片傳給朋友了。到了中午的時候，足球隊的人一看到艾德華就擺出深蹲的姿勢，裝出非常專注的神情。

艾德華和雪伊在走廊上一轉彎，一個頭髮顏色像小麥的害羞男生也擺出深蹲姿勢。雪伊說：「連你也這樣？你為什麼要做這種事？你不是爛人吧，你沒有這麼壞心吧。」

那個男生臉色發白，站起來逃走。

艾德華勉強熬過下午的三堂課，打開筆記本、拿著筆，但一個字都沒寫。老師彷彿在很遠的地方講話。放學後，他和雪伊走路回家，他假裝兩人之間一切正常。他知道雪伊很心煩，因為她也察覺到不對勁，不只是艾德華搬出她房間那麼簡單，但她說不出哪裡有問題。我們之間的感情已經死去了，我們很快就不是朋友了。他想著。

她說：「校長也有叫你去嗎？」

「沒有。怎麼了？」

「嗯。我的成績好像退步了，他大概會唸我一頓說要多用功才能順利上大學。」

「不會吧，剛上高中，又不是大學。」艾德華太疲憊，無法說出完整的句子。「有其他事，我的成績也退步了。」

「他不必找你訓話，因為你想上哪間大學都沒問題，就算成績再爛也進得去，你只要在自傳裡寫墜機的事就好。」

艾德華搖頭。他突然好希望現在是半夜，可以閉著眼睛在星空下漫步。他不想站在陽光下，感覺皮膚內側搔癢難當，聽雪伊說她完全不懂的事。

他閉上眼睛走了幾步，腦中閃過的想法讓他睜開。「為什麼同學都不喜歡我？」

「你在說什麼？」雪伊停下腳步。「有些人很喜歡你呀。」

「我幾乎沒和他們說過話。」為什麼他到現在才發現？他在這個鎮上生活了兩年半，一直很慶幸大部分的同學都不會來找他說話，但他從沒想過原因。他想著足球隊長和他那群惡劣的朋友，瑪格麗特，還有那個喜歡用香味護唇膏的女生，她的置物櫃在他的附近。還有那些看都不看他的人——彷彿那是他們的原則——只要他一接近，他們就會走開。

「噢。」雪伊做個鬼臉。「那些人全是大白癡，不要理他們。他們覺得你很幸運，有些人還會嫉妒你。」

他以為自己聽錯了。「幸運？」

他們快到家了，雪伊斜斜看他一眼。「我們同年級有三個人的爸爸或媽媽坐牢。一堆人靠食物券過日子，你知道，每個人都有傷心的故事，但你因此變成名人。」

艾德華呼吸著冰冷空氣。

「還有，」她用略帶歉意的語氣說，「你本來就是好人家的白人小孩，等你拿到保險給付，會變得非常富有，這更讓他們不舒服。」

幸運，艾德華在腦中測試這個詞，彷彿在猜測重量。

「所以我說，不要理他們就好。」

他感覺自己內心更加黑暗，又有一顆燈泡燒壞，她說的話感覺都不對。說不定我是個討厭鬼，他想，他之前完全沒有想過這些事。

◆

那天晚上，艾德華繞著街區走完一圈，然後繞著黑暗中的阿姨家走了幾圈。他想著足球隊長嘲笑的表情，以及他自己可能也是個討厭鬼的這件事，這些想法強迫他走動。還有另外一件事已經糾纏艾德華好幾個星期了，現在更是直接拍他的肩膀。明天是他的十五歲生日。明天，他將和哥哥死去時同齡。艾德華在黑暗中走過房子的四個角落，一圈又一圈。其中一圈，他發現後院有車庫，於是也過去繞著走幾圈。

後院是長形的，車庫和房子分離，位在比較遠的那邊。車庫緊鄰樹籬，樹籬後面就是森林。艾德華從來沒來過車庫這裡——約翰與蕾西都把車停在車道上。他從來沒有關心過車庫，沒有想過那棟建築是做什麼用的、裡面有什麼。他發現，自從搬來之後，他生活的環境很有限。廚房、客廳、雪伊的房間、遊戲場、學校。

此刻在黑暗中，草地沾濕他的運動鞋，他因為帶自己找到新的地方而得意，雖然只是車庫而已。他繞著車庫走，然後停下來從窗外張望裡面。他只能看到自己的倒影，朦朧而嚴肅。他很想知道，既然車子不停這裡，那麼，阿姨和姨丈在裡面放了什麼東西？

有一邊有門，他轉轉門把，以為會上鎖。竟然沒有，他一轉，門就往內打開。他走進去，黑暗的車庫有如後院的延伸。一塊塊樹籬，中央有個類似房子的東西，深淺不一的陰影，黑暗中有一叢叢沒割的草。艾德華站在門邊，眼睛稍微適應黑暗了，他看到旁邊的插座上插著一隻手電筒。這是約翰放的——屋裡每個房間都有手電筒插在插座上，以防發生緊急狀況。艾德華拔下手電筒打開。

車庫中央有個工作檯，旁邊的勾子掛著工具。整體的感覺太整潔，應該很少用，艾德華很好奇姨丈在這裡製作什麼。他想像約翰將老舊桌面重新磨亮，但這個畫面太不合理。他走過去，看到一堆筆電，不禁莞爾。當然啦——這張工作檯不是為了用來製造或修理家具用的；而是用來把電腦拆解、再重組。他從沒看過姨丈來車庫，但約翰很早起，所以他一定是在蕾西和艾德華起床前來這裡。

角落放著一張褪色的單人沙發，是老太太家裡常見的那種，旁邊有個書架。艾德華用手電筒照亮上面的書，發現上頭只有兩位作家的作品，姨丈應該蒐集了全套：贊恩·格雷（Zane Grey）與路易斯·拉莫（Louis L'Amour）。艾德華再次確認是否有其他作家的書，真的沒有。約翰跑來這裡看西部小說？不知為何，艾德華知道這個地方完全屬於約翰，而不是蕾西。家是蕾西的，艾德華深刻地明白這件事。這裡一定是約翰存放雜物的地方，老婆不准他放在家裡的東西。

艾德華沉沉坐在綠沙發上，想從約翰的位子看世界。他很高興開門進來了，很高興有點小事可以讓他不用回地下室。今晚他想盡量拖延睡覺的時間，拖延醒來之後變成十五歲的時間。沙發旁邊有張小圓桌，擺著一疊顏色不同的文件夾。他腳邊有兩個大行李袋，像是軍人用的那種。艾德華用腳推推集中一個，沒想到一推就動，裡面的東西很輕。他用手電筒去照，發現兩個袋子都裝了掛鎖。

他拿起最上面一個文件夾，翻開來看。一張紙上寫滿約翰整齊的字跡，艾德華常在購物清單上看到，平常都放在廚房流理臺上：好吃的蘋果、火雞胸肉、豆奶、巧克力杏仁豆。不過，這張紙不是購物清單，而是名單，每個名字旁邊都有數字和字母：34 B、12 A、37 C。只有五個名字旁邊沒有數字。

艾德華在紙上的指尖開始冒汗。

一定有一百九十一個名字，他不用數也知道，這是乘客清單。沒有座位號碼的五個人是機組員，分別是兩位飛行員和三位空服員。艾德華瀏覽清單，尋找自己的名字，上頭沒有，但約翰整潔的字跡寫下他哥哥、父母的名字。媽媽的座位和艾德勒家其他人不同排。妳應該和我們坐在一起，艾德華心裡想著。

除了名單還有其他文件，有幾份紙質不一樣，比較厚。不過他沒掀開最上面的名單，不繼續看下去。他坐著，文件夾打開放在腿上，手中拿著手電筒。艾德華想起之前運安會聽證會那天，他在地下室坐在姨丈身邊，心裡想著，看來你還在蒐集資料。

他看著自己將文件夾放回桌上。他的身體和頭腦都很清楚，他不能獨自做這件事。他將手電筒插回插座上，奔跑穿過後院往雪伊家的方向去。他用小石頭扔雪伊房間的窗戶——他所能找到最小顆的，因為擔心會吵醒貝莎或打破玻璃。雪伊終於出現了，頭髮蓬亂，戴著眼鏡。

「搞什麼鬼？」她打開窗戶說。她的音量很小，他只能勉強聽見，她不想吵醒媽媽。「你怎麼了？」

「我想給妳看一樣東西。」他回答，看到她的臉亮起來，他終於放心了。

「嘿，生日快樂。」她說。

「噢。」他抬頭看夜空，星星彷彿黑色毯子上打穿的洞。「已經過午夜了？」

她點頭，儘管他們沒談過這件事，但他感覺得出來，雪伊知道這次生日的意義不同，比較複雜。兩分鐘後她下樓，穿著運動服，艾德華帶路去車庫。他覺得很荒謬也很累，但同時也非常開心，因為雪伊在他身後低聲發問。

「你怎麼會跑去車庫？」

「你為什麼這麼晚還沒睡？」

「既然你要去散步，怎麼不找我？我絕對會陪你……」

進入車庫，他以手電筒照一下沙發，再照一下書架，然後是旁邊那疊文件夾、兩個上鎖的行李袋。他看到單人沙發下面有張腳凳，他拉出來自己坐，讓雪伊坐沙發。

他指著最上面的文件夾，雪伊拿起來放在腿上。她低頭看看文件夾，然後又抬頭看艾德華。

「怎麼了？」他說。「打開呀。」

「不。」雪伊悠悠說出這個字，彷彿這個回答讓她自己也感到意外。

「不？」

「除非你答應我一件事，否則我不要看。」她坐直。「你要保證不會再怪裡怪氣的，以後你要正常地對待我。明天早上你不能又變回冷冰冰的疏遠態度。」她停頓一下，然後小聲說：「我再也受不了了。」

他注視她的雙眼，心中一驚。他發現那雙眼睛變陌生了，他太久沒有看她的眼睛。他一直看著地面、旁邊，躲在內心裡。艾德華在那一刻終於明白了，其實一直鬧彆扭的人是他，她完全沒變。雪伊說他們之間一切正常，她是真心的。是他告訴自己他們之間的感情破碎了，事實上，破碎的是他自己。艾德華的臉頰發燙，他差點一手毀掉人生中最重要的部分。

「對不起。我保證不會了。」他說。

「很好。」她點頭。「我很想你，怪胎。」雪伊翻開文件夾，他看著她瀏覽乘客名單。「這是我以為的那種東西嗎？」

他用雙手貼著發燙的臉頰。

她低語，「沒有你。你的座位是幾號？」

「31A。」

她看完之後，掀開名單，下一頁是一個金髮女子的照片。那個女人的姿勢微微向前，對著相機微笑，彷彿急於討好拿著相機的人。雖然與她和艾德華在學校停車場看過的照片不太一樣，但他還是認出來了。他說：「那是蓋瑞的女朋友。」

「噢，可憐的琳達。」雪伊輕聲說。

下一頁是班傑明．斯提曼，他毫無笑容，穿著制服，艾德華沒有開口。他沒有和雪伊提過這位軍人的事，他不知道該怎麼說明班傑明是誰。難道他要說，我只見過他幾分鐘，但我每天至少會想起他一次，因為他，我想要變壯。聽起來不是像個傻子就是瘋子。

再下一頁是他的家人，媽媽、爸爸，喬登穿的橘色連帽大衣現在穿在艾德華身上。接下來是那個大塊頭女人，裙子上有鈴鐺那個，她好像在跳舞，雙手高舉。這些照片太切身（尤其是他的家人）他有種暈船的感覺。陌生人出現時他鬆了一口氣，許多人感覺有點眼熟，但他不確定是否見過，或許他經過他們在飛機上的座位，或許他曾經和這些人一起等廁所。他的視線落在一個看起來很有錢的油頭男子照片上，這個人他認得，照片裡的人笑得很開，但感覺有點生氣或壞心，好像嫌棄拍攝的人哪裡做得不好。

雪伊將有錢男子的照片翻過來，他們這才發現每張照片後面都有註記。他的名字是「馬克·萊西歐」，年紀應該是墜機當時的年紀。親屬名單中說明馬克只有一個弟弟，名叫傑克斯·萊西歐，住在佛羅里達州。

文件夾裡的照片超過一百張，包括兩位飛行員感覺很正式的大頭照，一位留著花白八字鬍，滿臉笑容；比較年輕的那位神情嚴肅卻很英俊。艾德華覺得，每張臉都在他心中占據一個位子，彷彿他的身體是飛機，乘客一一就座。他的手臂是機翼，身體是機身，而那些男女一個接一個上飛機。

看完所有照片之後，雪伊闔上檔案夾。他們坐在昏暗中，沒有講話。終於，雪伊開口說：「我敢打賭，你們從華府回來之後，約翰才開始蒐集這些東西。」

「什麼？」艾德華的手放在文件夾上。裡面東西意義太重大，他依然沉浸其中，所以一下沒聽懂雪伊的意思。

「因為從那時候開始，他和蕾西分房睡，推算時間很合理。」

艾德華呆望著她。「妳在說什麼？」

「你沒發現約翰都睡在嬰兒房嗎？」

艾德華回想嬰兒房的樣子，裡面堆滿紙箱，還有一張單人床。「我不……我從來不去二樓，妳怎麼知道他睡在哪裡？」

雪伊將頭髮抓起來扭成包頭，速度與精準度都非常神奇。艾德華發現她有胸部了，運動衫下面可以清楚看見輪廓，這並非他第一次察覺，他臉紅低下頭。

「蕾西跟我媽說的。一開始，她說是因為兩人吵架，後來又說是因為約翰打呼。不過那些應該不是真正的原因，我媽說蕾西吃的安眠藥很強，根本不可能聽見。」

艾德華環顧陰暗的車庫，他原本以為這裡只是姨丈看小說、研究主機板的地方，想到有那麼多他不知道的事。「蕾西吃安眠藥？」

「空難之後醫生開給她的，是連馬都會睡死的那種。我媽很擔心那藥效太強。」雪伊發現他的表情，給他一個安撫的笑容。「別擔心，我知道你不會留意這些事，以後我會更常提醒你哪裡有狀況。」

上星期上法文時，有位同學帶杯子蛋糕來為即將請產假的老師慶祝，艾德華很困惑，因為他竟然沒發現老師挺著超大的孕肚，也沒印象她說過即將請假。他拿著杯子蛋糕消化這個新聞，納悶他怎麼會沒察覺這麼明顯的事。

「蕾西確實很早去睡。」他努力回想。

雪伊點頭。「她吃完晚餐就會吃藥。」

艾德華的掌心按著那個文件夾，裡面放著姨丈蒐集的名字與臉孔。他想著學校裡那些不喜歡他的人。他很想知道，他還錯過了多少事，也同情姨丈想要搜尋、記錄的本能反應。

「不知道這麼說，是否會讓你好過一點。」雪伊說：「你也會留意到一些我沒發現的事。你認為你今晚為何來到這裡？我相信你被這個地方吸引，因為你察覺到這裡有意義重大的事。」

艾德華搖頭，否定這想法，但他也很高興，雪伊仍會想像他所擁有的特殊能力。

「蕾西一定是因為約翰做這些事而不高興。」雪伊戳戳靠近她的那個行李袋。「你覺得裡面是什麼？一定和事故有關。」

艾德華之前沒想到，他懷疑地看著那個巨大的袋子。

「我們應該打開看，其他檔案夾也要看，不過等明天吧。你的眼神有點瘋狂，你不用急。」

第二天晚上，艾德華看到蕾西在他的餐桌座位上綁了氣球，他盡可能表現出開心的樣子。「嗨，大孩子。」姨丈說。「十五歲了耶，小孩長大得好快。」

艾德華努力擠出笑容。他很想知道，阿姨和姨丈是否會提到這是喬登的年紀。很可能不會，如此一來，他就只能納悶，他們究竟是不記得了，還是單純不知道該說什麼。

晚餐前，雪伊幫他打氣。「我知道你討厭過生日，不過為了蕾西和約翰盡量忍耐，好嗎？」

艾德華點頭。儘管這次生日讓他很不舒服，但因為他和雪伊的友誼修復了，他心中充滿感激，所以能好好撐下去。他很慶幸自己發現車庫裡的文件夾，因此他才會主動去找雪伊，避免人生被自己摧毀。那天稍早，雪伊看著他說：「你恢復正常了。」她的語氣流露滿滿的安心。

艾德華用叉子轉著義大利麵，盡可能以自然態度觀察阿姨和姨丈。坐在他旁邊的雪伊似乎也在做同樣的事。那天早上，艾德華去察看嬰兒房，顯然約翰睡在這裡。他的睡衣摺好披在椅子上，床單也皺皺的，不過蕾西似乎並沒有討厭約翰。她將裝有義大利麵的碗遞給約翰，他講了個蠢笑話，說十五是他第一臺電腦處理器的速度，她也笑了。

艾德華忽然想到，他好久沒看到蕾西對老公投射閃電了，也沒有看到她像撒嬌的小孩一樣黏著約翰。她變得更沉穩，卻也更加疏遠。雪伊認為，他們的婚姻之所以起波瀾，是因為約翰詭異的消遣（蒐集墜機相關資料），不過艾德華懷疑其實是因為蕾西變了，因此打亂他們之間的平衡。

「你們怎麼認識的？」雪伊問。

「我們？」蕾西一臉錯愕。「噢，老天，我們是在上東區一家義大利餐廳認識的。我們有一個共同的朋友，他介紹我們認識，後來我們一大群人一起吃飯，他坐在我旁邊。」

「那天在下雪。」約翰說。

「沒錯，在下雪。後來沒多久我們就結婚了。」蕾西微笑。「你媽媽說我瘋了，但我們兩個都準備好要結婚了。」

雪伊瞇起眼睛看艾德華，他能聽見她的想法：*那天在下雪，蕾西在微笑。我認為*

他們依然相愛。但這不足以說服艾德華，他記得他父母有時候只是在正常交談，卻突然吵起架來。爸爸前額側邊的筋抽動，媽媽的語調拉高八度。艾德華和哥哥驚訝地對看，彷彿在問，你有發現他們快吵架了嗎？既然他無法理解親生父母的婚姻，又怎麼可能瞭解阿姨和姨丈的婚姻？此外，現在他是喬登的年紀了，哥哥絕不會默不作聲。

他問約翰：「你為什麼睡在嬰兒房？」

這個問題似乎讓所有人愣住：蕾西用餐巾按住嘴，雪伊和約翰停止咀嚼。艾德華看著大家暫停動作，心中感到一絲滿意。

約翰臉紅了。「因為我打呼會吵到蕾西，所以才睡在那裡。」

蕾西握住餐巾。「你為何要問？」她語尾揚起，彷彿想強迫自己語氣變輕快。

艾德華說：「我大概只是想確定一切平安。」

這回答讓空氣再次流動，在沉默中艾德華知道絕對不平安，蕾西與約翰互使眼色。

雪伊清清嗓子，然後說：「我聽說有種東西，貼在鼻子上就能止鼾，好像藥房就有賣。」

約翰說：「謝謝，雪伊。我會去找找。」

「睡在哪裡並不重要。」蕾西瞥艾德華一眼，他隱約想起剛搬來幾個月的時候，曾經說過類似的話，那時她因為他跑去雪伊家睡覺而難過。

「切蛋糕吧。」約翰說，感覺像命令。

姨丈端出多層蛋糕，小心放在艾德華面前，他們一起唱生日快樂歌。

「快許願。」約翰說。

願望既危險又沒意義，這是艾德華討厭過生日的部分原因。他希望他能開口問姨丈，車庫裡那些資料對他是否有幫助，但艾德華覺得他必須自行找出答案。他想著，你這麼做是為了保護我嗎？有用嗎？

雪伊稱讚蛋糕好吃，蕾西說：「這是我外婆的獨門配方，艾德華從小就很喜歡。」

「對。」艾德華說。但事實上，她把他和喬登搞混了。這是喬登最喜歡的蛋糕，他每年生日媽媽都會為他做。艾德華最喜歡的甜點其實是冰淇淋聖代，爸媽在世時，他每次生日都要求吃這個。但蕾西因為記得他喜歡的甜點而非常高興，他沒辦法說出實話。

他又起一塊哥哥最喜歡的蛋糕送進口中，他十三歲、十四歲的生日也都吃這種蛋糕，想必十六歲生日也是。

約翰打個呵欠站起來。

「你在做什麼？」蕾西的語氣顯然不高興。

約翰看看四周，似乎很驚訝。「對不起。」他再次坐下。「我太失禮了，我沒有要催你們的意思。」

「你累了。」艾德華說。

姨丈蹙眉，這個表情讓艾德華明白，不只他一個人會失眠、因為惡夢驚醒。在黑暗中，在深夜時分，艾德華以為只有他一個人醒著，只有他無法入睡。但現在他和雪伊半夜偷溜過草坪，約翰在兩張床之間做出選擇，艾德華長大一歲，離他的家人更遠一年。

艾德華與雪伊半夜去車庫，所有大人已經上床超過一個小時了，所以他們認為應該很安全。

雪伊用鞋尖推推一個行李袋。「我估計每個袋子的重量大約都是十磅，又或許十五磅？雖然看起來裝了很多東西，但其實不重，裡面應該塞了很多紙，因為有紙張摩擦的聲音。」

「說不定只是他的夏季衣物，或是準備捐給慈善二手店的東西。」

「如果是那樣，何必上鎖呢？沒有人會那麼做，裡面的東西一定很重要。」

他們坐下：艾德華坐腳凳，雪伊坐沙發。他們計畫今晚看完所有文件夾，雪伊想做筆記寫下裡面有什麼，然後明天再開始研究如何打開那兩個袋子。其中一個文件夾裡有好幾頁關於空中巴士A321型的資料，各種圖表，機翼、引擎與燃料消耗的各種測量數據，提及那種機型的歷史、不同航空公司使用的次數，還有從各種角度拍攝空中巴士A321的照片，機身下方、上方，還有一張在空中。文件夾的最後面則是失事現場的照片，艾德華無法強迫眼睛聚焦，於是將照片交給雪伊，她放回文件夾裡。

另一個文件夾裡是社群媒體上提到艾德華或空難事件的內容，約翰全部列印出來。前面一半都是一個叫「奇蹟男孩」的臉書專頁內容，頭貼是艾德華在醫院拍的唯一一張照片。他頭上包著繃帶，眼睛看旁邊，艾德華幾乎不認識照片中的自己。大部分的貼文都是墜機相關報導的網址連結，但也有一些是文字，同時也以同樣的帳號名稱發表在推特上。我好害怕、我好寂寞。我想媽媽。我不知道為什麼會在這裡。或許上帝救了我，但我只是個孩子。

「這是誰寫的？」艾德華低語。「怎麼會有人覺得可以做這種事？」

「事件剛發生時，我就看過這些貼文，在網路上。可想而知，當時我還不認識你，我也以為是你在醫院時寫的。」雪伊說。

「那時候，我連吞嚥都很困難，才不可能設推特帳號。」他說。但他心中有一部分想著，真的嗎？他的頭腦很不可靠，沒有足夠的事實能支撐。他想像自己躺在病床上，腿打石膏吊起，拿著 iPad 抒發心情。

雪伊雙手交握拿著手電筒，彷彿那是祈禱文。她搖頭低聲說：「全都看完了，我們該走了。」

離開車庫之前，他們重新看一次罹難者名單——他們兩個都想記住所有名字——並且確認第一個文件夾裡有沒有增加新照片。約翰今天放進去一張新的照片，那是一位身穿白袍的紅髮女子，脖子上掛著聽診器，她望著鏡頭，表情表明停下來拍照很礙事。照片背面寫著她的名字「南西．路易斯醫生」。她的親屬是父母，住在康乃狄克州。

艾德華認得她。那段回憶，和其他那麼多事糾結在一起，讓他喉嚨哽咽。

「你認識她嗎？」雪伊問。

「不。」他說，但這個不帶來心痛，將照片放去之前，他最後再看一眼，也同樣令他心痛，他走出車庫，穿過結冰的草坪。

第二天早上，數學課下課之後，瑪格麗特出現在他身邊。「我一直覺得很困擾，所以想問清楚。你完全沒有因為推我而受到任何懲罰，對吧？」

艾德華低頭看她。過去半年他長高三吋，在走廊上看到同學的頭頂時，總是感到很驚訝。「對。」他說：「我真的很抱歉，我不是故意的。那時候我突然失控，所以後來我沒有再去上體育課。」

接著他嘆氣，因為足球隊長走過來了。他看到艾德華，露出整排牙齒，艾德華猜想應該是假笑，然後他舉起手來要求擊掌，他每次都這樣，艾德華舉手拍一下他的手掌。他轉回去看瑪格麗特時，她滿臉厭惡。「他不是我的朋友。」艾德華說。

「你十一、十二年級打算修多少進階先修課程？」

「我不知道。」他驚訝地看著她。「妳已經知道了？」

「七科。」

「哇。」艾德華不知道還能說什麼，他不知道原來有這麼多進階先修課程可選。他很後悔在體育館推她，也很希望不必進行如此令人困惑的對話，他感覺到沿著後頸往下流的汗水。

「那班飛機上有十一個亞裔乘客。」瑪格麗特低聲說。「其中一個和我阿姨住在同一個鎮上。」

她說的話直接進入艾德華的內心，現在刻著乘客名單的地方，之前他從姓名的拼寫方式判斷應該有十一個亞裔乘客。瑪格麗特確認了他的猜想，感覺有如一片拼圖找對了位置，他十分感激。現在他明白她為什麼要來找他，因為這是她關心的事。

「我知道他們的名字。」他同樣低聲說。

一瞬間，他以為瑪格麗特會要求他背誦出來，但她只是點點頭，顯然對答案感到滿意，就此離去。

下午十二點四十四分

二九七七號班機在高速氣流中行駛，這是眾多飛行器前輩開出的道路。撲翼機——綁在手臂上拍動的金屬翅膀、滑翔機、熱氣球、空中蒸氣車、以西結飛船，以及其他許許多多。這班飛機上的所有人都是商用航空世代出生的，因此，所有人多多少少都覺得能坐在空中這件事沒什麼了不起。

班傑明離開廁所，不想回去坐下，他無法忍受繼續在狹窄的座位上動彈不得幾個小時。他站在靠近機尾的地方以免檔到別人。他看著右手邊小小的窗子，看著一條條流下的雨水。就在他眼前，水流停止了——在他的注視下，雨停了。天空放亮，彷彿終於能夠呼吸。

他感覺隨著天空變化，內心也不一樣了，他第一次思考下飛機之後即將面對的現實。蘿莉會去機場接他。他停住，想著，說不定這樣就夠了。

十二歲之後，他再也沒有和奶奶一起生活，甚至不住在靠近她的地方。或許以後可以將照顧她變成人生的重心。即使他不值得救——無論是被父母遺棄在公寓門口，或是在阿富汗田野鮮血直流——但蘿莉在他四歲那年救了他。她給他吃飯、穿衣、洗澡，也讀書給他聽。他如果頂嘴或冷戰，她也會吼罵他。

十二歲那年，他發現她幫他申請了軍校的全額獎學金。他再也不說話，為了懲罰蘿莉，也為了不讓自己哭出來。這樣的沉默似乎讓蘿莉非常生氣，比他從小做過的所有事更嚴重。她不分早晨、中午、晚上都對他大吼。孩子，快張嘴說話！不准你和我冷戰！人生想要混下去，就得說話！我是為你好！我要讓你離開這個鬼地方！

他堅持不開口，但心中想：我喜歡這個鬼地方，這個鬼地方是我的家。

或許，他可以為老奶奶奉獻自我。他可以每天去辦公室打卡上下班、招募新兵、填寫資料，將空閒時間和金錢都用在蘿莉身上。他們也可以去看電影。蘿莉喜歡玩拼圖，廚房餐桌上永遠有一套正在拼，他可以每週買一盒新的拼圖送她，往後她再也不必重複玩廉價商店買的那些破舊又缺件的拼圖。他們可以開車去離她家才短短幾英里的海邊，但是他們社區裡從來沒有人去過，彷彿那片無盡碧藍並非為他們而存在。

走道對面的一個男孩——弟弟——走過來，然後停下腳步。

「你在等洗手間嗎？」孩子問。

班傑明搖頭。

「噢。」孩子將雙手插進口袋。「我想請問——你是軍人嗎？」

這孩子很瘦，表情憂慮、頭髮蓬亂。他大約和班傑明被送去寄宿軍校時差不多的年紀。第一個學期，高年級的學長取笑他，儘管班傑明知道他們是出自惡意，但他無法理解他們的羞辱。他們嘲弄他，但他們針對的是哪個部分？幸好聖誕假期他暴風式成長，回學校時他比任何同齡的人重三十磅，所以再也沒人敢招惹他。

不過，他始終沒搞懂那種人際語言。他的考試成績相當好，但社交很笨拙。如果他人情通達一點，應該可以走上軍官的道路，擠進西點軍校的窄門。去西點的大多是白人，不過為了平衡種族分布，軍方一直在尋找有潛力的有色人種年輕人。然而，班傑明從來沒有和對的人握手，甚至不知道哪些才是對的人。他沉默度過高中時光，一畢業就直接下基地。也難怪他的思緒會如此混亂，甚至搞不清楚自己是怎樣的人、想要什麼。

他想起蓋文，感覺到深層痛楚。

「我準備退伍了。」他說，內心的悲傷變成懷疑。他重複一次，加大音量。他想聽聽這句話說出來的感覺。「我準備退伍了，現在要回家。」

男孩點頭，彷彿這句話很合理。合理嗎？怎麼可能合理？他沒有專長、除了當兵沒有其他工作經驗。幾乎沒人比他更擅長使用五十口徑狙擊槍，他能以完美隊形行軍，扛著七十五磅重的背包無聲無息在森林中穿梭。但這些技能在民間有用嗎？

那孩子說：「知道自己隨時可能死掉，一定壓力很大吧？」

確實如此，班傑明想，彷彿這也是全新的概念。

他打量那孩子，他感覺自己距離那個年紀好遠、好遠。「你在上學嗎？」

「算是吧。我在家自學，我爸負責教我和哥哥。」

班傑明的笑容如此淺，其他人絕對看不出來他在笑。「你叫什麼名字？」

「艾迪。」

「我是班傑明。」

「我該去……」孩子指著廁所門。「很榮幸認識你，先生。」他似乎說完才想到要補上那個稱謂。

「我也是，艾迪。」班傑明看著孩子走進洗手間鎖上門。

琳達的視線緊跟著長相比較平凡的那位空服員，她拿著垃圾袋從走道慢慢過來。快點，琳達想著。拜託快點。餐盤上沒吃的食物冒出臭味，她躲不掉，她希望快點丟掉。她希望灰色天空變成藍色。她希望佛羅里達和她越界的巨大身體一起消失，她想下飛機。她想像走出機場的那一刻，蓋瑞拿著一大束花在大批陌生人中間等待。走下飛機的那個女孩擦上了口紅、皮膚水嫩且神采奕奕。一看到她，男人的眼睛綻放光彩。

琳達低頭看身體，這套衣服剛穿上時清爽有精神，但現在卻感覺很邋遢，有點灰灰的。因為空氣太乾，她的手脫皮。她的頭髮——她伸手摸摸，立刻碰到一塊粗糙的地方——肯定也很醜。她想像蓋瑞失望地瞪大眼睛，花束凋零。

「妳覺得她是做什麼工作的？」佛羅里達說。

「誰？」

佛羅里達指指琳達右手邊熟睡的女人，她依然用藍色圍巾蓋著頭。

「我很羨慕能睡得好的人。」佛羅里達說。「我有記憶以來，一直受失眠困擾。」

「她一定累壞了。」琳達說。「或許她有兩份工作，休息時間從來不夠。」

佛羅里達瞇起眼睛，彷彿進行數學運算。「不可能，她的鞋子很貴。我猜，她是因為要滿足好幾個男朋友，才會累成這樣的。偷偷摸摸的生活很累人，更別說還得要一直做愛。」

琳達大笑，張大嘴笑到打嗝。

「親愛的。」佛羅里達說。

「怎麼了？」

「妳應該多大笑，真可愛的聲音。」

「噓。妳會吵醒她啦。」琳達說。

她們倆一起對空服員開心微笑，她剛剛拿著垃圾袋出現在她們座位旁邊。琳達拿起餐盤交給她，如釋重負的心情溢於言表。

馬克討厭亢奮過後的衰退期：毒品、斯巴達障礙路跑，及連續十六個小時追蹤市場模式。正因為衰退期的不適，讓他在去年徹底戒掉古柯鹼。頭痛、皮膚底下搔癢的感覺、眼球乾澀、頭腦遲鈍——這些症狀竟然是美妙狂喜造成的，這令他無法忍受。他喜歡吸毒的快感，而且也很容易取得（他的辦公室裡有個助理在販毒，很討人喜歡的年輕人，前途無可限量），而且雖然有點自賣自誇，但馬克吸毒後的工作表現簡直驚人。他看過吸毒之後一團糟的人，但說實話，每天上班都能看到。那些人一直揉鼻子，瞳孔放大到可怕的程度，講話飛快，必須重複三次對方才能聽懂。沒有人看得出來馬克吸了古柯鹼，他引以為榮。不過，他弟弟卻看得出來，不過傑克斯是特例，而且他們很難得碰面。馬克盡可能不想起他，想到傑克斯的感覺很像衰退期，而他戒掉古柯鹼之後，新人生的目標就是極力避免那種感覺。

馬克繫著安全帶，眼看即將陷入那種感覺。他還在最高峰，性愛快感與腎上腺素依然在身體裡奔馳，還有那種「老天爺呀，剛才發生的事是真的嗎？」那種激動。他必須保持這種運作程度，不然就要乾脆失去意識，才能安然度過衰退期。要昏睡過去需要很強烈的藥物，但他沒有帶上飛機，所以現在只能繼續維持在高峰。

他看看四周。

「你沒事吧？」鄰座的太太用媽媽的眼光擔心地看著他。

老天，休想。不可以，不准給我來這套。他想著。

他站起來，他很想再和克里斯賓鬥智一番，但老人家閉著眼睛，皮膚好像變透明了。他的皮膚感覺像紙，血管看得一清二楚，馬克哆嗦。疾病、老化、衰退——我不能接受。

他在簡易廚房找到薇若妮卡，駕駛艙的門就在旁邊。事實上，他發現四周到處是門。巨大的機艙門在他身後，距離六步，駕駛艙的門在他左手邊，頭等艙洗手間就在他背後。

「嗨。」他說，希望語氣夠迷人。他也同時端出同樣迷人的笑容，但口氣和笑容彷彿都像在射飛鏢，很難正中紅心，他評估有八成的機率會失手。

薇若妮卡蹲在角落，忙著摺看似方形玻璃紙的東西，摺好之後放進一個容器。她聽到馬克的聲音，一個動作完成站起來和轉身，她的優美令他忘記呼吸。

小時候，媽媽曾經強迫他們兄弟去學芭蕾舞，雖然馬克不停抱怨，其實暗中很愛欣賞那些優美的瞬間。芭蕾舞者旋轉、跳躍，落入另一個舞者懷中。

「能遇見妳，我很感激。」他剛說出口，立刻感到尷尬至極：能遇見妳，我很感激？老天爺，你這個大白癡。

「你說什麼？」她似乎真的很困惑。

馬克現在看什麼都是超慢動作、高清細節，當她轉身時，他看出她臉上冷冷的表情，確信她一定會叫他閉嘴然後趕他走，但現在變成困惑無防備的模樣。他看到另一扇門，現在四周都是門。但是，他只要推開這一扇就好，他絕對知道要怎麼打開。

他說：「妳正在工作，我能理解，我保證不會再來煩妳。我只是希望明天晚上能帶妳去吃飯，在洛杉磯。」

她看看他，鮮紅唇膏完美無暇，眼眸有如天堂。

「拜託答應我。」他說。「一次約會，這樣就好。」

她沒有立刻回答。他感覺得出來她是拖延時間的高手，他等待，難得這麼有耐心。

「好。」她終於說。「一次約會。」

「一次約會。」他重複，他胸口的引擎高速轉動。他很驚訝地發現，他真的很感激能遇見這個女人。衰退期延後了，他可以靠這次的勝利撐下去，直到明天晚上坐在她對面為止。

喬登望著翻開的書，催促頭腦專注。弟弟和爸爸在玩數獨，不停越過他將題目傳來傳去。他不想加入這種書呆子的消遣，他知道只要他看書，爸爸絕不會吵他。他在安全地帶，而且這本書很好看，叫《為歐文．米尼祈禱》（*A Prayer for Owen Meany*），但他無法專心。他的頭腦不停往前跑，奔向洛杉磯。

艾迪很抗拒搬家這件事，但他不一樣。弟弟哭著求爸媽留在紐約。「這裡是我們的家。」他說。「我們不能住在那裡，洛杉磯有地震。所有人都開車，我們還得要擦防曬乳。」爸媽答應艾迪新家會有鋼琴，還有很多書本，但他還是繼續爭吵，直到終於他的東西在箱子裡的比在外面的多，他才放棄。

陽光、沙灘、比基尼美女，喬登覺得很不賴，只是他很難理解那樣的生活。他這個年紀的青少年，真的會在週末帶著毛巾和午餐去海邊嗎？所有人都住在有草坪的房子裡，街角沒有雜貨店，也沒有瑪希拉。喬登發現，當他最後一次吻她時，以為洛杉磯會神奇地出現新的瑪希拉，他未來人生的每一步也都會如此。

他第四次重讀同一個句子，心裡想著，可是那些女生的嘴唇不會是她的嘴唇。之前他怎麼沒有想到？他不想隨便吻任何一個女生，必須是對的人才行——至少他認為是這樣沒錯。畢竟他只吻過瑪希拉一個女生。為了要比爸爸和弟弟高，喬登在位子上坐直。洛杉磯豔陽突然變得蒼白無趣，比基尼美女同樣蒼白無趣。瑪希拉選了他，他非常幸運。萬一他的運氣用完了呢？萬一，這份運氣是紐約限定、瑪希拉限定怎麼辦？

「爸，你以前說過，所有數字都可以寫成質數的組合，你記得嗎？」艾迪說。

布魯斯點了頭。

「為什麼啊？我是說，這也太奇怪了吧，不是嗎？你以前說過，為什麼所有數字都可以寫成質數？」

爸爸端詳艾迪。「你想問的是，為什麼這是真的嗎？」

我想讓這架飛機掉頭，喬登想。他覺得自己漏洞百出，愚蠢、年輕。他能感覺到自己的行為有多虛假。他選擇不過安檢儀器只是為了引人注意，他選純素食的機上餐點也是為了引人注意。每次他違反爸爸的門禁時間和規定，也都是為了引人注意。第一次接吻也不是他主動，而是瑪希拉吻他。那是她的主意，不是他的意思，他的人生中只有那個部分隱密又真摯。除了她之外，其他的一切都只是虛張聲勢、裝模作樣，在現實生活中演戲。喬登好想她，前所未有、尖銳刺痛的思念，那種感覺有如滾燙的金屬在他胸口翻攪。她一直存在於他最核心的內部——說不定她就是他的核心？——但他卻直到現在才明白。

「非常好的問題。」布魯斯說。「但我不知道答案。真的就是真的，哪有為什麼？」

喬登闔上手上的小說。

「兒子，你累了嗎？」爸爸說。

飛機一降落我就要傳簡訊給瑪希拉，我要告訴她我的感受。他想著。

「快看，雨停了耶。」艾迪興奮地說。

二〇一六年一月

艾德華與雪伊被迫等到過完節才能開那兩個袋子，因為貝莎非常熱愛慶祝聖誕節和新年，雪伊說她簡直是瘋到無藥可救，也就是說，節慶期間，基本上她徹底放棄睡眠，所以他們要是去車庫一定會被抓到。凌晨兩點，貝莎很可能在廚房烤肉桂小點心或煮香料紅酒。中間她會去客廳在沙發小睡一下，然後開始包裝禮物或重新裝飾聖誕樹。所有親戚都會來他們家慶祝新年，在他們來之前，她會在餐廳牆壁上掛滿紅、黃、綠、白的彩帶，每種顏色都會帶來不同的好運，還要烘烤西班牙式的甜麵包。跨年夜的十二點，她會打開大門掃地，將去年的壞運氣掃出去。

「她每年都這樣？」艾德華問，因為他完全沒印象，不知道貝莎會以這麼瘋狂的方式過節。雪伊無力點頭，她疊起一大堆餅乾拿回房間，這段時間她都盡量躲在房間裡。

節慶期間，艾德華的睡眠狀況更差，他認為是因為攝取太多糖分，加上不能去車庫造成的沮喪。他冒出黑眼圈，阿姨說要是他不快點改善氣色，她就要帶他去看醫生。為了讓身體覺得想睡，艾德華強迫自己吃甘藍菜，上床前喝助眠茶，用地下室的啞鈴做運動。每天他都考慮要不要偷蕾西的安眠藥，這樣就能一舉解決問題，但她的藥太強，他不敢吃。他擔心要是吞了一顆，就會永遠醒不過來。

開學後的第一個星期一，他每堂課都昏昏欲睡，不過他很慶幸生活恢復正常，他和雪伊又能半夜去車庫了。最後一堂課下課之後，他拖著腳步去校長室，想看看放假期間蕨類狀況如何，他拿起放在門邊的花灑。

「新年快樂，艾德華。」校長說。

「新年快樂。」艾德華好不容易才說出這句話，每個字都像彈珠一樣卡在他的喉嚨裡，他這才發現他今天幾乎沒說話。

他觀察一株鳳尾蕨的莖，校長說：「我一直很想問你，你要不要加入數學社？」

艾德華愣住。「我？呃，我從來沒想過這件事。」

「你天生是個優秀的數學家，說不定可以考慮一下。」

「不，謝謝。」

「不然，辯論社呢？還是你有喜歡的運動？我年輕的時候喜歡擊劍，但我一直沒動力在學校辦擊劍社。」校長的八字鬍低垂了一下，彷彿遺憾自己沒做到。

艾德華專心以緩慢穩定的動作在蕨類四周繞圈澆水，然後在莖部底端繞小圈。

「艾德華，我在想，加入團體說不定對你有益，擴大你的社交圈。人類需要社群，有益於情緒健康。我們需要牽絆、需要歸屬感，人不是能在孤獨中茁壯的生物。」

「我並不孤獨。」艾德華說。「我有阿姨和姨丈，還有雪伊。」

「我本身參加植物社團，每個月固定聚會兩次，我們幫助彼此做研究、分享資訊，享用非常美味的餅乾。」

艾德華說：「雪伊認為，只要我在自傳裡寫墜機的事，想進哪間大學都沒問題，真的是這樣嗎？」

校長轉身看他。「她這麼說？」

他點頭。

阿倫迪校長摸摸八字鬍。「你覺得不好嗎？」

「當然嘍，這樣並不公平。這表示無論我成績好壞、是否努力都沒差，只因為我發生過不幸的事，所以就能上大學。」

「或許有人會稱之為『優惠性差別待遇』。」校長微笑。「艾德華，如果你不喜歡這樣，那麼我建議你好好用功，讓成績進步——我聽說你的作業寫得很隨便。」

「我不想加入社團。」

校長端詳他。「那就不要參加。請不要誤會，我之所以這麼問，不是因為在乎你的學習歷程檔案不夠好看，也不是擔心你能不能申請到好大學。我的想法是，我關心你就像關心我的蕨類一樣。」

艾德華不禁懷疑，長期睡眠不足是否讓他無法正確理解資訊。「你的蕨類？」

「呃，該說是有生命的所有東西。蕨類如果不成長就會死，而我希望——」他停頓片刻思考，「——我希望盡力幫助你持續成長。」

隔著一整間大辦公室，艾德華也能感受到校長的慈愛，但他也同時想著，他的團體、他的社群，以及在車庫裡的文件夾裡，是否就是那班飛機上死去的一百九十一人。文件夾裡那些照片上的男男女女，他們提出的問題，他無法回答。

為什麼是你活下來，而不是我？

「校長，我可以回家了嗎？」

校長繼續端詳他，表情憂傷。艾德華看出這樣深層的憂傷，感覺自己內心的一股憂傷也跟著浮上表面。

「有所懷疑的話，就去讀書。」阿倫迪校長說。他說得很快，彷彿擔心以後沒機會讓艾德華知道他的想法。「教育自己。教育一直是我的救贖，艾德華，要學習世上各種神祕。」

艾德華看著校長，相信他說的話。相信教育曾經救了他，也相信他曾經是需要救贖的人。「謝謝校長。」他說，然後轉身離去。

回家的路上，艾德華辨識出幾種不同的雜草。層雲遮蔽天空，他看得出雲的邊際。在疲憊狀態中，他能清楚看出事物之間的不同。街角那顆彎彎曲曲的樹由許多部分組成：樹根、樹幹、細枝、樹皮上各自不同的縐摺。艾德華想像學校的表層——樹皮——以及內部組成有機體的各個部分。椅子、置物櫃，年紀還小，挨罵就會哭的學生。老師、清潔工，各種噪音，成長期的人類成群結隊移動。討厭艾德華的學生，即使他的人生整個從天空墜毀，依然覺得自己比他不幸的那些學生。艾德華發現，他們的厭惡並沒有令他氣憤。說不定他們真的比較慘，爸爸在坐牢，住在白人小鎮卻擁有深色皮膚，即使非常努力了，還是覺得作業很難。但他怎麼可能理解？

車道上空空如也。蕾西在醫院，約翰去工作。雪伊應該在她房間讀書或寫功課。艾德華決定現在就去車庫，雖然天還沒黑。他不打算開那兩個袋子，那是要和雪伊一起破解的謎團。他想，我可以躺在地上，沒有人會看見我。他很想和那些照片在一起，但他餓了，所以先進去弄吃的。一衝進廚房，他和蕾西都嚇了一跳。

「老天！」她說。

「妳的車不在外面。」艾德華的語氣帶著指責，看到阿姨坐在餐桌前，穿著上班的衣服——好看的西裝褲和他媽媽的毛線外套——手中拿著一瓶約翰的啤酒，但蕾西從來不喝啤酒。

「一個同事送我回來。今天有一場慶祝同事退休的派對，所以我喝了幾杯香檳。」

「噢。」艾德華站著不動，不確定該做什麼。

「過來坐。」蕾西說。

他從流理臺上的水果盆拿了一顆蘋果，然後坐在他平常的位子，也就是她對面。他咬一口蘋果慢慢咀嚼，不是為了品嘗，只是為了有點動作。他們默默對坐許久，艾德華突然想到，以前這個時間，他放學回家就會看到阿姨坐在沙發上等，準備播放他們的肥皂劇。他們倆很久沒看《杏林春暖》了。那段時間，他們像在冬眠，坐在一起看情節無比老套的連續劇。艾德華很想知道，阿姨是否懷念那段時光，因為他有時候會。

「昨晚你有睡得比較好嗎？」

「有。」他撒謊。

「很好、很好。」蕾西說話比平常慢，姿勢也沒有那麼端正。她說：「我有沒有告訴過你？我在醫院抱寶寶的時候，常常會想起你小時候。你讓人很難忘，因為你哭個不停，你爸媽有和你說過你那段瘋狂哭鬧的時間？」

艾德華咬著蘋果點頭。

「我記得，有一天你媽媽把喬登交給你爸爸照顧，自己跑來這裡。她原本希望開車兜風加上換個環境能讓你安靜下來，但沒用。」蕾西淺淺一笑。「珍恩躺在沙發上睡覺，我抱著你在屋裡走了一圈又一圈，你一直哭鬧個不停，不過我不介意。雖然你哭得很慘，但似乎沒什麼問題。感覺就好像你被設定在憤怒模式，需要哭喊發洩。需要幫助的人是你媽媽，我很少有機會能幫她，往往都是她在幫我。」

艾德華試著想像：比較年輕的媽媽，精疲力竭地躺在沙發上，那一張他曾經度過許多悲傷時刻的沙發。蕾西抱著他，將他靠在肩頭，一圈又一圈走動。媽媽對他說過那段哭鬧時期的事，很多次，但從沒提過她曾帶他來紐澤西。她每次提起那段哭鬧時期，都是為了再次述說幸福結局，有一天她早上醒來，發現艾德華用親吻轟炸她的臉頰。

「我不知道她帶我來這裡。」

「現在回想起來還真有意思。」蕾西彷彿在自言自語。「我和珍恩最後真的分享了那個寶寶。」

分享，這個詞讓艾德華感到口中有股苦味。

蕾西揉揉眼睛，動作像想睡覺的幼童。「今天退休的同事在醫院工作三十年了，負責行政業務，她要和老公一起去環遊世界。很棒吧？」

艾德華點頭，因為似乎必須回應。

「我覺得，退休有點像心愛的人死去，會讓人檢視自己想過何種生活，讓人想重新來過，或是覺得應該這麼做。」她看看艾德華，似乎這才真正注意到他。「你媽媽一直很想寫一部電影劇本，她只要喝了酒就會講這件事。你知道嗎？」

「她在飛機上寫的就是電影劇本。」

「不是那個。那只是無聊的改寫工作，她很不喜歡。她有個鍾愛的故事，她多年來一直很想寫下。她如此在乎那個故事，都讓我感到嫉妒了。有時候，我覺得應該幫珍恩把她的電影寫出來，但又想起我不是作家。」

艾德華努力擺出同情的模樣，他不知道該說什麼。他同時有兩種感覺，他不喜歡和阿姨聊這件事，但她說的話有如一杯解渴的冷開水，而他不知道自己原來這麼渴。再多說一點我媽媽的事，他想著。他知道如果說出口，就會打破這樣的氣氛，阿姨不會再揭露更多他不知道的事。

蕾西摳著酒瓶上的標籤。「如果你見到今天退休那位同事，絕不會想到她會去環遊世界，她看來好像永遠不會離開這個鎮。」她打個呵欠。「你知不知道姨丈在哪裡？」

「工作？」

蕾西聳肩，推開酒瓶。「最近我實在搞不懂他是怎麼回事，我要去睡一下。晚餐時叫我起床，好嗎？」

艾德華點頭，她離開廚房時彎腰吻他的臉頰，他吃了一驚。那個吻很溫柔，她出去時順手揉揉他的頭髮。他之所以驚訝，一方面是因為蕾西很少吻他，另一方面也是因為那一刻分離了，就好像天上的雲、地上的雜草各自區別。他看到——也感覺到——兩種分離的現實。

蕾西吻他臉頰的動作，就和媽媽在世時吻他臉頰的動作一模一樣。這個吻感覺很刻意、很用心。蕾西無法幫姊姊寫電影劇本，不過她至少做得到這件事。她吻他臉頰的方式，也是蕾西想要親吻自己寶寶的方式，她那麼想要卻得不到的孩子。艾德華知道，雖然他說不出為什麼。「珍惜」這個詞進入他的腦海，有如一陣陌生的微風，然後散開。阿姨也離開了，艾德華獨自坐在廚房餐桌邊，拿著蘋果核。

午夜時分，他和雪伊坐在車庫冷冷的地板上，前面放著那兩個行李袋。他們穿著冬季的厚大衣、戴著帽子，因為車庫裡像室外一樣冷，不過艾德華顫抖是因為期待。他和雪伊對看一眼，彷彿在說，終於能來了。

雪伊搜索袋子上那種掛鎖的相關資料，因為網路是她的天下。艾德華現在也有筆電了，做功課用，他也有手機，卻很少使用。考克斯太太的兒子教會她使用手機後，她偶爾會傳訊息給他。數學課上到一半，他的手機震動，顯示「你一定要在滿二十歲之前去歐洲，年輕的心靈依然容易感到讚嘆」。星期六晚上則是「建議你列出所有讀過的書，以及相關的想法。要是沒有寫下來，我什麼都會忘記，所以筆記非常重要」。他生日當天，考克斯太太也傳了訊息來，說要送他幾張I系列儲蓄債券。

學業上有需要的時候，艾德華會用Google搜尋，但他從不曾搜尋墜機事故、他自己或家人。雪伊取笑他，說他使用科技的習慣像老人一樣，不過，她當然理解，需要搜尋任何資訊的時候，例如現在，都由她處理。根據網路的說法，這種鎖老派又便宜，換言之，要是不記得密碼，乾脆剪掉比較快。

「要是剪掉鎖頭，約翰一定會發現的。」雪伊說。「今天早上我想起來我有一本教人家開鎖的書，我在五斗櫃後面找到了。」她將書包拉過去。「不過我不知道裡頭有沒有這種鎖，為什麼約翰要用這種便宜貨？」

「為什麼妳有教人開鎖的書？」

「噢，這個嘛，以前計畫逃家的時候，我打算在橫越美國的路程中，撬開別人家的鎖，進去躲在櫃子裡睡覺。這樣我需要休息的時候就有可以遮風避雨的地方。」

艾德華想像充滿決心的小小雪伊，手臂下夾著一本教開鎖的書。「妳要穿越美國去哪裡？」

她聳肩。「我怎麼知道？我和你說過，我從來沒有實行。」

他從她聳肩的動作看出實情，小雪伊打算去找爸爸，去西部。他很想知道是為了和爸爸重拾親情，還是為了罵他一頓。他猜應該兩者都有一點。他用手電筒指著靠近他的袋子，鎖頭上有四排數字轉盤，只要找到正確的四位數密碼就能打開。

雪伊翻著放在腿上的書。「看來只好試試所有的組合。」

艾德華看著她。「至少有一萬種組合。」

「那你來吧，我一定會試到發脾氣。」

艾德華彎腰轉動數字轉盤。他轉了幾次，想抓到數字與下方轉輪咬合的感覺，他在尋找數字正確時的特殊沾黏感。

「真希望約翰鋪了地毯。這可能要花上很長時間，我的屁股很冰。」雪伊說。

艾德華靈光乍現。「等一下。」他說。他低頭看鎖頭。這個四位數密碼是姨丈設的，絕對不會是隨機組合。「我有個想法。」他轉動四個數字，排列出二九七七。

鎖頭發出喀答聲響之後默默開啟，落在艾德華等候的掌心中。

「成功了。」雪伊低聲說，她彎腰將行李袋的拉鍊完全打開。感覺花了很久的時間，艾德華在旁邊看，他察覺心中有一部分不希望打開。他希望這兩個袋子就這樣放在角落，就算謎團永遠解不開，至少可以讓雪伊放不下。永遠不知道真相，只能猜想。

「裡面全都是紙張。」雪伊說。

袋子裡塞滿了信。雪伊拿起一封，艾德華讀出地址上方的手寫收件人姓名。

艾德華．艾德勒

信沒有開過。他沒看過那個地址，是鎮上的一個郵政信箱，艾德華的心跳略微加速。誰會寫信給他？雪伊拿出另一封信，也是寄給他的，同樣的地址。

艾德華伸手越過雪伊，撥弄袋子裡的信，讓他能一次看見好幾個信封上的地址，字跡不同，信封的顏色、墨水的顏色也全都不一樣。他隨便拿起一封，發現郵戳日期是兩年前。

「全都是寄給你的。」雪伊輕聲說。

每個信封上都寫著同樣的名字，好多、好多封。

腎上腺素點燃艾德華的大腦，他感覺思緒奔馳，不受控制。他想到什麼就說什麼。「家裡不會收到信，我從來沒看過隨手亂放的信件，我一直以為是我上學的時候蕾西收起來的。不過，看來所有郵件都寄到這個郵政信箱了。」

他看出雪伊在想，為什麼？

「之前因為遺物清單的事他們鬧得很不愉快，大吵一架，也因為那裡面的東西。」他對著那些信件揮揮手，四四方方的信封、郵戳、印上的日期。「我猜另外那一袋也裝滿了信吧？」

「要我打開看嗎？」

「等一下。」

她在昏暗的光線下端詳他的臉。

他想著，我知道不可能。我親眼看到，自己也在場。

「怎麼了？」她低語。

他開口說話時，聲音也很小，彷彿在其他人說話的時候私下交頭接耳，彷彿要用不同的音域才能交談。「萬一那些信來自我爸媽、哥哥和其他罹難的人呢？」

她一臉錯愕。「鬼魂寫的信？」

「事情不見得總是合理，對吧？或許敞開心胸接納不合理之事，反而看見更多？」

他能解讀雪伊的表情，一直都能，現在她很傷心、擔憂。她知道他希望這些信來自他的爸媽和哥哥，她也希望這些信是他們寄的，但她不曾見過這種事發生。飛機從天空墜落時，她不在飛機上，只在電視上看過失事後的狀況，和媽媽一起坐在沙發上。

「我也認為事情不見得總是合理。」她說，聲音如此輕柔，每個字都飄上旁邊的架子，加入頂端的灰塵。

他點頭。「拆開一封。」

下午一點四十分

飛機上沒有真正的寂靜。引擎運轉，上方的風扇呼呼送風。偶爾有人咳嗽、低聲交談，飲料推車的一個輪子發出卡卡的聲音，關上廁所門的聲音，幼童和嬰兒間斷發出憤慨的抗議哭嚎。安全帶與狹窄座位說：別動。空氣說：聽啊。現在是航程中最多人睡覺的時間，有些人蓋著外套或毯子，像烏龜一樣縮進自己的殼。另一個陣營，則彷彿刻意要讓人看到他們毫無防備的模樣。他們睡著時頭往後仰，嘴巴微張。甚至可能把一隻手臂垂在走道旁，彷彿希望陌生人會握住。

薇若妮卡婀娜多姿地走過頭等艙走道。「要飲料嗎？」她以輕快悅耳的語氣低聲說，以免吵醒睡覺的人。只要是醒著的人，她都會注視對方的眼睛，因為要讓頭等艙乘客覺得自己很特別，視線接觸是重要關鍵，這樣他們才會覺得值回票價。

但她只是匆匆瞥馬克一眼，如此而已。他鄰座的女乘客要一瓶水。

「馬上來。」

她轉身察看那位老先生和他的看護。自從起飛之後，這排座位的氣氛一直很不好。那個老人顯然富可敵國，所以認為所有人都該服侍他。之前薇若妮卡看到看護在哭，所以趁他去洗手間的時候，偷偷多塞給她一包堅果。

薇若妮卡經常被當成次等公民對待，所以很熟悉那種滋味。她知道一包堅果無法抹去那種屈辱，但她希望這個小善意能讓看護知道有人懂她的心情。薇若妮卡被捏屁股、拍屁股的次數多到數不清。也有太多男人要她微笑，彷彿她的表情與心情和他們有什麼狗屁關係。經常有男人在走道上和她擦身而過時故意貼上來，勃起的生殖器壓著她的臆部。她總是被人稱呼「甜心」、「親愛的」，及「寶貝」。儘管她是座艙長，而路易斯才剛入行半年，他們卻是拿一樣的薪水。喝太多伏特加通寧的男人色瞇瞇看她，也有男人故意挑剔她的工作（她明明表現得出類拔萃）只為了想找事情打發時間。

當然，薇若妮卡很清楚該如何應對。不讓男人貶低她，用自己的光彩讓他們自慚形穢，這或許是她最大的天賦。她很同情不擅長這門藝術的女性，而那位看護顯然就是這種人。

薇若妮卡回到廚房，整理一下裙子。她有一點失常——平常她不會多想工作上這些令人不快的事，她必須找回最佳狀態。然而，當她閉上眼睛調整心情，馬克的眼睛卻出現在腦海，那雙眼睛的色澤有如深藍色絲絨，充滿靈動的神采。在洗手間裡，他的眼睛令她心中一驚，或許是那出乎意料的美麗令她動搖。她以為是她將美送給他，沒料到自己也會收到那樣的美。

克里斯賓全身充滿一種他無法分辨的感覺，他好幾十年沒有過這種感覺了。可能成年之後就沒有了，那種感覺搖曳掠過他，彷彿映在牆壁上的燭光，那道光飄過他內心迂迴陰暗的走道。

克里斯賓出生在緬因州，家人住的房子非常小，父母生了十三個孩子，他排行正中央。他童年的家沒有走道，進門走兩步就進了廚房，再走兩步就是浴室，再走兩步就是起居室。克里斯賓和五個兄弟共用一間小臥房。最大的哥哥是個宗教惡霸，經常會把克里斯賓打倒在地上，然後壓在他身上大聲讀聖經。克里斯賓臉貼著粗糙的地板，含糊地以髒話回敬。他的音量控制得很好，不會被媽媽聽見，但足以讓哥哥面紅耳赤。他很難得想起童年，但偶爾想起時，總會想到這些時刻。被壓在木地板上罵髒話，哥哥瘋狂地傳道。

這些走道屬於什麼地方？質感粗糙、滿是灰塵，克里斯賓成年之後沒住過這麼差的房子。他總是會雇用室內設計師，他娶的每個老婆都有富裕世家的品味。克里斯賓本身從來做不出美麗的東西，但他看得出來什麼是美。他家的走道有高級壁紙與木鑲板，華麗的壁燈與水晶燈提供充足照明。

燭光與粗糙的裝潢讓他一直想起緬因州的家，家裡添購電視之前，晚上所有人都圍坐在收音機旁邊，聽傑克．班尼（Jack Benny）的喜劇秀和新聞。克里斯賓總是會盡可能接近收音機，喇叭傳出的悅耳聲音是唯一的線索，讓他得知外面的世界有不一樣的人生，但不存在於這個小鎮、這個社區、這個下雪的州。他想要離開。從他能說出完整句子的年紀，他就想離開。他的兄弟姊妹大多和高中的男女朋友結婚，在當地的工廠上班。那個壓在他身上的哥哥創業開了造景公司，不過，克里斯賓知道走上那條路就逃不掉了。於是他自己去尋找、申請獎學金，成功獲得就讀寄宿學校的機會。十四歲那年，他搬出那個家，再也沒回去。

燭光搖曳，或許拿蠟燭的人累了。腳步變慢，似乎就不用急了。壓迫的感覺讓克里斯賓回到童年舊家的地板上，被哥哥狠狠壓住。

佛羅里達察看四周的座位，乘客紛紛安靜下來入睡，飛機的嗡嗡聲變成比較低沉的頻率，彷彿也進入深層睡眠。佛羅里達感覺自己擴張融入安靜的氣氛，注意力渙散，她允許自己放鬆，思緒與情感也一起釋放。她很想知道巴比是否已發現她不只是去紐約參加送禮會。她將手機扔在機場的垃圾桶裡。她不怕他，但他的執著很難應付，所以她不想讓他輕易找到她。當初她嫁的那個男人很帥、潛力無窮，讓她在床上歡愉尖叫，但現在和她一起生活的丈夫卻變成了陌生人，她無法捉摸。最令她難以接受的，其實是她自己的判斷力竟然這麼差。

搞砸的人是她，不是他。她很難過，她擁有如此豐富的人生經驗，和男人交往的經歷更是有如一場不停更換舞伴的馬拉松舞會，但她竟然沒學到教訓。她一直有個理論，相信每次轉世都會變成更好的人。她依然是人類，依然有缺陷，但她會更加進步。她知道事物的真貌，她知道什麼才重要。每次轉世她都更深刻明白，最重要的就是愛，但這一世她卻看走眼、犯了錯，所託非人。佛羅里達看看旁邊兩個熟睡的女人，蓋著藍圍巾、鞋子很高級的女人。琳達的金髮落在臉上，嘴巴微微張開，她的樣子像小孩，懷著孩子的孩子。

佛羅里達想像自己穿著直排輪，滑過那條彎彎曲曲的木棧道。她的新人生沒有計畫，但充滿無限可能。她可以加入樂團。和其他人一起創作音樂能帶給她滋養，她需要滋養。她可以算塔羅牌為生。她不算太厲害，但也很不錯，客人聽完她解牌總是心滿意足地帶著全新的觀點離開。她會真心關注坐在對面的客人，而人們極少得到真心的關注。佛羅里達凝望人們眼眸的深處，找出他們看不見的良善。有些人的良善只是小石頭，有些則是燦爛煙火。

去加州之後無論有什麼計畫，都有一個無形的根基，那就是愛。對象不一定是男人，她不要再結婚了。她不願意吵架、冷戰，不願意只因他愛吃花椰菜就要她也喜歡，她就得跟著吃。她要單純去愛人生路上相遇的每個人，就從身邊這個女孩開始。她要充當琳達的媽媽，她顯然很需要，也要當寶寶的外婆。

當琳達說出她的男朋友是研究鯨魚的科學家，佛羅里達難得窺見自己的未來。她幾乎總是回到過去，但偶爾也會看到往前方延伸的未來場景，有如吊橋的鋼索，通往她尚未踏上的土地。她看見自己、琳達和蓋瑞在一艘船上，航行在颳風的海面上。四面八方都能看見低低的海平線與白色浪花。他們身穿鮮黃色防水衣、戴著雨帽，距離船五十碼處有一條鯨魚。牠浮上水面，對著天空噴出水柱，然後再次潛入水底。三個人類望著鯨魚消失的地方，感到無比驚奇。他們等候，而且不介意等候。不久之後，彷彿為了獎賞他們，那隻巨大、美麗到不可思議的動物躍出水面，竄上半空中。

二〇一六年一月

在安靜的車庫中，撕開信封的聲音感覺格外暴戾。裡面的信紙是白色的，很厚重。雪伊慎重攤開。

親愛的艾德華：

希望你一切平安，傷勢順利康復。上帝特別恩寵你，護佑你的生命。

我的女兒南希和你坐同一班飛機。她是我們唯一的孩子，她意外過世讓我和她爸爸的心破了一個大洞。她已經是大人了，四十三歲，但就算她長大了，在我心中依然沒變。她依然是我的寶貝，我的紅髮小丫頭。

她是醫生——很出色的內科醫生，但閒暇時喜歡攝影。我想拜託你一件事，請你代替她拍照。她什麼都拍：她的護理團隊、她的貓咪貝蘇（現在牠和我爸爸住在一起，牠也像我們一樣傷心欲絕）、建築、自然，你說得出來的東西她都拍過。她熱愛攝影。

如果你能代替她拍照，我的心會得到療癒。希望這樣的要求不會太過分，不過所有人多少都會拍照，對吧？我只是希望你拍照的時候多用一點心。

祝你平安，艾德華。感謝。

近好

珍妮特・路易斯上

雪伊讀完信抬起頭，眼睛睜大。「是文件夾裡的那個醫生。」

破了一個大洞，艾德華想著。

「再看一封吧？」

這一封用的是灰色的信封信紙，來自一位女性罹難者的丈夫。她過世之後，他獨自撫養三個孩子，他說，艾德華在飛機上見過他們的媽媽。

我知道你很可能沒見過她，飛機上的陌生人那麼多，怎麼可能都認識？但我的孩子不會知道，他們會相信你。請告訴他們，我太太對你說過她非常愛他們，她知道他們一定能好好長大。寫給查理的信裡，請告訴他，他媽媽希望他保持閱讀的習慣。告訴最小的女兒，不要失去她的貼心。告訴康納，她希望他不要放棄科學競賽。

隨信附上一張照片，雪伊拿起來看。三個黑人兒童依照身高排列，比較大的兩個男生穿著條紋毛衣，最小的女生穿著同色條紋的洋裝，全都對著鏡頭微笑。

「真慘。」雪伊用西班牙文說。

艾德華雙手抱頭，彷彿握住一顆籃球，手指張開，他的頭陣陣抽痛。

「再看幾封，然後就休息了。」雪伊說。艾德華知道她想繼續看下去，希望能有比較好的內容。天曉得怎樣才算好。

下一封信來自一位罹難者的母親，她的女兒夢想去萬里長城走一遍，彰顯她的華人血統。拜託，艾德華，發發善心幫我女兒完成夢想。

他們發現大部分的信件都要求艾德華做這個、做那個的。下一封信要他寫小說，再下一封要求他搬去倫敦，最好住在能俯瞰聖詹姆斯公園的公寓裡。有一位母親說她兒子立志想成為獨角喜劇演員，她希望艾德華在他們居住的威斯康辛州小鎮開一家喜劇俱樂部，並以她死去的兒子命名。

雪伊的表情十分震驚，艾德華猜想他自己也一樣。他不禁想，我們真的受得了嗎？他必須強迫喉嚨發出聲音。「妳認為裡面有多少封信？」

「如果另外一個袋子裡也全都是這樣的信件，那恐怕有好幾百封。」雪伊依然拿著那張照片，穿兄妹裝的三個孩子。「為什麼他們不寄電子郵件？為什麼要寄真正的信件？」

「因為約翰幫我設的電子郵件完全看不出來是誰，全都是數字和底線，不認識的人不可能找到我。」

「關於我們找到這些信，你要告訴約翰或蕾西嗎？」

艾德華抱緊自己的頭，他說：「妳覺得所有的信件內容都是這樣嗎？」

買相機、寫信給失去母親的孩子，去中國、英國、威斯康辛州。

「希望不會。」雪伊對著暗處說。

艾德華終於回到地下室時，已凌晨三點了。他機械化地刷牙、關燈、鑽進被窩。他閉上眼睛，單純出於義務與習慣，不再期待能夠入睡，幾天前就放棄了希望。然而他一閉上眼睛，就感覺到不一樣了。他內心的黑暗有了新層次，現在有種厚實的質感，滑溜溜的，有如絲絨。艾德華完全抓不住自己，他滑入睡眠，有如坐雪橇滑下山坡的幼兒。自從家人過世之後，他再也沒有這種感覺，他迷迷糊糊想著，是那些信。一定是因為那些信，因為其他事情都沒有改變。雖然很沒道理，但他累到沒力氣在意了，也終於因為感到安心而不想在意。他睡著了，在意識消失前，感覺到全身的細胞都開心著。

那天夜裡，他的夢境有如真實體驗。他爬上世界另一頭的高山，在最高峰打Skype給罹難者家屬，然後小心翼翼地站在一塊長滿青苔的岩石上，將陌生人的骨灰灑進奧勒岡州的一條溪流。他在奧運等級的游泳池游泳，努力打破一項紀錄。他不停流汗，床單濕了又乾、乾了又濕。他看見自己躬身祈禱，他這輩子從未做過那樣的姿勢。

第二天，艾德華像夢遊一樣，一堂課走過一堂課，完全聽不見別人對他說話。不止一次，雪伊得抓住他的手肘拉他轉向。他任由她擺布，但心裡想著，不管我是在英國還是在上社會課，都沒差吧？

那天夜裡，所有臥房的燈都關掉後，他們又等了十五分鐘，才穿過草坪去車庫。

進去之後，艾德華打開行李袋上的鎖。雪伊說：「我覺得應該制訂一些規則。」

「規則？」

「例如，每天晚上只讀十封信，或只讀一個小時。那些信……太強烈了。我認為應該把看過的信拿走，當然啦，袋子要留下來，不過讀完很多之後，可以塞別的東西進去，保持鼓鼓的樣子。我想做紀錄，然後決定哪些信要回覆。」

「約翰會不會發現啊？」

「他根本沒拆開那些信，我猜他大概打算永遠把那些信放在袋子裡，或等你長大再給你。」

艾德華已經沒在聽了，把手伸入袋子深處。他隨手一抓，拿出一封信。

親愛的艾德華：

今天四點五十五分日出，我已經一個星期沒有看到琳達，也沒看到貝琪。超過一年的時間，這世界沒有人看到任何一隻藍鯨寶寶。我和同事在追蹤的這兩隻，很可能會是地球上最後的藍鯨，這個可能令人心驚。或許就是如此，上次的旅程之後，我再也沒有下過船。我應該要休假才對——將我的紀錄資料交給下一位科學家，上岸去看電影、吃漢堡，但我不想下船。老實說，我擔心那兩個姑娘一旦離開我的視線便會就此消失，我知道很蠢。但我的琳達過世後，我放手讓陸地上的生活死去，所以現在只有在船上的我有一點用處。

總之，艾德華，希望你一切平安。我很感激能有個寫信的對象。誠摯祝福你。

蓋瑞

「噢，這封很不錯。」雪伊說，顯然鬆了一口氣。「嗨，蓋瑞。」

「嗨，蓋瑞。」艾德華說。

下一封信要他去阿拉巴馬州，擁抱一位罹難者臥病的母親。艾德華想像自己站在床邊，將虛弱、重病的陌生人擁入懷中。看完那封信之後，他交給雪伊。她帶了一本筆記本來進行紀錄，之後再將所有要求輸入電腦格式。

接下來的兩封信，都要求艾德華延續罹難者的志業：他應該成為護士，然後下一封要他成為小提琴家。一位女士要他每晚睡前為她丈夫祈禱，隨信附上手抄的詩歌，他猜想是要他睡前除了祈禱也要讀這些文字。

「你不可能做這麼多事。」雪伊說。

「或許可以吧？」每次信讀到一半，他就會想：我一定要做到。我必須拉小提琴、我必須常常微笑，我也必須學會釣魚。讀完信時，他都覺得自己已經失敗了。

親愛的艾德華：

我媽最近在華府見過你，聽說你和你姨丈搭了她的便車。她原本希望我們三兄弟中有人能陪她一起去聽證會，但我們都推托說很忙。我猜想，現在我們已內建拒絕程式，無論她提出什麼要求，我們都自動說不，算是懲罰小時候她對我們不好。

我最小的弟弟進了勒戒所，所以是真的很忙。那天下午我在做什麼？讀布萊克的詩集。我逼我媽出錢讓我讀第二個博士學位，藉此折磨她。我告訴她都是她害的，誰叫她老是強調藝術的重要性，雖然她的意思其實是指要作為有錢人的消遣，而不是兒子的職業。

讀詩的時候，我可以忘記雙親。聽證會那天下午，我就是想要忘記他們。我想忘記墜機事件，我想忘記生下我的兩個人都有毀滅傾向。不過，我心裡一直過意不去，你上車的時候我應該也在車上才對，那樣的場合，我應該陪伴年邁的母親出席才對。此外，我知道你很可能是最後一個看到我父親在世的人，說不定你在飛機上經過他的座位，或是在機場看到他坐在輪椅上。

你大概很疑惑，我為什麼寄這封信給你。自從我父親過世之後，我強迫自己每天都要寫一點東西，我想創作，而不只是研究。狀況理想的時候，我會寫詩，狀況不好的日子，我就寫信。今天我寫信給你，串連我、我母親、我父親、你本人之間，每個存活的點。

祝安好

哈利森・考克斯

「她兒子寫信給你的事，你會告訴考克斯太太嗎？」雪伊也讀完之後問他。

艾德華搖頭。這封信屬於不同的範疇，就像學校祕書對他說，她還是個小女孩時會餵食短吻鱷，或是實驗伙伴告訴艾德華，他長大之後要當聲樂家。這些都是祕密、都是告解，因此非常神聖。他會珍藏在心中。

艾德華望著行李袋內部，眼神恍惚，這時雪伊說：「停，我們不能繼續看下去了，我們看的數量早就超過十封了。」

艾德華拉她站起來時，發現她的手指沾染了墨跡。他覺得比進入車庫前蒼老或沉重，雪伊感覺也不一樣了，但他無法描述。他們一起走出車庫，帶著所有在黑夜中消化的文字。

「我沒想到你能撐這麼久。」杜翰老師對艾德華的鏡中倒影說。

艾德華才剛坐在舉重床上，她的話讓他吃了一驚，因為印象中，這是除了給指令之外，老師第一次對他說話。他真希望雪伊能在此幫他翻譯。雖然他很想好好回答，但他不明白老師是什麼意思。

「呃，什麼撐這麼久？」

「我以為你會放棄，哭著跑去找校長抱怨太辛苦了。我甚至願意打賭，重訓不到兩個星期你就會躲回自習室。」

艾德華搖頭，依然不明白。「可是體育不是必修課嗎？」

杜翰老師在艾德華準備舉起的鐵桿兩側各加一個小槓片。「孩子，我是在稱讚你。你已經堅持好幾個月了，你比我想像中更強悍，而且你變壯了。」

艾德華看著鏡中瘦巴巴的倒影。

她似乎知道他在想什麼，皺起眉頭說：「能不能看到肌肉並不重要，我才不管你有沒有看到。你已經成功改寫了大腦的迴路，你可以挺舉一百磅，客觀上這就叫壯。好了，別浪費時間。」

艾德華躺在舉重床上，雙手握住鐵桿。上學之前，他讀了幾封偷偷帶回地下室的信。其中一封，來自於住在底特律的一位老太太，她說她有二十七個孫兒，而在事故中罹難的那個，就是她一直偷偷偏愛的那一個。她很想知道，是不是那班飛機上的所有乘客都有某個太良善的地方，以致於他們不能繼續留在人世。她很好奇，艾德華是否曾想過這種理論。

「上。」杜翰老師說，他舉起鐵桿。

另一封信來自一位女性，聲稱在華府運安會聽證會場外吻過艾德華的臉頰。不過在他的印象中，那天沒有人吻他。另一封來自罹難者的母親，她很後悔在女兒生前對她過於挑剔。我總是叫她不要再吃碳水化合物，不然就是嫌她的髮型不好看。現在我真的不懂，以前為何要那麼在意她的外表？接下來的幾封，都提出一些感覺有點過分的要求。

請不要浪費任何一分鐘，不要浪費你獲得的禮物。

一定要過有意義的人生。

每一天都要緬懷罹難的人。

艾德華最不喜歡這種信件了——告訴他該怎麼過自己的人生。

杜翰老師說：「更何況，在你這個年紀，新陳代謝有如熊熊烈火。我預測，如果你繼續以這樣的頻率練重訓，到十二年級的時候，你一定能增加二十磅的肌肉。現在可以放下了，慢慢來。」

艾德華將鐵桿降低到胸口。他想像三年後的自己，胸膛寬闊、四肢粗壯。他想著袋子裡那些還沒拆開的信（每一個信封上都寫著他的名字），再將鐵桿舉起又放下，直到全身痠痛。

◆

晚餐時，艾德華發現阿姨和姨丈都不太講話。他不知道蕾西把安眠藥放在哪裡，但艾德華很想去找出來，整瓶倒進馬桶沖掉。他很想告訴她，睡眠要靠自己爭取。不過，他明白他的睡眠並非爭取來的，是那些信送他的禮物。

他默默站在約翰那一邊，他感覺心不在焉，吃飯時看了兩次手機，蕾西很討厭他這樣。蕾西瞇起眼睛看艾德華，告訴他們今天醫院的工作不忙，所以她多了一個小時可以去抱育嬰室的寶寶。

「你有沒有聞過新生兒的味道？」她問艾德華。

「應該沒有。」

「那你一定要找一天和我去醫院，聞聞嬰兒的味道，非常不可思議、非常美好。」

我有太多信要看了，他想著，身體隱隱約約往姨丈靠過去。蕾西現在變堅強了，姊姊的勇氣有如斗蓬包裹著她，但丈夫和外甥該怎麼辦？

「是真的。」約翰慢了好幾拍才說，語氣很認真。「新生兒的氣味很棒。」

艾德華和蕾西一起看著他，約翰臉上浮現緊張的表情。艾德華對於期盼與混亂時區很敏感，能夠準確看出在這怪異的一刻中，他們三個各自在何方。蕾西望著丈夫，好像他不小心打到她，好像他終於說出多年前她希望他說的話——那個時候，能抱著他們自己的寶寶是她最深的渴望——但現在這個版本的她已經不需要了，於是這句話她聽來有如背叛。約翰因為驚慌而不知所措，看著蕾西與艾德華，心裡想「老天爺，我徹底搞砸了嗎」，而艾德華沉浸在車庫裡的那些信中，也就是說，沉浸在無數問題以及對答案的渴望中，他清楚感受到他們共同的脆弱，每個分子都沒放過，他不禁懷疑，他們真的能平安無事嗎？

晚餐過後，艾德華走出家門，發現貝莎站在車道上等他。

「噢。嗨？」他說。

「我想知道你和我女兒在搞什麼鬼。」

天氣很冷，但他們兩個都沒穿大衣。「我們最近作業很多。」他發抖。

「Mi Amor（親愛的），不要污辱我的智商。」貝莎總是用西班牙文叫他親愛的，但從去年開始，艾德華感覺她不再那麼親切了。現在他比她高，當她抬頭看他的時候，臉上總會閃過不快。雪伊有一次告訴他，她媽媽愛所有小孩，但不信任男人。然而，艾德華很不自在地意識到，現在他的模樣是個年輕男人了。

他盡可能擺出值得信賴的模樣。「貝莎，妳應該去問雪伊。」

她從眉毛下抬起視線打量他。「你知道我一向都會先問她，我會先來問你嗎？」

艾德華嘆息，對貝莎說謊是件不可能的事，她臉上的每個線條都命令他說實話。他盡可能編個感覺很真的理由。「我們在進行一項計畫，我們想幫助別人。」

她瞪他，這個表情讓她變得和女兒好像，艾德華差點笑出來。

「大半夜的？你以為我沒聽見你們兩個鬼鬼祟祟的嗎？」

「噢。」艾德華說。「呃，那個計畫——」

「你是不是和雪伊上床了？」

他的表情一定足以回答這個問題，因為貝莎的臉突然放鬆，神情變得柔和。她靠向前，一手按住他的臉頰。「對不起，pobrecito（小可憐），我不是故意想害你心臟病發作。我很擔心，不過當然啦，我猜錯了。」

艾德華說不出話來，而且他的臉一定紅得像火在燒。貝莎大笑握住他的手臂，她帶他走向她家。「我很高興你們在進行計畫，應該是學校的功課吧？雪伊得讓成績進步才能拿到獎學金，能加分的活動計畫很有幫助。這件事不必跟雪伊說，對吧？」

「對。」艾德華嗄聲回答，她帶他走進她家。

他必須在樓梯底端先休息一下，盡可能讓心跳和體溫恢復正常，然後才能去雪伊的房間。看到她坐在書桌前背對著他，他鬆了一口氣。

「快寫完了。」她說，沒有回頭。

他坐在她的床上等待。她轉身，交給他一個大信封。她說：「你沒事吧？你好像曬傷了。」

「我沒事。這裡面有多少回信？」

「今天只有一封。」

我們不能不管小朋友寫的信，或為了小朋友而寫的信，他們打開第一個行李袋的隔天早上，她這麼說。他們約定好，回信由她撰寫、打字，交給艾德華簽名。他們從第二封信開始回，也就是喪妻的爸爸請艾德華分別寫信給三個孩子的那封。那三封信她重寫了好幾次，花了好幾天的時間。她說，我不能犯錯，這件事很重要，我必須寫下完美的內容。

艾德華從信封裡拿出新的回信，瀏覽一下內容。她回信的對象是一位住在南卡羅來納州的修女，她說因為艾德華獲救的奇蹟太美妙，讓她能夠繼續擔任聖職。

「我知道她不是小朋友，但這位修女很可愛，而且她非常老了。你覺得可以嗎？」雪伊說。

「回信的對象由妳決定。」

「這位修女說，她知道一定是上帝救了你，因為你在醫院拍的那張照片，頭髮就像耶穌。」

「我的頭髮？」

「據說耶穌的頭髮是黑色的，很有光澤，感覺像濕的，就像剛敷過油一樣。你的頭髮看起來就像那樣。」

「我的頭髮看起來濕濕的？好噁喔。」

「她相信那代表上帝為你敷油，讓你起死回生。」

艾德華差點笑出來，但沒力氣把聲音從喉嚨擠出嘴巴。

「我明天要蹺課。蕾西明天有訓練課程，所以整天都在醫院，我需要讀完剩下的信件，不然大半的時間我都覺得無法呼吸。」他說。

「好吧，我也和你一起翹。」

他早就猜到她會這麼說，也準備好怎麼回答。「我們一起蹺課會太明顯，我們會被逮到。我幾乎沒有缺課的紀錄，所以如果只是我一個人，就算被抓到也不會怎樣。更何況，妳需要提升成績。」他說這句話時臉紅了，想起貝莎在車道和他對質的話。

雪伊的酒窩變深了，這不是好現象。他竟然打算一個人逃跑——雖然只是一下子仍然讓她很不高興。

艾德華對上她的視線，他別無選擇。雖然他目前對學校沒什麼意見，但上學太浪費時間了。他應該把那些時間用來讀信，每封信感覺都像一本書裡的一頁，如果不全部讀完，他無法理解全貌。這樣的感覺，像是他絕對要讀完每個字——他人生中從來沒有這麼強烈的責任感。他花在那些信上的心力似乎改變了他，艾德華感覺到內心的那些絲線在聚攏，設法找出適當的形狀，讓他能夠注視照片中那些人的眼睛。

下午兩點〇四分

航程已經過了三分之二。乘客的心思往前探，在最後一段黑暗隧道中尋找一絲光明。肩膀放鬆、頭痛消退，因為剩下的時間比過去的時間短了。希望回歸，大家紛紛思考到達後的安排，接機服務，機輪落地時的第一則訊息該發給誰。

埋首銀幕前的珍恩抬起頭來。

她剛剛寫了一段兩個機器人打架的內容，她唯一能勉強獲得的樂趣，是將兩個機器人都變成女的。女力出頭啦，她厭倦地想。她將機器人想像成自己和蕾西。身為姊妹，她們之間的愛深入骨髓，但也一輩子互相較勁，不時刺探兩人之間的氣氛。珍恩是第七個修改這部劇本的人，只有代入自己的人生，她才能勉強忍受。

駕駛艙的門打開，珍恩清楚看到裡面黑暗的空間：一部分的擋風玻璃，儀表版上閃爍的燈光，中間穿插控制桿，以及副機長的肩膀。機長是位灰髮男士，留著花白的八字鬍，他對薇若妮卡微笑，說了幾句珍恩聽不見的話，然後走進洗手間。他身後的機艙門關上。

珍恩繼續看螢幕，寫了三行對話，刪除，重寫。快要有頭緒了，她想。這時她又抬起頭，因為有人厲聲尖叫。珍恩拉長脖子張望。她想著，是嬰兒嗎？我的嗎？然後又想，別傻了，他們已經不是小寶寶了，他們不需要我在身邊哄。

「請問有醫生嗎？」同樣尖銳的聲音說出這句話，珍恩看到是那位穿著白制服的看護，她彎腰看著身旁的老人。他的樣子很可怕，其實也不是可怕，只是不對勁，他的皮膚彷彿變成橡膠，雙眼緊閉，膚色比機艙壁更白。

珍恩的雙手離開電腦，她想都沒想就按住胎記。她用力按，彷彿那是可以讓時間倒流的按鈕，即使只是幾分鐘。

「糟糕。」馬克說。

他的姿勢往後仰，半個身體跑進珍恩的座位。他們兩個都站起來了，從人群縫隙張望，焦急的看護被包圍，她握著老人的手腕，彷彿拿著她不知如何演奏的樂器。

「他的樣子很不妙，對吧？」馬克說。

播音系統傳來薇若妮卡的聲音，柔和而冷靜。「各位乘客，有兩件事要向大家報告。首先，請注意安全帶燈號點亮了。本機即將遭遇亂流，因此請立刻回到座位。第二，請問乘客中是否有醫生？請立刻前來頭等艙。」

珍恩想著，我想去找兒子。她想像往機艙後方奔去，經過生病的老人和看護，將她的空間讓給馬克，他似乎很想後退遠離那個場面。

一個矮壯的紅髮女子，拎著一個灰色背包進來。她從看護手中接過老人的手腕，另一手按住老人的頸側。她等候，彷彿盼望好消息。

「醫生？」薇若妮卡輕聲問。

終於，紅髮醫生將老人的手臂交叉放在胸前。她站起來，低聲對薇若妮卡說話，但旁邊的人還是聽得見。

「他過世了。」

「過世了？」薇若妮卡驚聲說。「妳確定？」

「對。」

珍恩抓住前面的椅背，因為她失去平衡，走道對面有個死人。她只看過父母的遺體，但那已經是二十年前的事了，而且那時候她有心理準備，醫生診斷出可怕的疾病，並且看著他們的健康狀況衰退。他們的遺體都在棺材裡，她媽媽被擦上她心愛的粉紅色口紅，雙手交疊放在腰上。

珍恩過了片刻才察覺，馬克也抓住了另一邊的椅背，薇若妮卡在她眼前搖晃。又有人尖叫，但看護坐在位子上，像石頭一樣沉默，老人癱軟倒在座位上。

「有亂流。」有人高聲說，一瞬間，珍恩深感慶幸，不是她身體有問題，因為要是那種搖晃、甩動、顫抖全都發生在她體內，那就真的出大事了。

二〇一六年一月

隔天早上，艾德華假裝去上學。他和阿姨、姨丈一起吃早餐。他為了確認約翰姨丈是否還睡在嬰兒房，特地去用樓上的浴室。床單皺皺的，床頭櫃上擺著一本很厚的小說——路易斯．拉莫爾的《最終後裔》（*Last of the Breed*）。艾德華眨眨眼，一瞬間，床鋪、信件、玻璃窗外的湖，感覺全都變得一模一樣，有如書架上的一排書，同樣的重量與密度。為什麼這些物品讓他感到高興或不高興？其實物品本身沒有好壞，床是為了睡覺，信是為了閱讀。我要不是開悟了，就是抑鬱變得更嚴重，他想著。

像平常一樣，他在人行道上等雪伊。看到貝莎母女一起走過來，她對貝莎揮揮手。雪伊的臉色很難看，而且一路幾乎沒說幾句話，但他知道，她在學校會幫他掩護。

到了街角，他說：「謝謝。」

「你看過的信都會給我看吧？」

「當然。」

他目送她離去。等到她平安過完兩次馬路，然後鑽進他們那條街後面的森林。他知道約翰與蕾西現在正要出門，從這條路回去，不會有人發現。

阿姨有一次告訴他，你和喬登小時候來玩，都會去後面的樹林。你們覺得很神奇，因為你們從來沒進去過真正的森林。艾德華毫無印象，不過當他小心避開樹根前進，試著想像小時候的自己和喬登，繞著粗壯的樹幹奔跑。喬登帶頭，艾迪跟在後面，高聲歡笑。兩個孩子研究地上的蟲，找到兩根大樹枝，假裝是劍。

到了緊鄰車庫的樹籬前，艾德華停下腳步。他覺得自己的想像力最近一直在衝撞現實，可能是受到那些信的影響。做白日夢的時候，他經常看到蓋瑞，夾雜灰白的金黃鬍鬚，在研究船上做紀錄。幾天前，在重訓室，艾德華以為在鏡中看見班傑明・斯提曼在舉重。他穿著軍服，和飛機上的樣子一模一樣，他舉起的重量非常驚人，他感覺非常真實，以致於艾德華差點鬆手讓啞鈴掉下來。他急忙轉身，杜翰老師大吼，「艾德勒，專心一點！」不過，後面當然沒人。

艾德華看到的喬登，樣子大約九歲，這個孩子為了讓雪伊佩服而從車頂跳下來。他的黑髮總是狂亂不羈，往四面八方豎立。艾德華可以輕易想起哥哥臉上的每個線條，即使父母的臉和聲音有時會變得不太清楚。他不知道為什麼父母變得模糊，而喬登卻始終那麼清晰，不過，或許是因為他一直將喬登視為他自己的一部分。即使到現在，他們依然難以分離。艾德華微笑，因為哥哥看著手中的劍微笑。

他心中冒出一個問題：我能為你做什麼？

艾德華立刻覺得很奇怪，他之前竟然沒想過這個問題，竟然是因為陌生人寄來的大量信件才讓他想到可以為哥哥盡一份力。蕾西為了姊姊親吻他的臉頰，以此類推，艾德華一定也能為哥哥做點什麼。他可以看著一天的經過——就是今天——思考喬登如果在這裡，他會做什麼？

艾德華不確定該從何開始，不過他又覺得餓了，於是他決定從食物著手。他鑽出樹籬，確認約翰與蕾西的車都不在，然後往廚房走去。他可以學習哥哥選擇的飲食，因此艾德華從廚房端去車庫的餐點，幾乎和哥哥在飛機上的最後一餐一模一樣：紅蘿蔔條、一小碗蘋果醬、鷹嘴豆泥三明治。

他打開車庫門，一個聲音說：「什麼？你沒有帶東西給我吃？真沒禮貌。」

雪伊盤腿坐在水泥地上，兩個行李袋的旁邊。「別生氣。我保證不會有問題，如果有必要，我會撒一大堆謊。」她說。

艾德華蹙眉，但只是為了表達懷疑，他沒有生氣。

「更何況，我們一起讀，速度會快兩倍。」她說。

他坐在她旁邊。「給我一封。」

她打開第二個行李袋的拉鍊，他們已經讀完三分之二了。雪伊的表格放在旁邊，準備記下不同的要求。

他們一起讀了幾分鐘，雪伊說：「你敢說你不高興看到我？」

他真誠地說：「我總是很高興看到妳。」

他翻開文件夾，彷彿要比對剛才讀完的信與罹難者照片，其實他只是想看看喬登的照片。艾德華心中相信，今天他決定待在家，決定來這裡，可能是因為喬登，哥哥絕對會蹺課的。他先行動之後，完整成形的動機就跟著出現。喬登會怎麼做？我能為喬登做什麼？現在他和哥哥過世時同齡，艾德華感覺他以全新的方式進入哥哥的世界，他希望真是如此。

他讀了好幾封告訴他人生該怎麼活的信。

你一定要完成每個夢想。我兒子很害怕失敗，所以從來沒有加入樂團。不要怕冒險。

我的女兒很懶惰，一直拖延那些該追求的夢想，因為她以為反正時間用不完。她搭上那班飛機去洛杉磯探望姊姊。她告訴我，回來之後就會認真努力。要常常想著你媽媽會有多想念你，要讓她引以為榮。

抱歉我一直胡言亂語——我喝了不少威士忌——但我老婆是我人生的摯愛，她在烘焙學院進修，因為她很有烘焙天分。真希望你能吃到她做的法式甜甜圈，簡直他媽的讚透了。艾德華．艾德勒，發掘你的天分，大大地發光發熱，這是你欠我老婆的。

平常艾德華讀這種信的時候，胸口都會感到無比沉重。但今天，吃著哥哥的三明治，雪伊在身邊，他感覺到一股屬於喬登那種放肆不羈的能量。喬登總是在找機會說，媽的，我才不要哩。抗拒爸爸的期望與門禁，當大家都選擇接受，他選擇抗拒。艾德華從來沒有那種傾向，但他彷彿隨著鷹嘴豆泥三明治一起消化吸收了。媽的，我才不要哩？他想著，這是他第一次思考這種選擇。媽的，我才不要哩，他要這樣告訴那些想教他怎麼活的人。

他從口袋拿出手機，輸入給考克斯太太的訊息。真的很抱歉，但我還沒有讀那本投資的書。我努力過了，但那個主題我毫無興趣，所以實在看不完。不過，我和雪伊都很喜歡妳之前給的傳記，希望不會讓妳太失望。

傳送出去之後，艾德華立刻感到輕鬆多了。自從收到那本書，他一直因為沒有回覆而感到內疚。他從袋子裡拿出另一封信。

嗨，艾德華：

我媽很久以前就死於憂鬱症，我哥哥馬克要不是死在那班要命的飛機上，最後肯定也會死於憂鬱症。我只知道，我絕不要走上那條路，所以我衝浪、抽大麻，除了能塞進廂型車的東西，什麼都沒有。我不喜歡的東西就不會留下來。

馬克在遺囑裡將所有遺產留給我，雖然我們已經三年沒講過話了，他向來看不慣我選擇的生活方式，這份遺囑等於在表達他的不爽。他想用大筆錢財壓扁我——

我清償掉他那些誇張的債務之後，還剩好幾百萬。他想逼我去買房子、賓士車，買一堆花瓶放在空空的架子上。他想逼我變成他，有錢又悲慘，永遠背著一堆卡債，但我不要這麼做。我要把所有遺產送人，連保險理賠金也是。呃，先等我修好廂型車的左後輪，再買個新的衝浪板。

我女友是佛教徒，她總是會感謝沙灘、海浪、夕陽。以前我覺得都是假仙的狗屁，但我喜歡聽她講那些事。曾有一、兩次，我發現自己在感謝樹木。我認為，就算真的只是狗屁，也是好的狗屁。

總之，她要我感謝馬克，因為他的死再次讓我得到自由。不過，我認為應該感謝你才對，小朋友。感謝你收到這封信，感謝你活下來，也感謝活下來的人是你。

隨信附上一張支票，是遺囑和保險公司給的錢，我希望給你。你想留下來或給別人都行，隨你，我不在乎你怎麼處理。老弟，你經歷過那種事，這是你應得的，反正我拿著也沒用。

就這樣啦，感謝你，和平，老弟。

傑克斯・萊西歐

信封上的郵戳顯示他兩年前就寄出了這封信，裡面有張支票，受款人的名字是「艾德華．艾德勒」，金額是「七百三十萬」。

「呃。」艾德華說。

「怎麼了？」雪伊接過那封信，她迅速讀完，目瞪口呆。

他研究那張四四方方的支票，以及上面的數字。

「拿起來對著光看，電影裡的人都會這樣，我不知道為什麼。」雪伊說。

艾德華舉起手臂。雖然多了一圈窗框，但依然是支票，依然有一堆難以置信的零。

「要命了，真是要命了，你覺得是開玩笑嗎？」雪伊說。

「不是。」艾德華翻開文件夾，找到馬克．萊西歐的照片。馬克倨傲的笑容彷彿等著登上雜誌封面。艾德華記得，馬克比那位空服員先離開洗手間，當時的他沒有笑容，但表情很滿足，彷彿是另一種雜誌的封面，彷彿他終於找到自己想去的地方。超噁的，艾迪當時這麼對喬登說。現在，艾德華竟然與那個人和他弟弟在同一張網中，怎麼會這樣？

「你根本不需要這筆錢。」雪伊在他身後說。「太瘋狂了。」

隔天下午，學校的播音系統要求艾德華立刻去校長室報到，艾德華猜想應該是校長發現他蹺課。去校長室的路上，艾德華尋找雪伊，想告訴她都是她害的。他們兩個總是在一起，所以同時消失目標太明顯，他們被逮到了。

阿倫迪校長在門口等他。他的手上拿著花灑，但姿勢很怪，彷彿用手指夾著香菸，他的西裝皺巴巴，好像他穿著睡覺了。

「怎麼了？」艾德華問。事情絕對不只他蹺課那麼簡單，校長的樣子彷彿被摳散的縫線。

「病毒感染，三天內死了六株蕨類，六株。我把受感染的搬走了。」校長比比空空的窗臺，懸吊的盆栽也少了一盆。「我希望這樣能阻止傳染，其他株沒有發現生病的跡象。」他茫然看著艾德華。「我只能好好照顧剩下的那些。」

「有我能幫忙的地方嗎？」

「有。」

阿倫迪校長好像不打算繼續說下去，彷彿只要聽到他願意幫忙就夠了。

艾德華說：「我能做什麼？」

「我希望你把那盆袋鼠爪蕨帶回家，我不知道病毒是從哪裡開始發生的。我家和這間辦公室都可能已經被感染了，拜託帶它回家，等其他株恢復健康再帶來。」艾德華看著角落那盆老蕨類，種在鮮黃色盆子裡，那是阿倫迪校長養最久也最心愛的植物。「可是萬一被我養死了呢？」

「我信任你，艾德華，我全心全意信任你。」校長說。

艾德華回到家，在地下室設了一個蕨類工作站，將黃花盆放在窗戶下面的撲克牌桌上，那裡日照最好。蕨類旁邊放著一袋植物糧食，以及一個噴瓶，裡面裝著室溫水。艾德華確認土壤濕度，在葉子上噴點水。

雪伊在地下室另一邊不停蹦跳。他看她一眼，她說：「我還是沒辦法冷靜下來，七百萬耶。」

「我知道。」他說。

「我上網查過，就算支票已經放了兩年，只要錢還在原本的銀行帳戶裡，依然可以兌現。你可以不要一直弄那株灌木嗎？」

「是蕨類。」他說。「而且我還沒弄完。」

「那筆錢能在這鎮上買十二棟房子。」她說。「或是買下整座島！你打算怎麼用？」

那張支票在艾德華的後口袋裡。他不知道該放哪裡，隨身攜帶似乎最安全。他反射性地摸摸口袋。他想像自己和傑克斯並肩衝浪，在他的想像中，傑克斯像留長髮的電影明星，而他們在波浪間將那張支票推來推去。

「現在我沒辦法想這件事。」

「我知道。把信全部看完之前，你什麼都沒辦法做。」雪伊似乎氣急敗壞，而且因為一直跳而喘不過氣。

「沒錯。」艾德華用手指按按土。他很想知道這株蕨類知不知道它來到新地方，會不會感到迷惑，會不會思念阿倫迪校長。

那天晚上雪伊留下來吃飯，他們在各自的位子上坐下，今晚的菜色是豬排、花椰菜、馬鈴薯泥，艾德華說：「我好像該告訴你們，現在我改吃純素了。」

蕾西皺起鼻子，彷彿他說出她從沒聽過的詞。「純素？」

雪伊說：「我可以吃他的豬排，如果馬鈴薯泥加了牛奶，我也可以幫他吃。別擔心，不會有食物被浪費。」

「為什麼現在要吃純素？」約翰說。

艾德華說出實話。「是為了我哥哥。」他停頓一下，突然想到阿姨和姨丈很可能不知道哥哥飲食習慣的改變。他說：「喬登死前的幾個星期，開始改吃純素。」

阿姨和姨丈都吃了一驚，他知道是因為他用了「死」這個字。以前提到失去家人的事，他總是會用「空難」這個詞。他們全都一樣，歷史被分成空難前與空難後。

「不用特別幫我煮不一樣的菜，你們吃什麼蔬菜我就跟著吃，然後再自己做三明治。」他說。

約翰說：「我們大家可以都多吃點蔬菜，應該不難。」

「我不希望你們有任何改變。」艾德華聽出他的語氣有點刺耳，但他忍不住。他覺得很心煩，他必須告訴他們，而他們必須回應。這個選擇、這個想法，屬於他和喬登，與別人無關。

「你願意為哥哥這樣做，真的很貼心。」蕾西說，但語氣有點遲疑。

不要再操心，不要再吃安眠藥，多花心思維持妳的婚姻，艾德華很想說，但沒有說出口。

午夜在車庫裡，雪伊將還沒看的一小堆信分成兩半，而艾德華打開他那堆最上面地一封信。

親愛的艾迪：

我的名字叫瑪希拉。你和家人常一起去的那家雜貨店，老闆是我叔叔。不知道你認不認識我？喬登說他沒有告訴任何人，但或許你是例外。總之，我好像該告訴你，我和喬登在一起，他是我的第一個男朋友。當然，我不知道你哥哥怎麼想的，我只能說出我自己的感覺，我愛他。

他告訴我，你們全家要搬去西岸的那一刻，我下定決心要去洛杉磯上大學。我沒有告訴他，因為我擔心我做不到，但我知道我們一定會再相見。我想讀物理系，洛杉磯有很棒的學校，我將整個未來都規畫好了。我想像未來能見到你，他的弟弟。我想像和你一起站在沙灘上，成為朋友。

現在我十八歲了，我告訴叔叔我想先休息一年再去上大學。我叔叔回巴基斯坦去探望家人，這段時間由我負責顧店。我為什麼要告訴你這件事？可能是因為我也想告訴喬登這些事。我多希望當時在他上飛機前，告訴他我想像的未來——我們的未來。我以為還有時間的。我們還那麼年輕卻沒有時間了，真的很奇怪，對吧？我也想告訴你，每次提到你的名字，喬登都會微笑。如果我是你，我會希望有人告訴我這件事。

祝你平安

瑪希拉

艾德華一次又一次重讀那封信，看到結尾又回到開頭。他很可能會一直反覆讀到該離開車庫的時間，但雪伊發現了，她問：「那封信還好嗎？」

他把信交給她。

她看完之後抬起頭說：「你知道他有女朋友嗎？」

「不知道。」這句話在他內心迴盪，彷彿他變成了一座空井。

「你認識這個女生嗎？」

他搖頭。「我可能在雜貨店看過她，但我沒印象。」

「七百萬加上女朋友。」雪伊悄悄說。

艾德華想像哥哥繞著樹幹跑，從車頂跳下來，接著張開雙臂在機場接受搜身。他感覺身體中央擴散出一股痛楚，彷彿地震前的斷層線。他想著：「喬登，我該為你做什麼？這件事代表什麼意義？我該怎麼幫忙？」

答案立刻浮現：去見那個女生。

第三部

「我們包含著其他人，
徹徹底底、永永遠遠。」

——— 詹姆士・鮑德溫（美國作家）

下午兩點〇七分

冰冷雨水拍打機身造成一處小故障。皮托管（名稱來自於十八世紀初的法國工程師與發明家亨利．皮托）就是豎立在飛機外面，樣子像鋼製小棒棒糖的東西，結冰了。皮托管不該結冰的，即使在極地氣溫下也一樣，七個月後，運安會聽證會上，將會提出這個關鍵事實。結冰之後，皮托管便無法執行功能，也就是測量飛機的速度。雖然不太妙，但飛機內建備用方案。如果一個引擎故障，還有另一個馬力相同的引擎。而現在的狀況，皮托管故障後，自動駕駛系統便會解除。飛機脫離自動巡航系統。正副機師必須確認儀表板上的感應器，自行測量飛機的速度與平衡。

雨停了，但氣候（廣大的空氣與濕氣，敏感的程度難以置信）依然十分不穩。一團團氣壓在飛機周圍轉動，有如一群群候鳥。資深機師上完洗手間回到駕駛艙，在左邊的座位坐下，研究雷達圖表。他讓副機長繼續負責操縱設備。

正機師說：「滾轉亂流，比雷達顯示的範圍更大。」他望著螢幕。「稍微往左，避開氣流。」

副機師比正機師小十二歲，表情擔憂。「什麼？」

「往左一點。現在是手動狀態，不是嗎？」

副機師點點頭，讓飛機稍微往左飛。機艙冒出一股怪味，很像燒焦味，溫度也同時上升了。

「空調有問題嗎？」

「沒有。」機長說：「是氣候造成的。」

滑流的聲音變大。

「不要緊，只是外殼有冰晶堆積。」正機師說。「沒問題，就減慢速度吧。」

機艙響起警報聲，維持二點二秒，提醒他們已經脫離自動駕駛了。

喬登心中很清楚，他不再需要父母，他領悟到這個事實已經有一段時間了。會和他們住在一起，只是因為習俗上未滿十八歲的子女會住在家中，但他知道，他能輕易找到工作，持續讀書自學，不受管束和瑪希拉在一起，自給自足。他想像自己的公寓：光線充足、天花板挑高，高架床。當他想像住在那裡的自己，總是戴著眼鏡、端著一杯咖啡，儘管他沒有近視，而且咖啡因會讓他多汗。

此刻，他看著醫生掀開布簾走進頭等艙，他知道他和爸爸、弟弟都在想同一件事：媽是不是出事了？

布魯斯說：「頭等艙有位生病的老人家。很可能……」

飛機往右一彈，有如掠過水面的小石頭，空氣從他嘴巴側邊噴出，沒講完的話就此消失。

這一下震動，搖撼了喬登內心的想法，全新的真實敞開：我需要他們，我需要他們三個。飛機在空中猶豫不決，無法決定下一步該怎麼做，現在他想像的公寓裡有張雙層床，他要和弟弟一起睡，也多了給爸媽的房間。

二〇一六年三月

去紐約的客運上，艾德華一直閉著眼睛。他和雪伊讀完所有信件，也分類整理好了。這是春假的第一個星期一，他們之所以能偷偷溜出門，是因為蕾西去上班，貝莎整天都要陪一個親戚。不過艾德華心中很煩悶，因為他竟然得踏上這趟旅程，「這趟旅程」竟然會存在。艾德華願意用生命打賭，他和哥哥之間沒有任何祕密，但喬登卻吻了一個女生。他愛過一個女生，一個陌生人。喬登不是不願意告訴艾德華，就是不夠信任他。

車程到一半的時候，艾德華突然睜開眼睛，彷彿需要光，就像肺需要空氣一樣。

「下週末的學力測驗初試，我不想去了。」

「喔。」雪伊說。

「妳要去？」他感到一股敵意。公車正蜿蜒駛過通往林肯隧道的環狀道路。

「我不知道以後的人生要做什麼，所以我要去。」

「我也不知道以後的人生要做什麼。」

她聳肩。「唉，你不用參加愚蠢的考試，但我只是普通人。」

他覺得焦躁不安，好像攝取太多咖啡因，但他一滴可樂也沒喝。客運進隧道了。他沒有告訴阿姨和姨丈要去哪裡，他們絕對想不到他會去比雪伊家更遠的地方，畢竟他從來沒做過這種事。

這是他第一次回紐約，他不想說出口。

於是他說：「我剛來的那個夏天，妳說過我不是普通人，妳也不是。」

她說：「這麼說吧，如果我希望有機會創造一番成就，我就需要取得大學學歷。」

她坐在靠窗的位子，他只能看到她半邊臉和窗戶倒影，感覺像個年輕女人，而非少女。

他們從港務局搭計程車去那家雜貨店。車子駛上曼哈頓北部的街道，上東區在艾德華眼前展開，他們一家人的生活都發生在這附近的街道上。他們經過以前固定去的乾洗店，紅磚立面的圖書館，他們採購大部分食物的老舊蔬果店，再過一個街口，則是爸爸去買肉和起司的高級超市。

他們經過一家古董店，媽媽曾經在這裡買過一個鐘，她放在五斗櫃上，說這個鐘讓她想起住在加拿大的奶奶。還有一個郵筒，艾德華記得曾經靠在上面，等爸爸投遞四月的繳稅支票。他記得爸爸用力打開藍色小門又關上，抱怨著他有多不甘心，竟然得繳稅資助他認為不該打的戰爭。「如果可以指定稅金的用途，我會更樂意繳稅。」爸爸說。

艾德華拉緊安全帶，彷彿可以抵禦回憶。

「你有計畫嗎？還是要直接去找她？」雪伊問。

艾德華聳肩，他只知道他需要親眼見到瑪希拉，有兩個原因。第一，因為喬登會想見她。第二，因為除了他之外，她是世上唯一一個曾經深刻、明確愛過他哥哥的人。他失去了喬登，她也是。

他說：「我們不必待太久。」

計程車停下來等紅燈。艾德華認為自己是要去探訪之前不知道原來存在的事實，而那是另一個活生生的人。瑪希拉的信，為他過往的人生中打開了一扇門。彷彿他在舊家的廚房發現一扇門，而喬登的女友躲在裡面。是不是還有其他門，只是他從未注意？這個想法令他不安，但也很誘人。他找不回失去的家人，但說不定還能找到他以前不知道存在的人事物？

計程車停在七十二街與萊星頓大道交叉口。雪伊付車資，艾德華站在人行道上。他的表情一定很可怕，因為她來到他身邊時，眼睛瞪得很大。「不會有事啦，我會幫忙的。」她說。

謝謝妳，他心裡想。看著她轉身走進雜貨店的門，看著自己的新人生走進舊人生。雜貨店的形狀窄長四方，中央有一排排貨架。店裡很乾淨，照明充足。艾德華以前只要有零用錢，就會來買放在角落冰箱裡的 Yoo-hoo 牌巧克力牛奶。他會和爸爸來這裡買臨時需要的東西，如衛生紙、止汗劑，或牛奶。他和喬登來這裡偷偷買爸媽禁止的糖果——喬登每次都買 Twix 巧克力棒，他則是買小熊軟糖。這是他們第一個不用大人帶就可以自己去的地方。布魯斯會派他們來這家店買特定的東西，設定手錶計時十五分鐘，任務是要在時間結束前回家。

艾德華站在進門處。思念哥哥的心情鋪天蓋地而來，強烈到令他無法呼吸。他怎麼會自己一個人站在這裡？

櫃臺裡沒有人，有一個穿著足球衫的男生站在角落的雜誌架前面。艾德華想知道喬登是不是也認識這個孩子，什麼都有可能。從他的體型判斷，他們住在附近的時候，他應該剛上小學。說不定哥哥曾經打工照顧過他，但從來沒有告訴艾德華。

「我查過了。」店鋪後方傳來女生的聲音。「那本雜誌還沒進貨，或許明天吧。」

「好吧。」那個男孩說。「謝了。」他蹦蹦跳跳從艾德華與雪伊身邊經過，打開店門出去。

艾德華看看雪伊，不敢相信自己的眼睛，於是又看了一次。她一手拿著兩個湯罐頭，手臂下面夾著一條吐司和一包扭結餅。

「怎樣？」她小聲說。「我認為應該買點東西，這樣才不會感覺很怪。」

「相信我。」他說。「我們很怪。」不過他再次感激有她在，感激她願意陪他來，儘管她無法體會他內心獨特的焦慮，但依然和他一起緊張。

他感覺空氣移動了，看到一個女生走出倉庫。她同時也看到他，停下了腳步。

她顫抖。整個身體都在抖，彷彿剛從冰冷的湖中出來。「艾迪·艾德勒？」她說。

他點頭。

「你長得很像他。」

「對不起。」但他很高興聽到她那麼說，很久沒有人拿他和哥哥比較了。他端詳她，及肩黑髮，瓜子臉，膚色比雪伊略深一些。喬登愛妳，他想著。

「我收到妳的信。我不知道妳和我哥的事。」他說。

她點頭，鎮定了一些，她控制住情緒。「我想也是。」她看看雪伊。「我是瑪希拉。」她說。「東西給我吧，妳看起來很不自在。」

雪伊走過去，彆扭地將東西放在櫃臺上。「我是艾德華的朋友，我叫雪伊。」她說。

瑪希拉的前額皺起。「艾德華？」她說。「我以為你都用……」

「如果妳想叫我艾迪也沒關係。」他說。

他們身後的門砰一聲打開，他們轉頭去看。一個穿著聯邦快遞制服的男人將三個大箱子放在地上，他說：「明天見。」

「明天見！」瑪希拉高聲說，那個人走遠。但門幾乎立刻又開了，一個女人推著嬰兒車進來。她用悅耳的語調低聲對寶寶說話，直線走向放尿布的貨架。

雪伊說：「呃，妳住在這裡？」

「樓上的公寓。」瑪希拉指著天花板。她說：「現在你住在紐澤西了。和你一起生活的阿姨和姨丈，他們對你好嗎？你過得好嗎？」

「很好。」艾德華說：「他們都是好人。」

推嬰兒車的女人來到櫃臺前，雪伊和艾德華急忙讓開。她匆匆看他們一眼，從皮包中拿出皮夾。那個眼神彷彿在問，你們兩個青少年在這裡做什麼可疑的事？

艾德華看看推車裡的寶寶，發現寶寶回望著他。他有雙很大的藍眼睛，臉頰肥嘟嘟的，頭頂光溜溜的。寶寶一直看著艾德華，將一隻手塞進嘴裡，發出吹氣的聲音。他拿出手指，露出傻笑。

「好可愛喔。」雪伊用客套的語氣說。

那個女人付完帳，將尿布塞在推車底下，推著寶寶離開櫃臺，開門出去。

「我先關門幾分鐘好了，這樣才能好好講話，不然社區一半的人都會進進出出。」瑪希拉說。「有個好管閒事的人每天下午都會來買口香糖，我猜她應該在幫我叔叔監視我，能避開她就太好了。」

她把門上的牌子翻到休息中，然後鎖上兩個大鎖。「你今年十五歲了吧？」

艾德華端詳那兩個鎖，他好希望門依然開著。他希望萬一要逃跑時能輕鬆辦到，而不是得笨拙地開鎖。他點頭。「妳和我哥交往的時候，也是十五歲。」

瑪希拉走向櫃臺，靠在上面。「你真的很像他，但你的聲音不一樣，眼睛也不一樣。」她說。

艾德華感覺痛楚於全身游移，他知道他是代替喬登在痛，他哥哥應該在這裡才對。假使他真的是喬登，一定會走到櫃臺前擁抱她。他應該為哥哥抱抱她嗎？

他看雪伊一眼。雪伊很實在，雪伊很真實，她站在一排不同口味的洋芋片前面。她認真比較兩種口味，表情和唸書準備考試時一模一樣。

瑪希拉說：「你穿的……那是你哥的大衣嗎？」

艾德華低頭看橘色大衣。現在尺寸完全合適，但手肘和下擺都磨損了。蕾西一直威脅要丟掉換新的。「對，他所有的衣服都在我這裡。」他說。

「當然，很合理。」她的語氣平靜，但眼神變了，閃爍淚光。

艾德華想要像兩個正常人一樣正常地談話，即使他知道不可能。「妳在信裡說，妳今年在休息？」

瑪希拉點頭。「我應該會在秋季入學，杭特學院距離這裡才幾條街，而且學費便宜。」她說。「我是科學人，一直都是，我一定要成為工程師，我叔叔很重視這件事。」

艾德華不知道自己是怎樣的人。他感覺痛楚點燃，不知為何，他知道瑪希拉也有同樣的感覺。喬登站在他們中間，因為他們如此接近而製造出思念的化身，不是鬼魂，而是思念。我加上瑪希拉等於思念喬登，艾德華想著。但「思念」這個詞感覺不夠，「喬登」這個名字感覺也不夠。

那個發著微光的喬登，背負著他們所有的失落，他對艾德華說：「別再說這些屁話了。」

艾德華說：「妳怎麼發現墜機的事？妳知道的時候，人在哪裡？」

他問過生命中的每個人這些問題，慎重蒐集資料。艾德華覺得這就像圖表上的點，確認每個人在那一刻的位置。約翰幾乎立刻在推特上看到新聞。他在一家零售公司處理電腦業務，但一看到新聞立刻收拾東西，在停車場打電話給蕾西。他不確定是不是那班飛機，他拿著電話等蕾西確認和姊姊最後一次通信的內容，裡面有他們的班機資料。雪伊躺在床上讀《清秀佳人》第三部，她聽到電話鈴聲，然後媽媽用西班牙文大喊。她和貝莎一起在客廳看事故相關的報導，為了壓過貝莎的哭聲，音量開得很大。考克斯太太在九十二街Y藝術中心，聽一場介紹小羅斯福夫人生平貢獻的演講，司機來拍拍她的手臂。她跟著他走到大廳，他給她看手機上的新聞。麥克醫生當時在為病患諮商，後來上車開了收音機才知道。

「噢。」瑪希拉轉過頭，望向後面的倉庫。「我在回家的路上。八十三街有一家很大的運動酒吧，我每次都會經過。那家店裡放了一整排電視，占據整面牆，平常都會播放兩、三種體育比賽。美式足球、足球、冰上曲棍球。但——」她猶豫一下。「——那天，所有螢幕都顯示一架飛機側倒在原野上，我停下來看，因為這個畫面太奇特，尤其是出現在這家店。我走進酒吧，那是我第一次進去，酒保告訴我發生了什麼事。」她停頓一秒，然後往前伸出雙手，彷彿要接受什麼，像是硬幣、禮物，聖餐之類的。她放下雙手，垂在大腿兩側，然後說：「我回到家，回到雜貨店，新聞說有一名少年倖存。」

艾德華消化著這句話。「妳應該以為是喬登吧？」

她沒有回答。新的現實在艾德華腦中綻放，倖存的人是喬登，他出院後沒有和蕾西和約翰回家，堅持要和瑪希拉在一起，住在雜貨店樓上的公寓。艾德華可以想像他躺在單人床上，一條打石膏的腿吊起來，因為疼痛而臉孔糾結，但他凝視著瑪希拉。他要和她一起走過失去家人的痛，並且在其中找到安慰。飛機墜毀時，他沒有失去一切。

「對不起。」艾德華說。

「你和我，我們應該在加州海灘上見面才對。」瑪希拉微笑著，但看得出來她笑得很勉強。「你想不想聽一件奇怪的事？」

雪伊很久沒開口，這時說：「要，請說。」

「我一直去找一個算塔羅牌的老師，她的店就在前面，過幾條馬路就到了。店裡的櫥窗擺著一盞紫色的燈，門上掛著風鈴。我知道很荒謬，我一個字也不相信，但我還是一直去。」

「她對妳說了什麼？」

瑪希拉的臉微微發紅。「有一部分只是童話故事。她說喬登的事，說我們之間的戀情，我猜就是因為這樣我才會一直去。我沒有其他人可以聊這件事，我叔叔一聽到他的名字就生氣。」

「喬登。」艾德華反射性地說。

「喬登。」瑪希拉說出這個名字的語氣很像剛才和快遞說話——慎重，帶著權威。

她說出他名字的感覺，就像剛才高聲說「明天見」一樣。

外面有人用力敲門，他們全都嚇了一跳。透過毛玻璃可以看見模糊的人影，外面那個人再次舉起拳頭，然後又放下。那個人離開了。

艾德華很想知道，那個算塔羅牌的老師會對他說什麼。如果有人能談談他和哥哥之間的感情，一定很棒。他說：「為什麼妳和喬登交往的事要保密？可以告訴我嗎？為什麼他沒有跟我說？」

她搖頭。「老實說，我們從來沒談過那麼多。我擔心講太多話會毀了一切，我搞不好會說蠢話。我一直想著很快就要和他好好講話，很快就會問他我好奇的事，很快會告訴他所有事。」

「妳以為還有時間。」雪伊說。

「對。」

艾德華想起那些信，那麼多人問他問題，想要相信他們能找到解決心痛的辦法，或是下定決心不再心痛。他面前這個寂寞的少女，以及那些信件中的心痛，讓他自己的胸口也痛了起來，他微微彎腰。

「我該開門營業了。」瑪希拉說。

「沒問題。」他說。

但他們繼續默默站著不動幾分鐘，然後才分開。

那天晚上，當他們去車庫的時候，雪伊說：「你為什麼不能在家裡和約翰談談呢？像文明人一樣，邊吃早餐邊說？我們根本不知道他早上幾點會來，可能得要等上好幾個鐘頭。」

「我必須在這裡和他談，遠離蕾西。」艾德華坐在腳凳上，他認為那是他的腳凳，單人沙發屬於雪伊。

「你最近變得有點霸道，我不確定我喜不喜歡你這樣。」

艾德華微笑。「在他出現之前，妳可以睡一下。」

「噢，當然嘍。」雪伊在沙發上動了動，彷彿想找個比較舒服的位置。她說：「今天你是不是差點吻了瑪希拉？」

艾德華愣住一下，臉頰發紅。「我考慮過，為了喬登。」他不穩地吸一口氣。「我不確定能為他做什麼，該為他做什麼。」

「我看到你在考慮。」

「怎麼會？我看起來是什麼樣子？」

她微笑聳肩。「我無法用言語形容。」

他對上她的視線，裡面有種全新的感覺。艾德華以前以為發生在他身上的事只發生在他身上，但雪伊也改變了，他知道寫那些信的人也改變了，所以漣漪效應可能無窮無盡。現在他守望著那無窮盡的效應，在雪伊的酒窩裡。

她沉默一下，然後關掉手電筒。雪伊在黑暗中說：「晚安。」

她翻身背對艾德華，蜷起身體窩在沙發上。他繼續坐在腳凳上，他與雪伊之間的空氣飽漲，每個原子都蘊藏著新的可能。他知道——雖然說不出為什麼——他們都想像過和對方接吻。他想像自己歪頭靠近她，他們的嘴唇接觸。他想起今天下午他與瑪希拉之間的空氣，哥哥微微閃爍的存在，那失落的過去。

艾德華的自然老師最近告訴他們，瑞士建了一座大型強子對撞機，那是人類建造過最大的機器。那臺機器用來研究粒子物理學的各種理論，老師說，科學家認為他們即將瞭解兩個人之間的空氣發生了什麼事。為什麼有些人令我們反感，而有些人令我們動心，以及這兩者之間的所有感覺，人與人之間的空間並非空無一物。

艾德華整個身體都感受到，雪伊的身體距離他只有幾英尺。他沒有找舒服的姿勢，他打算整夜醒著，等姨丈來車庫。

他望著黑暗，發現自己在重溫今天去雜貨店的事。這天即將結束時，他為哥哥而感到的哀悼更加巨大。但艾德華原本以為只有他一個人思念喬登，那是只屬於他的悲痛失落，現在他也哀悼哥哥失去的一切，想到喬登再也無法這樣坐在女生身邊，便感覺全身震顫。

約翰打開車庫門時，天空中有一條條紫色霞光，他停在門口看著裡面。眼神睏倦的少年，熟睡的少女。

「早安。」約翰謹慎地說。

「嗨。」艾德華從腳凳上站起來。他說：「別擔心，沒有發生任何問題。我只是想告訴你，我看了你的文件夾，我是意外發現的。後來我們也打開那兩個行李袋，讀了裡面的信。」

約翰的表情流露驚訝，但也有另外一種感受，或許是擔憂。「你打開了那兩個袋子的鎖？我原本打算等你大一點再給你看，我知道那些信是寫給你的。只不過，我剛開始收到這些信時曾讀過幾封，我認為這些人太過分，竟然寫這種信給小孩。」

「我們猜應該也是這樣。」

約翰嘆息，感覺像一塊小石頭滾落山坡。「這些還不是全部呢。」

艾德華過了一秒鐘才理解。「還有更多信？」

「不太多，不過家裡大門口的櫃子裡還有幾封剛寄來的。現在還是有人寄來，雖然比較少了。每個星期五我都去郵局拿。」

雪伊在椅子上動了動，她再次入睡之後，艾德華說：「為什麼要用郵政信箱？」

「那次收到個人物品清單之後，我們就設了那個郵政信箱。我們覺得不要讓信件直接寄到家裡會比較安全，我們不希望你意外收到我們未檢查過的信件。」

艾德華看著姨丈，他一直以為姨丈只是剛好年紀比他大，他懂的事沒有比較多，也沒有比較透徹。約翰與蕾西只是在扮演他們被指派的角色：丈夫、妻子、阿姨、姨丈。

雪伊催促他把信件的事告訴約翰與蕾西，他一直抗拒，因為他希望能先想清楚要怎麼做，然後再去問大人的意見。他會有這種想法，是因為他以為約翰與蕾西一定有確實的答案，能夠解決這個問題的辦法。但現在他看出其實並不是這樣，而且也能理解。

他說：「你和蕾西不會有事吧？」

約翰苦笑。「她對我非常氣惱，也難怪啦。」他聳肩。「和一個人相處很久之後……所有事都沒有那麼如直線般簡單。每當有困難發生，我和蕾西反應的步調向來不同。我會先冷處理，她會先崩潰。等到她收拾好情緒，我也差不多沒問題了，但這次……就好比婚姻發生故障。」

「很複雜。」艾德華說，因為他想幫忙。

約翰再次比了個手勢，這次似乎包含所有東西，不論是照片、信件，或中年人的婚姻。「人活得夠久，什麼都會變得很複雜。」

艾德華思考他和雪伊之間相處的歷史，現在已經不是一條直線了，而是錯綜複雜。而瑪希拉和喬登的歷史依然繼續脈動，即使喬登已經不在了。他聽著雪伊輕柔的呼吸聲，然後說：「我覺得，如果一開始就把所有東西給我看，應該會比較好。我覺得……能看到所有罹難的人，這件事很重要。他們不只對你很重要，對我也很重要，我希望記住他們。」

艾德華看著姨丈思量他所說的這句話。約翰說：「有意思。或許我該早點給你看，但我覺得我做不到。」在粉彩色調的曙光中，姨丈感覺變老了。「你必須理解我最大的恐懼，我們最大的恐懼……」他遲疑。

「是什麼？」艾德華問。

約翰微微轉頭，看著旭日，不看外甥。他說：「我們擔心你，呃，會決定不要活下去。麥克醫生說這種事真的可能發生，而且你剛來的時候都不吃東西，後來又倒在外面。你感覺非常憂鬱。」

艾德華愣住，努力想理解。「你們擔心我會自殺？」

「我們的所有決定都是基於這一點的考量，我不希望你接觸到會讓你更難過的人事物。蕾西認為我做得太過頭了，她認為我想保護你不受墜機事件傷害，最後卻整個人陷進去。」他用雙手搓搓臉。「你知道，女人比我們聰明多了。」

麥克醫生諮商的時候曾對艾德華說過，不要將自殺視為解決的方法。當時，艾德華沒有回答，他覺得這句話很莫名其妙。但現在，知道這件事之後，他終於看出大人的擔憂，阿倫迪校長總是小心關注他，蕾西吃的安眠藥，約翰臉上新冒出的皺紋。他搖頭。

「我絕不會做那種事。」

約翰聳肩，彷彿在說：或許吧，但我無法確定。

姨丈眼神中的疲憊讓艾德華第一次領悟到，約翰為何要不惜一切代價救他。姨丈雖然用盡心力、煞費苦心，但他救不了其他人，像是蕾西失去的寶寶、珍恩與布魯斯，還有他的大外甥。因此他不惜摧毀自己的人生，甚至婚姻，也要確保不會失去這個住在他家的外甥。

「我絕不會那樣對你們——」艾德華看看姨丈、看看雪伊，這句話也包括她。「——因為我知道留下來的人會有什麼感覺。」

說出這句話讓他一下子洩了氣，彷彿這個事實帶走了他內心的一部分。他感覺到恐懼一閃而過，但接著看到姨丈的表情。約翰敞開懷抱，艾德華走過去。

下午兩點〇八分

副機師被警報聲嚇到，也可能是因為亂流，或是因為難得手動飛行，大部分的機師只受過手動起飛和降落的訓練，沒學過在空中飛行。他做出了一個非理性的決定：他將操縱桿往後拉，飛機急速上升。正機師的座位看不見副機師右手的動作，他沒想到同事竟然會做出如此不智的決定。

「別緊張。」正機師說。

「收到。」

副機師一拉高，飛機上的電腦立刻有反應。警告鈴聲響起，提醒正副機長他們偏離預設高度了，失速警報響起。這種警報是合成語音，重複用英文大聲說「失速」，然後是刻意設計讓人感到不快的聲響，稱之為「蟋蟀音」（Cricket），失速是可能造成危險的狀況，原因是飛行速度過慢。如果到了極限，機翼的整體升力會瞬間減少，飛機可能會驟然下墜。

但是，正機師相信他們依然按照正確程序飛行，所以沒有太在意失速警告。副機師依然將操縱桿往後拉，現在他滿身冷汗、呼吸急促，但盡可能掩飾他的恐慌。

薇若妮卡腳下的地板突然甩動，然後又恢復正常。「請快回座位去。」她對紅髮醫生說。她看死去的老人一眼，然後以較為柔和的表情對看護說：「我過幾分鐘再回來。」

她往自己的座位走去，位置在頭等艙外面的角落。她坐在四四方方的硬椅子上，將安全帶拉過胸前。她想像克里斯賓·考克斯慘白的臉，想像他的喉嚨裡沒有氣息，血液停止流動。她從來沒遇過有人在飛機上過世的狀況，標準程序是什麼？她讀過所有程序，在這種狀況下，第一步就是通知機長。等一下能走到對講機那裡的時候，她就會通知。接下來，如果有整排空位，就將遺體移到那裡，遠離其他乘客。這班飛機客滿，所以不可能這麼做，不過她也在程序中讀到，有時候遺體可以安置在櫃子裡，直到航程結束。機艙後面有個櫃子可能放得下，只是要先清出那個空間。

她想像自己和愛倫搬運著遺體，穿過整個機艙走到後面的櫃子。她的雙手勾住老人的腋下，愛倫抓著他的腳，而路易斯在櫃子旁邊等候幫忙。

飛機用力咳了一下，機鼻晃動。薇若妮卡的注意力轉向這台巨大機器發出的抱怨與碰撞，她非常瞭解飛機，就像她的身體一樣。她想著，你想告訴我什麼？

二〇一六年四月

現在只有兩項責任讓艾德華覺得真實：讀剛寄來的信，照顧阿倫迪校長的蕨類。艾德華將那株植物帶回家已經將近一個月了，蕨類似乎健康茁壯，顏色青翠，在地下室窗戶邊桌子上感覺很平靜。艾德華拍了那株袋鼠爪蕨的照片給校長看，讓他知道植物很健康，不必擔心。現在校長室感覺不像溫室，比較像一般的辦公室。病毒非常嚴重，而且糾纏很久，發生了三波感染。雖然最後病毒終於放過那些蕨類，但還是死了十三株，現在窗臺和邊桌上只有少少的幾盆植物。

「我必須買新的盆栽來放。」校長說。「我在考慮買幾盆蘭花。蘭花是很神奇的植物。你不覺得嗎？」他嘆息，艾德華看得出來他的心不在新盆栽上，他只是說說而已。阿倫迪校長拜託艾德華繼續照顧那株袋鼠爪蕨幾個星期，以防萬一。

艾德華每天都過得渾渾噩噩，他只會特別記住星期五，因為如果有新信件，約翰會在星期五拿回家。雪伊和那位住在南卡羅萊納州的修女成為筆友，而艾德華也寫信給蓋瑞問他鯨魚的事。他和雪伊都會傳訊息給瑪希拉。所有兒童的信都回了，艾德華認為他們回覆對象的選擇非常極端：最小的和最老的。然而，那之間無數的要求，在艾德華看來就像一片流沙。他還沒決定要怎麼處理，但他知道，如果滿足了其中一封信的要求，他就必須滿足所有信的要求。而根據雪伊的表格，那是不可能的事。他必須同時身在地球上好幾個不同的地方，成為醫生、圖書館員、廚師、社會改革運動人士、小說家、攝影師、經典文學教授、服裝設計師、戰地記者、侍酒師、社工，還有其他許多職業。那些願望南轅北轍，分布在許多不同的時區。

今天早上他讀的那封信非常短，幾乎難以理解，來自副機長的妻子。她在信中描述她在大學時如何與丈夫邂逅，她感到非常抱歉，他竟然在駕駛艙裡犯錯。她最後說，我丈夫殺死了一九一個人，你能想像我會有怎樣的感受嗎？

艾德華讀過的那麼多信件中，他很確定這封真的不該寄給他。她丈夫害死了他的家人，她怎麼會覺得她可以寫信給他要求……什麼？寬恕？憐憫？他應該要生氣才對，他想生氣，但他做不到。那場事故不是她造成的，而且她也是被遺留下來的人。更何況，無論艾德華的想法如何，他確實能想像她的感受。他能夠想像那沉重的罪惡感，這個女人每次想睡覺的時候，都會感覺飛機殘骸壓在身上。

他站在學校的中央走道上，看著身邊成群結隊的青少年。下午三點要上社會課：今天要教法國大革命。他知道同學都希望這學期能拿到好成績，這樣明年才比較有機會能選上進階先修班的社會課，並非因為他們喜歡歷史，而是因為頂級大學要求學生至少要修三門進階先修課程。走廊盡頭有扇門，艾德華偷溜出去。

他往大街走去，感覺學校像一片飄在他身後的雲。等一下雪伊若是發現他沒有去上社會課，甚至根本不在學校，她一定會覺得困惑又擔心，對此他感到很過意不去，但他依然繼續往前走。他搭上最近一班去紐約市的客運，發訊息和瑪希拉要那位塔羅牌老師的地址。

你不是應該在上課嗎？她回覆。

對。

她給了地址，然後補上一句。哈。記住，全是狗屁而已。

他搭計程車過去，那家店位在上東區一條小三線道上。艾德華在街角下車，想著他過去半年外出的路程遠超過前面三年的總和。就好像他到了哥哥的年紀，喬登推他一把，讓他動起來。現在他衝勁十足，走向他也不太確定是怎樣的地方。

艾德華先看到櫥窗裡紫色的燈，然後才看到門牌號碼。那棟建築是中等面積的公寓，櫥窗在一樓。櫥窗角落有個白底黑字的招牌，寫著：維多麗夫人解讀您的未來，請按1A電鈴。

全是狗屁，他想著，再次感受到濃濃絕望。他站在馬路另一頭，心中做了一個決定，我回家以後要回信給副機長的太太。我要告訴她我能理解。這個決定讓艾德華能夠邁開腳步，過馬路，登上門階，按下門鈴。

他聽見喀答聲響，推開大樓的雙扇門。進去之後是一個大廳，有綠色的地毯，牆上貼著樹葉圖案的壁紙。左邊的門微微打開，他推了一下，門整個打開。

「有人在嗎？」他問。這裡感覺像昏暗的餐廳，裡面擺著一張圓桌，旁邊有四張椅子。一面牆前有一個櫃子。遠處的牆上掛著一幅中世紀風格織錦，圖案是在圍欄裡用後腿站立的一隻獨角獸，圍欄旁邊有花朵裝飾。他記得，他很小的時候看過獨角獸動畫電影，有一陣子還為這種神話動物深深著迷。他的熱忱之所以消滅，有一部分是因為他的爸媽，他們一向自詡能夠教導孩子分辨現實與虛幻，當他問他們獨角獸是不是真的，他們的表情非常不自在。或許吧？或許很久、很久以前真的存在過？媽媽說。

「馬上來，親愛的。」一個女人的聲音說，艾德華聽到鈴鐺聲，他轉頭看櫥窗，一個金屬風鈴晃動。是那個女人的聲音讓風鈴動起來嗎？他的手臂冒出雞皮疙瘩，她突然出現在他眼前。

她很高，至少六英尺，頭上包著色彩繽紛的頭巾。她的膚色黝黑，棕色眼睛，嘴巴很大。她穿著鮮黃色的裙子和連帽運動外套。

「請坐，小帥哥。」她比比一張椅子。「維多麗夫人諮詢十五分鐘收費三十元，只收現金，先讓你知道一下。」

「好。」艾德華說，但他猶豫了一下才坐下，因為他的身體處在高度警戒狀態。角落的風鈴依然叮咚作響，只是稍微平靜了一些。他無法解讀身體為他傳送的訊息；他感受到一股腎上腺素，告訴他：小心、危險，快離開。但他還是坐下了。

維多麗夫人在桌子對面坐下。「你想算塔羅牌還是手相？」

「我不知道。」

她這才第一次看向他的臉。看著她的眼睛讓他覺得不舒服，但又無法移開視線。他身體裡的腎上腺素尚未消退。風鈴的聲音彷彿有個兩歲幼兒在把玩。艾德華在位子上動了動，想找個舒服的姿勢，這種感覺是她造成的，但他不知道為什麼。他的大腦在想，我認識妳嗎？但他當然不認識她。

「呃。」她說。「我想看你的手相。親愛的，請把手給我。」

他伸出一隻手，儘管練了舉重，手臂還是很細。他微微顫抖，他忽然察覺這個動作有多親密，把手交給另一個人。她握住他的手，她的皮膚乾燥溫暖。

「你感覺很熟悉。」她說。

「我朋友來過。」當然，他知道瑪希拉不是他的朋友，但他找不出可以接受的詞彙。他哥哥生前的女朋友，但他從不知道他們交往過？另一個愛喬登的人？

維多麗夫人點頭，彷彿已經知道了。她研究他的手，用食指觸碰掌心。「艾迪。」她低語。

他懷疑自己是不是聽錯了。「妳說什麼？」

她沒有重複，於是他說：「瑪希拉是不是和妳說過我會來？」

「瑪希拉？」她搖頭。她摸摸每隻手指下方的隆起處。「通常我不會問客人這個問題。」她說：「不過，親愛的，你想聽什麼？」

「什麼意思？」他很困惑。「未來會發生什麼事，不該是妳告訴我吧？只能讓妳告訴我我還有其他選擇？」

她沒有回答，只是低頭看著他的手，沒有看他。

「我想知道該做什麼。」他聽見自己說，就像剛才決定寫信給副機長的妻子一樣，這句話是種解放，他想知道該做什麼。

她點點他的掌心。「很簡單，所有人都做的事。瞭解自己是誰、擁有什麼，並且用在好的方面。」

他在心中重複這句話。不只一次仔細聆聽之後，他說：「這種話對誰說都可以。」

她微笑。「確實如此，我希望能對所有人說這句話。很可惜，並不是所有人都會來找我。不過你來了，而你的年紀與你的經歷，讓我的這個勸告格外有意義。」

艾德華感覺口袋裡的手機在震動，知道放學時間到了。雪伊傳訊息問：你在哪裡？沒事吧？他說：「所謂該做的事，有以下幾個步驟：想清楚要讀什麼科系，然後去讀你所能申請到最好的大學，去念所能申請到最好的研究所，再去找最好的工作。」

這番話讓維多麗夫人的臉亮起來，艾德華看著她的皮膚透出光彩，她放聲大笑，巨大而溫暖，如氣泡般的笑聲充滿整個空間。她的頭往後仰，空著的手捧著肚子。角落的風鈴也跟著響，艾德華忍不住也笑了出來。他聽見自己發出全新的笑聲，他從沒聽過自己發出這種笑聲。

笑聲慢慢停下來，光彩稍微黯淡，她說：「艾迪，你頭腦很好，對吧？」

「是『艾德華』，請問妳怎麼知道我的名字？」

「可愛的孩子，你必須明白，你想穿越的那一片樹叢，並不是大腦能解決的問題，也不是你可以想出解答的數學題。你需要另一種智慧，讓自己解脫。」

「什麼意思？」

「十五分鐘到了。」她的語氣變了。

「我願意再付十五分鐘的錢。」

「今天恐怕不行，已經有人預約了。如果你想，可以下次再來。」她依然握著他的手，現在她用另一隻手蓋住，一股暖意滲透皮膚延伸到手臂上。「我真的很想給你一點蘑菇。」她感覺像是在自言自語。

「蘑菇？」艾德華想到的是鈕釦菇，約翰與蕾西家後院的樹根之間長了很多。

「迷幻菇，這種菇能開啟我剛才說的另一種智慧。不過，我不會給你的。你有能力靠自己開啟，艾迪，我相信你能引領自己找到答案。」她說。

「我不懂。」艾德華說。

她微笑。「懂不懂並不重要。」

維多麗夫人站起來，於是艾德華也站起來。角落的風鈴又在叮咚作響，他從口袋拿出錢包。

她搖頭，走到他身邊。他感覺她全身散發出溫暖，就像剛才被她握住手的感覺。她身上有肉桂香。「第一次免費，送你的禮物。」

維多麗夫人拉著他的手臂，帶他走到門口。開門之前，她彎腰在他耳邊說：「艾迪，發生在你身上的遭遇毫無理由，你也可能會死，只是沒有死而已，單純是運氣。沒有人為了任何原因選擇讓你活下來，這表示你想做什麼都可以，真的。」

門開了，他走出去，當他站在大廳中央，才發現這裡刻意布置成森林的樣子。

下午兩點〇九分

正機師第一次提高音量。「注意速度！」

飛機以驚人的速度爬升，每分鐘七千英尺。爬高的同時，速度也慢了下來，最後只剩九十三節，通常只有西斯納小飛機會用這種速度飛，大型商用客機很難得這麼慢。

正機師：「注意速度、注意速度。」

副機師：「好、好，我正在降低高度。」

正機師：「穩一點。」

多虧了防結冰系統，一個皮陀管恢復運作。駕駛艙儀表板再次顯示飛行速度。

「好了，在下降了。」

「不要太急。」

「是。」

副機師不再把操縱桿往後推，飛機爬升的角度降低，逐漸恢復速度。飛行速度增加到二二三節。失速警示停止。兩位機師控制住狀況。可惜他們的溝通不夠順暢，所以正機師不知道他們差點發生大災難，而副機師不知道只要他別再把操縱桿往後拉，一切就會平安無事，他們將會準時在洛杉磯降落。

馬克看不見薇若妮卡。他在自己的座位上，手忙腳亂地想扣上安全帶。珍恩在他旁邊發出奇怪的呼吸聲。

「只是亂流而已。」他的聲音斷斷續續，因為飛機搖晃而無法好好說話。「我在某個地方讀到，飛機從來不會因為亂流而墜機。」

「我知道，我只是希望能和家人在一起。」她說。

馬克想起小時候和媽媽、弟弟一起搭飛機：他九歲，和弟弟合吃一條巧克力棒，很想踢前面的椅子，但努力忍耐，他總是很難坐著不動。

「我是作家。」珍恩說。「我有一種習慣，應該可以這麼說，每當發生狀況，我都會一次設想所有可能，而無論哪種狀況，都至少會有一種很可怕的結局。」

「不要想那些，專注在眼前。」他說。

但他自己無法專注，他想看見薇若妮卡的臉，也想完成洛杉磯那件準備已久的案子。他設計出一套結案策略，非常複雜，危機重重，不是他平常慣用的方式。他感覺到，隨著每次心跳，他的技巧更純熟，能力更成長。只要完成這個案子，他就可以證明同事錯了，他們以為沒有古柯鹼，他就不能展現出最高效能。他也可以證明媒體錯了，他們以為他的成功只是曇花一現。既然考克斯這樣的人物走下了世界舞臺，他準備好要取而代之。然後薇若妮卡會和他上床，所有女人都會想和他上床。這一切——不論是亂流、走道對面死去的偶像——全都無法阻止他，他銳不可當。

二〇一六年五月

雪伊會突然在艾德華耳邊輕聲說：「七百萬元。」無論他們是在超市買東西，還是在購物中心試運動鞋。每次他都會做個苦臉說：「還沒啦。」那張支票放在傑克斯寄來的信封裡，和其他信件一起安全地藏在艾德華的床底下。每天放學之後，他會去練舉重或和雪伊一起繞著湖慢跑。如果天氣溫和，他們跑完之後會去遊戲場，坐在鞦韆上調整呼吸。艾德華每天都做數學作業（上學以來第一次），因為期中時來了一位新數學老師，作業終於變得富挑戰又有趣味。每當他遇到很難的題目深陷其中時，艾德華總會感覺爸爸在身後看，幫忙出主意。

艾德華不知道自己在等什麼，直到那個東西寄來，星期五約翰從郵局拿回家的信件中的一封。艾德華在大門口從姨丈手中接過，立刻打開看。他通常都會等雪伊一起看，但信封上歪斜的字跡讓他有種特別的感覺，讓他急著打開封口，儘管接近晚餐時間了，而且約翰就在他面前。

親愛的艾德華：

我想讓你知道，傑克斯經常說起你的事，你的存在讓他很開心。當他把那筆錢寄給你，你讓他得到自由。那筆錢必須屬於你，傑克斯很在意這件事。你寄來的信在我這裡，你問他真的確定嗎？要不要拿回去？但他從來不想拿回去。

他沉迷於巨浪，於是我們去年搬來加州一個知名的衝浪地。他熱愛衝浪，但三個月前他過世了。他在浪頭上失去重心落水失蹤，兩個小時後，搜救人員終於找到他，他的腳繩卡在岩石下。

律師告訴我，傑克斯過世之後，那張支票可能就無法兌現，所以我附上一張新的支票，金額相同。請不要回信說你很遺憾，因為沒有什麼好遺憾的，這不是悲劇。一個人在家看電視死在沙發上是悲劇。做自己喜歡的事，全身每個部位都完全投入，在過程中死去，這是無比神奇的事。願你擁有神奇，艾德華。

大溪地

艾德華看完之後抬起頭。

「你哭了？」約翰說，同時雪伊從大門進來，艾德華對她說：「傑克斯過世了。」

雪伊雙手摀住嘴。「噢，怎麼會這樣？」

約翰說：「怎麼回事？」

「等一下。」艾德華下樓拿傑克斯寄來的第一封信。他交給姨丈，等他讀完再給他看大溪地的來信，以及新支票。

約翰看完之後，往廚房走去，艾德華與雪伊跟著去。蕾西在爐子前煮飯，正戴著耳機在哼歌。看到他們全都進來，她取下耳機。自從艾德華在車庫和姨丈攤牌之後，家裡的氣氛改變了。現在他們都在故事的同一頁，儘管故事持續進行，而且不知道會有怎樣的結局。蕾西與約翰之間的氣氛不再那麼僵。幾天前，艾德華聽見阿姨叫姨丈「大熊」，約翰開心得脹紅臉。

「妳絕對不會相信。」現在約翰對她說。

他告訴她事情的始末，將三張紙一一遞給她，她每看完一張，就會小聲驚呼「噢，老天」。

他們圍坐在餐桌邊。兩封信與那張支票放在桌上，因為形狀和位置，感覺很像兩個餐墊和一條餐巾。

「以前你跟我說過理賠金的細節。」艾德華說。「如果我沒記錯，保險公司會給每位罹難者家屬一百萬，而等我滿二十一歲，可以拿到五百萬？」

「沒錯。」約翰說。

「那麼，班傑明·斯提曼的奶奶也拿到一百萬元了？」

聽到這名字，蕾西的臉皺成一團，她不像另外三個人熟記座位表，但她沒開口。

艾德華加入姨丈，讓文件夾裡的資料更完備。讓艾德華加入是約翰的主意。有一天下午，他來找艾德華，他說：「我一直在思考你在車庫說的話，我認為我們應該完成飛機上所有人的檔案，就像你說的那樣，讓每個人都被看到。」他有點害羞地看外甥一眼。「你願意幫忙一起完成嗎？」

艾德華把他所知道關於機上乘客的事全都告訴約翰：有一位紅髮醫生去頭等艙幫助其他乘客。他和班傑明聊過的話。裙子上有鈴鐺的女人。蓋瑞的女朋友。他甚至說出馬克和薇若妮卡一起進洗手間的事。

艾德華一邊說，約翰一邊將新資料寫在相關人物的照片背後。

約翰將描述寫在佛羅里達的照片背面時，他說：「你知道，我和她丈夫有聯絡，他告訴我佛羅里達相信輪迴，認為自己已經活過了幾百個前世。她丈夫，我記得名字應該叫巴伯，在事故之後賣掉房子，買了露營車，現在他開車在全國尋找轉世後的她。」

艾德華的第一個念頭是，如果能找到佛羅里達新身體的照片，也可以放進文件夾。然後他搖搖頭，當他轉頭看姨丈，看出約翰也在想同樣的事。他們相視微笑，這是他們開始合作之後出現的新笑容，代表他們知道自己是瘋子，但他們不在乎。

約翰說：「蘿莉．斯提曼拿到一百萬，沒錯。你為什麼想知道？」

他們四個並肩站著，低頭看那兩封信與支票，傑克斯．萊西歐的到達與離去。艾德華感覺因為安心而肩膀放鬆一些，他將另一個祕密交給了阿姨與姨丈，他再也不想暗藏任何祕密了。

◆

上床之前，艾德華幫蕨類噴水，確認土壤狀況，拿出放在桌子底下的小袋子，補上一湯匙的土。阿倫迪校長說希望能讓這盆袋鼠爪蕨永遠留在艾德華這裡。「蕨類不適合經常移動。」他的八字鬍惆悵抽動。「你已經照顧它這麼久，現在你就是它的家了。」

艾德華刷牙、用牙線，穿上充當睡褲的運動褲。最後確認蕨類一次之後終於上床。慢吞吞進行這些事的同時，一個想法來到他腦中，完整成形。他可以用傑克斯的錢送阿倫迪校長幾株非常稀有昂貴的蕨類，取代他因為病毒失去的那幾盆。這個想法，讓艾德華對著枕頭微笑。

大溪地的來信讓他很傷心，但也讓他鬆了一口氣。那封信感覺有如一個超長的句子，終於出現標點符號，艾德華可以往前走了。老實說，傑克斯給的那筆錢一直讓他覺得不安，因為毫無道理。傑克斯一定知道艾德華會拿到保險理賠，但他一定也知道艾德華不需要錢。飛機失事之後，錢變成艾德華最不需要的東西，但傑克斯還是選擇給他這筆錢。或許，艾德華可以秉持同樣的精神，將這筆錢給別人，只因為理由對了、人對了，所以就給予嗎？

送蕨類給阿倫迪校長感覺很對。或許艾德華甚至可以安排在校長家蓋間溫室，在裡面放滿植物。艾德華想要微笑，卻發現他已經在微笑了。他突然想起，考克斯太太一定會覺得這種做法根本太瘋狂，她相信金錢應該像磚塊一樣，用來創造更多金錢，以金錢作為工具，打造成功的人生。她相信「慈善」（將錢捐給名望崇高的特定組織，例如博物館），但她絕不會容忍這般虛擲金錢的方式。儘管艾德華絕不會當面批評她，但他全身開心舞動的氣泡告訴他，這樣虛擲，才是正確的道路。

還可以給誰呢？還有誰讓他感覺很對，就算毫無道理？有些人同樣因為空難而失去心愛的人，卻拿不到航空公司的補償和保險公司的理賠，艾德華可以給他們錢。他可以出雪伊的大學學費，因為貝莎負擔不起，而瑪希拉也是。他可以資助蓋瑞的鯨魚研究計畫——蓋瑞不是琳達的配偶，所以他一毛錢都沒拿到。他也很想給班傑明的奶奶，儘管她已經拿到保險理賠了，她可以把錢送給她認為合適的人。

他腦中響起雪伊的聲音，別忘記我的修女還有第二封信的三個孩子。

還有誰？還有誰？

他的身體在床墊上越來越沉重，他閉起眼睛，他要入睡了。他的最後一個念頭是，要想辦法讓一些禮物匿名而且無法追蹤到他身上，否則他就會變成混蛋了。

下午兩點十分

飛機開始爬升之後，現在比最初的高度多了兩千五百一十二英尺，儘管依然以危險速度爬升，但還在飛行包線[7]範圍內。但副機師再次將操縱桿往後拉，讓機鼻上升，導致速度急速下降。後來，所有研究二九七七號班機黑盒子的機師們都感到難以置信，受過專業訓練的飛行員竟然會在此時重蹈覆轍，但他確實這麼做了。

失速警報響起。

「注意。」正機師說。

「好。」

兩位機師都沒有理會警報，或許他們認為不可能墜機，但這個想法並非全然沒道理，這架飛機使用線傳飛控系統，將機師輸入的指令直接傳給電腦，電腦再命令致動器移動方向舵、升降舵、副翼、襟翼。絕大部分的時間，電腦都以「正常規律」運作，也就是說，電腦不會接受任何讓飛機偏離飛行包線的控制動作。在正常規律下運作的電腦，絕不會允許飛機失速。

然而，一旦電腦失去飛行速度資料，便會解除自動駕駛，從正常規律轉換到替代規律，這種規律少了很多對機師的限制。在替代規律下，機師可以讓飛機失速。而現在副機師將操縱桿往後拉，就是在讓飛機失速。

「怎麼回事？」坐在班傑明旁邊的老太太問他。「到底發生了什麼事？」

她瞪大眼睛看著他。她的左手抓住他的手臂，他猜想她自己可能沒察覺。

「是亂流，女士，飛機常會遇到。」

飛機彈跳兩下，發出很像硬殼行李箱用力砸在地上的聲音。班傑明低聲吹了一下口哨。他想著，我不希望死的時候手臂上掛著一個白人老太太。拜託，上帝。

「我有十四個孩子。」她說。

「十四個？」

她似乎因為他感到驚訝而開心。「唉，只剩九個還活著了。」

「真遺憾。」

「你有媽媽吧？」她問。

砰，飛機再次彈跳。「沒有，女士。我沒有。」

「噢。」她似乎很失望。

他瞥一眼走道對面那家人。小艾迪一臉驚恐，死命抓著哥哥的手。班傑明感覺內心有一部分軟化了，他心裡想，可憐的孩子。這念頭差點讓他流淚，他察覺他憐憫的對象不只是走道對面的孩子，也是當年的自己，和艾迪一樣大的自己，可憐的孩子。

他說：「那麼多孩子，一定很辛苦吧？」

「可不是呢。你是男人，所以你永遠無法體會有多辛苦。那種辛勞，就專門保留給女人。」

飛機左右晃動，他想著，我們脫離飛行路線了。

「我最大的女兒要去機場接我，我要搬去和她住。我都計畫好了。」

7 飛行包線是封閉的幾何圖形，用來表示飛機的飛行速度、高度及過載等的界限。

「有計畫很好。」

「我要退休了。」她說。「我要蹺腳看雜誌，喝琴通寧調酒。」她噘起嘴。「我現在很需要來一杯。」

班傑明再次看向走道對面的那家人。他想起蓋文，那雙在鏡片後面微笑的眼睛。他想像辭去軍職，將制服摺好並收進箱子，鎖起來永遠不打開。他想像在廚房餐桌上和蘿莉一起玩拼圖，或在附近街上的 7-11便利商店後面和男人接吻。

在軍校和軍營，早晨喚醒他的口令永遠是：「士兵，靴子踏地！」以前有位指揮官喜歡惡整他們，會在黎明前進入營房，大喊：「敵人在哪裡？」

大半的人生，這就是他的起床號、他的鬧鐘、他的行動口號。「敵人在哪裡？」他自問，感到無盡悲傷。這位老太太想要蹺腳休息的計畫令他反感，他要保持警戒，他的靴子要牢牢踏在地上。

二〇一六年七月

升上十年級的暑假，艾德華與雪伊成為夏令營的輔導員。艾德華負責帶年紀最大的一群學員，開課的第一天，他站在一群十二歲男生面前，他正要開始自我介紹、點名時，內心有個東西突然震動。

他看著一個又一個男孩。他注視他們的雙眼，一雙是藏在亂亂頭髮下的棕眸，一雙是藍的。大約一半的孩子都設法用頭髮遮住臉，但艾德華的視線望向那仔細整理過的簾幕後方。他們的眼睛蘊藏著一種東西，他不知道是什麼，但他無法轉開視線。

「我媽說，你發生過空難。」一個男生說。

「對，沒錯。」

「會痛嗎？」

「嗯，很痛。」

學員全都笑了。艾德華察覺這些孩子剛好是他遭遇空難時的年紀。十二歲那年，他被摔碎，但他發現這些孩子的眼眸裡也有摔碎的東西。

「怎麼了嗎？」一個學員問。

「沒事，按照身高列隊。」

學員一陣混亂，背包互相撞來撞去。他不需要學員按照身高列隊，他只是在爭取時間。他看著他們移動閃躲找到位子。

是年紀的關係嗎？

這就是離開童年之前的最後時光嗎？

那天下午，他和學員一起游泳。如果可以不讓他們下水，他一定不會讓他們進湖裡，但游泳是夏令營課程中硬性規定的活動。下水之前，他先訓誡他們要注意安全。「不可以打鬧，專注划水。你們都知道搭檔是誰吧？隨時留意他，不要看別人。我們要游到黃色浮標那邊再回來，不准繞路、不准亂跑，聽懂了嗎？」

游了五十碼之後，他開始相信所有學員的游泳實力都不錯，他鬆了一口氣，儘管如此，不代表不會發生意外或錯誤。他加速游到落後的學員身邊，檢查他們的臉，確認他們沒有體力不支的狀況。孩子們濕濕的頭轉向他，對他微笑。

「我覺得我想當老師，或許教七年級的數學。」那天晚上，他告訴雪伊。

她大笑，然後發現他的表情是認真的。「你不是在開玩笑啊？」

「應該不是。」

「那麼多戴牙套、長痘痘的小鬼耶，所有人在那個年紀都醜得要命，你還記得我的超蠢瀏海嗎？」她說。

「有點印象。」

「你怎麼會想和十二歲的小鬼耗上一輩子？」

「說不定，我能幫助他們。我十二歲的時候，有妳照顧我。妳整天帶著筆記本，寫下觀察心得，記得嗎？或許所有人在那個年紀都需要那種程度的關注，我也可以弄個筆記本。」

她打量他，臉頰上的酒窩很深。

他想著，她依然帶著那本筆記本。

利用週末的時間，艾德華幫忙約翰將嬰兒房改裝成家用辦公室。單人床和搖椅捐出去了，蕾西選了一種特別的灰白色油漆，他們負責粉刷。約翰與艾德華努力研究六角扳手與形形色色的螺栓和螺帽，想讓宜家家具的辦公桌成形，一邊組裝，也一邊不停低聲嫌棄。在他們身後，蕾西將那張綠色單人沙發從一個角落推到另一個角落，想憑感覺判斷出哪個位置風水最好。她終於選好一個角落，而那個塞滿西部小說的書架小心翼翼放在旁邊。

幾個星期前，他們清空車庫。信件全部整理好了，艾德華想保留的信件放在地下室的床底下。約翰退租郵政信箱，現在所有郵件都送來家裡。清空車庫就是最後一步。房間整修完畢之後，他們精疲力盡、滿身大汗，但艾德華、約翰、蕾西一起站在門口。他們驚奇地看著全新的空間，彷彿完全是個驚喜，而不是他們操勞的成果。

夏季尾聲時的一個星期五傍晚，雪伊與艾德華晚餐過後散步到湖邊。他們選了個位子，盤腿坐在柔軟的草地上。他們可以看到艾德華每天帶學員游泳的地方。這個夏季傍晚格外美，在夕陽下，湖面有如閃耀的硬幣。

「再過兩個星期就開學了。」雪伊說。

艾德華望著波光閃耀的湖面，後方的樹林漸漸變黑。「我來到這裡的第一天，約翰帶我去樓上的嬰兒房，給我看窗外的湖。後來因為我都不上樓，所以很久沒看到。但我記得他說，等我好起來，我們可以來游泳，當時感覺簡直像上月球一樣難。」他說。

雪伊雙手環抱膝蓋。「那時候你好瘦弱，幾乎沒辦法走到街道盡頭。」

「今年夏季我每天都在湖裡游泳。」艾德華並沒有因此感到有所成就。只是在思考他人生中的轉折與月球景觀。塔羅牌老師、傷心欲絕的信件、和姨丈之間新建立的友誼，這些全都那麼出乎意料之外。

「我沒有告訴我媽我們要來這裡。」雪伊往後躺在草地上。

「她不會在意的。」

「我在意。」

艾德華微笑，雪伊不願意和媽媽分享任何人生經歷，無論多大或多小。這對母女的生活依然是場無止盡的拔河比賽，艾德華雖然無法理解，但看得很開心。以前哥哥和爸爸之間的關係也很緊繃，是不是當時艾德華年紀太小，所以無法加入這場自太古以來不斷上演的戰爭？他只能想像走向爸媽、擁抱他們。他錯過了機會，無法體驗更複雜的親子關係，此刻他感受到另一種失落。

「不知道現在氣溫幾度，不過，這就是完美的溫度」雪伊說。

艾德華伸出一隻手，親自評估一下氣溫，判定她說得沒錯。他躺在柔軟的青草上，

「雪伊？」他說。

「嗯？」

他看不見她。他望著漸漸昏暗的天空。「我愛妳。」

「我也愛你。」

他大笑，因為他們從不曾說出口，他覺得很荒謬。他知道他一直愛著她，以後也會一直愛她，就算再次發生墜機或她被車撞或她心臟病發或他得癌症或動脈瘤讓他們頭腦爆炸或全球暖化讓所有水源蒸發殆盡他們必須加入資源義勇軍最後死於飢餓或乾渴。

「我好累。」雪伊說。

「我也是，今天那場白癡比賽。我划獨木舟載那些小鬼跑來跑去三個小時。」

「獨木舟用跑來跑去這個詞，對嗎？」

「不知道。不過我跑來跑去了。」

他們兩個一起安靜了一下。艾德華可能稍微睡著了，但他自認極度敏銳察覺到周遭的一切。他察覺到湖的幾何形狀——表面和湖底都感受到了，還有掛在地平線中間的月亮。他察覺到失去哥哥的心情，彷彿那樣的失落化成身後的樹木。艾德華吸氣，當他吐氣時，感覺身體的分子飄散在四周的空氣中。或許我稍微睡著了，他想著。他察覺到雪伊在身邊，她的分子與他的混合，他不只是自己，她也是他的一部分。換言之，所有他曾經接觸過的人都成為他的一部分，每個和他握手、擁抱、擊掌的人。換言之，他體內有爸媽、喬登與飛機上每個人的分子。

那些信裡經常說他必須背負重擔，他自己也這麼想：他必須背負這麼多喪失的生命。他必須彌補那些死去的人。他將一九一名罹難者拖在身後，如同墜落的降落傘，但那些乘客是組成他的一部分，所有時光與人互相交錯，因此，飛機上的人全都存在，就像他的存在一樣。

現在無窮無盡，二九七七號班機繼續飛行，在遠方的高空，雲朵遮蔽的地方。

他在車庫告訴約翰絕不會留下別人自己去死，他是真心的，而現在這個想法更加擴大。他在飛機上坐在哥哥身邊，同時在草地上躺在雪伊旁邊。喬登和爸爸爭論著傷害動物的事，他吻了十五歲的瑪希拉，而長大的瑪希拉站在雜貨店櫃臺裡，依然愛他。

「雪伊？」他說。

「嗯哼？」

「以前我有個很瘋狂的想法……」他略微停頓。「現在好像也一樣，我認為只要我待在地上，那架飛機就會待在天空中，會依照原訂路線飛往洛杉磯，我和飛機形成平衡關係。只要我在地上活著，他們就會在天上活著。」

「十二歲的你也在上面？」

艾迪，他想著，點點頭。

「我懂。」她說，聲音帶著睡意。「有道理。」

他開懷一笑，他的眼睛依然閉著，因為雪伊能夠理解。他想像媽媽在頭等艙座位上，按住彗星形狀的胎記。爸爸一臉驚訝的表情，他思考數學問題的時候都會這樣。艾德華想像未來的自己，在阿倫迪校長的學校教導十二歲的學生，努力讓他們相信他們沒問題。未來的艾德華，會穿著帥氣的毛呢輕便西裝外套，告訴學生當別人需要幫助時就該伸出援手，而自己需要幫助時，也要大方接受。

艾德華想起維多麗夫人笑到彎腰的模樣，她的臉上閃耀著類似歡喜的光彩。他聽見她說「沒有人為了任何原因選擇讓你活下來」，他聽見夏令營的學員問「會痛嗎」，他感覺到雪伊的手指，握在他手中。月光透進他的眼瞼，他清楚看見多年來他泅泳其中的痛苦與失落，就像那座湖一樣。不過，在月光下，他看出痛苦原來是愛。這兩種情緒緊密交織，是同一枚閃亮硬幣的兩面。

那天晚上他和雪伊慢慢走回家。他們經過粗壯的樹木，穿越安靜的馬路。到了家門前的那條街，艾德華站在阿姨和姨丈的房子前。他抬頭看二樓的窗戶，那裡原本是嬰兒房，但從來沒有養育過嬰兒，以後也永遠不會。他記得第一次站在那扇窗前，撐著枴杖，疼痛侵蝕。他抬起視線往上看，在遠超過他視野的地方，一個少年坐在飛機上，完全不知道即將發生什麼事。

下午二點十一分

副機師說：「我使用TOGA推力，沒錯吧？」

TOGA是「起飛、重飛」（Take Off, Go Around）的縮寫。當飛機起飛或放棄觸地著路——所謂的「重飛」，這時必須以最有效率的方式增加速度與高度。在這種關鍵的飛行時刻，機師受的訓練要求他們將引擎推力增加到TOGA檔位，並拉起機鼻。

機師想增加速度，爬升離開危險，但飛機並非在海平面高度上，而是在空氣稀薄的三萬七千五百英尺高空。在這裡，引擎產生的推力比較少，機翼的升力也會降低。將機鼻拉高到特定仰角後，不但不會得到同樣的爬升角，反而會小很多。實際上，這種作法可能會導致飛機下墜，現在也真的發生了。

儘管飛行員的行為很不理性，但並非全然無法解釋。高度心理壓力會導致大腦部分停止運作，無法產生創新、創造的思維。在慌亂中，人們往往傾向於使用熟悉並且經過反覆練習的方法。儘管機師必須學習在飛行的各個階段手動飛行，包含在機師複訓的課程中，然而在一般飛行時，通常他們只會在低高度手動飛行——起飛、降落、機動飛行。如此一來，副機師會採用接近地面時的飛行方式一點也不奇怪，儘管這個反應在這種狀況下非常不合適。

現在飛機達到最大高度。引擎推力開到最大，機鼻仰角十八度，飛機平飛了一下之後，開始往後栽向地面。

正機師說：「搞什麼鬼？我不懂，怎麼會這樣？」

琳達說：「我要去廁所。」

佛羅里達說：「妳瘋了嗎？現在不能站起來。」

「醫生剛剛去了頭等艙又回來。」琳達的腳在小小的三英吋空間中移動。她知道這樣的回答很像鬧脾氣的幼童，她現在的感覺就像個小孩。飛機震動，佛羅里達裙子上的鈴鐺響了，有如警鈴聲。琳達坐在位子上感覺很不舒服，安全帶卡進她的側腰，高跟鞋好像把腳跟磨出水泡了。她困在這裡，飛機的動作完全不合理，她從來沒遇到過這麼嚴重的亂流。她好想告訴蓋瑞，問他有沒有搭過這麼顛簸的飛機。

佛羅里達看她一眼。「醫生過去是因為有人死了。」

「不要亂說，妳怎麼會這麼想？」

「她很快回來了，不可能進行救治。她去到那裡，發現已經回天乏術了。」

琳達動了動，想找個舒服的姿勢。佛羅里達說的話太瘋狂，讓她無法繼續聊下去。這架飛機上沒有人死掉，不會發生這種事，她才不可能和死人一起困在這個飛行的金屬子彈裡，她的寶寶不能還沒出生就經歷這種事。

降落之後她要客訴。她不知道要怪誰，因為她可不想對正副機長失敬。不過，一定有人犯了錯，現在她懷著孩子、孤孤單單的，聽著一堆小小鈴鐺不停歌唱。

二〇一六年十二月

艾德華和麥克醫生談過的一段話，他將會一生時常重溫，雖然這段談話並非發生於平時的諮詢時間。他們週六在一家跨州購物中心巧遇。

那天早上，艾德華和雪伊走路去購物中心，因為雪伊預約染髮，她要染成桃紅色，單純為了激怒貝莎。進髮廊前，雪伊對艾德華說：「要記住我現在的樣子喔。」艾德華非常認真地聽從。眼前的少女身高五英尺半，常跑步的她已練出精瘦身材。她穿著牛仔褲配滑雪外套，雖然她一輩子不曾滑過雪，她的棕色直髮長度到下巴。現在的雪伊看得出她長大之後的模樣，眼神和善，不過萬一惹惱她就會立刻變犀利。她現在很少戴眼鏡了，因為她比較喜歡隱形眼鏡。她的酒窩依然有如氣壓計，艾德華用以判斷她的情緒。

「記住了嗎？」雪伊說。

「記住了。」

「很好，嗯，我要勇往直前了。」

她進去之後過了九十分鐘，至少還要再等一個小時，艾德華到處亂逛，剛好看到麥克醫生。他們雙方都露出驚喜的笑容，艾德華發現他比醫生高好幾吋了。醫生說要請艾德華喝杯咖啡或茶，他接受了。

點好飲料之後，他們站在時尚的咖啡店櫥窗旁。或許是因為不期而遇，也或許是幾天前艾德華滿十六歲了（他哥哥永遠無法到達的年齡），他有些不自在，他老實說出想法。「我覺得現在應該要全部放下了，其他人都忘記那次空難，大部分的人啦，但我還是一直想著。」

麥克醫生攪咖啡許久，有零星的路人走過櫥窗前。連續三個大鬍子的男人走過，每個都彎腰駝背看手機。一位孕婦走得很慢，牽著一個爆炸頭幼童。艾德華感覺心臟在胸口跳動，感覺茶的溫度從杯子滲入手的皮膚。

醫生說：「艾德華，那起事故深深烙印在你的骨頭裡，藏在你的皮膚下，不會消失，那是你的一部分，將會永遠存在，直到你死去的那一刻。從我們第一次見面開始，你一直在做的事，就是學習如何與這件事共存。」

下午二點十二分

因為副機師一直把操縱桿往後拉，機鼻維持高角度，飛行速度導致控制系統失效。亂流持續干擾飛機，機翼幾乎不可能保持水平。

副機師說：「可惡，我無法控制飛機，我完全無法控制飛機！」

「我接手，左駕駛座接手。」正機師終於接掌手動飛行。

「這沒道理呀。」副機長無力地坐在位子上。「轉換成手動之後，我一直把操縱桿往後拉。」

「什麼？」正機師瞪大眼睛。「你把操縱桿往後拉——不！」他把操縱桿往前推，但已經來不及校正了。機鼻高高仰起，以四十度角下墜，失速警報持續不斷。

「飛機失控了！」

「完全失控了……」

◆

飛機傾斜時，佛羅里達想起電視上的卡通，一輛車在懸崖邊搖搖欲墜，這時一陣風吹來，或一隻小小的鳥兒落在引擎蓋上，車子便立刻墜落。她不懂，為什麼當這一刻畫成卡通的時候，大家會覺得很好笑。

她溫暖的手握住琳達冰冷的手，她們一起死命抓住扶手。

「不要慌，寶貝。一定會平安無事的。」她說。

「好。」琳達低聲說。

琳達另一邊有個陌生人驚恐地看著她們，佛羅里達吃了一驚。藍色圍巾掉落，露出一張印度裔女性的臉孔。她沒有說話，只是一直看著她們兩個，彷彿等候命運揭曉。

佛羅里達看得出來尖叫在她的心中翻騰，但她不想叫出來。「我是佛羅里達，這是琳達。我們要互相幫助」她說。

那個女人點頭。她大約五十五歲，講話的聲音很輕柔，「我睡過頭了，我醒來時以為自己跑錯地方，上錯飛機。」

「我們要去洛杉磯。」琳達說。

「洛杉磯。」那個女人說。「是洛杉磯沒錯，感謝老天。」

她轉頭看著窗外，外面除了灰色的雲層什麼都看不見，她回頭看她們兩個。「可是？」她說。

這個問題太空泛。

「我們不知道。」佛羅里達說。

「我們什麼都不知道。」琳達說。

◆

現在飛機快速墜落，機鼻仰角十五度，前進速度一百節，以每分鐘一萬英尺的速度、四十一點五度角下墜。雖然皮托管已經全面恢復功能，但前進的速度太慢——低於六十節——因此測得的攻角數據判定為無效，失速警報暫時停止。

雖然很不可思議，但兩位機師正在討論飛機究竟是在上升還是下降，最後終於達成共識是在下降。飛行高度逼近一萬英尺，機鼻依然高高仰起。

「爬升、爬升！」

薇若妮卡在座位上綁著安全帶，試著站起來。飛機的角度很怪，她從來沒有經歷過。她多希望能回到洗手間和馬克在一起，用自己的身體纏著他。駕駛艙的那兩個白癡幹了什麼好事？她有種衝動，想去到乘客身邊，盡可能讓他們冷靜、給他們幫助。

馬克滑出座位——他的安全帶太鬆，現在已經不在腰上，跑到了腋下。他眼前的東西大概是天花板。他想到傑克斯，想到他們最後一次為了蠢事吵架。他察覺那天沒吵完，他還沒吵完。

珍恩沉入內心，她用雙手摀著臉。飛機震動得太厲害，她不可能去家人的身邊，所以只能在內心陪伴他們。她想像自己坐在布魯斯腿上，她感覺到他的腿在她身體下方。她凝視他的雙眼，因為再也沒有言語。然後她親吻兩個兒子，吻了又吻、吻了又吻，就像艾迪小時候吻她那樣。

飛行高度逼近兩千英尺，感應器偵測到急速接近地面，啟動另一種警報。前推機鼻俯衝就可以增加速度，但已經來不及了。

正機師：「怎麼會發生這種事！」

「可是，到底發生了什麼事？」

「仰角十度……」

一點四秒後，飛行記錄儀停止運作。

布魯斯想到他的數學，花了六年的時間，但他還沒有成功完美表達，更遑論解答。他的一個行李袋裝滿了期刊與筆記，此刻在托運行李艙。他在腦中看到去年八月終於有所突破的那一頁，他還記得那天晚上和珍恩一起開了一瓶馬爾貝克葡萄酒慶祝。他原本以為那次突破代表他比想像中更接近解答，他早該知道不是那樣。他只是走到了空地，卻誤以為已經走出森林。

接下來幾個月，他漸漸體會到這件事，而沒有得到終身教職更是讓他的心情雪上加霜。挫折加失敗令他灰心喪志，但他盡可能不讓妻子察覺。他問自己：「為什麼這麼在乎？」答案立刻浮現：為了兩個兒子。他希望兒子看到他辛勤工作——這部分他們看到了——但也希望能讓他們看到他取得重大成就。他希望兒子們以他為榮，他希望做出成績，值得讓他們感到光榮。

飛機迅速下墜，他握住兩個兒子的手，心裡想著：我需要更多時間。

親愛的艾德華：

我的名字叫萊爾，我曾經在科羅拉多州的格里利鎮擔任救護義消，我所屬的小隊最接近二九七七號班機失事地點。

收到緊急呼叫時，我正在Shop Rite超市上班。我是屠夫，出身於幾乎世代都是屠夫的家族。當時我正在切雞，想著這隻雞的肉有點老，應該不好吃。這樣的小事竟然會卡在腦袋裡忘不掉，很好笑，對吧？

那是我最後一次去超市上班，也是最後一次擔任救護義消。一位醫生說我有憂鬱症，另一位說我有創傷後壓力症候群。對經歷過那種慘劇的你說這種話，感覺真遜。不過既然我要說出我的故事，也就沒必要有所保留。我痛苦了一陣子，最後決定搬家，儘管我的家族在科羅拉多州北部定居非常多年，幾乎像光陰一般長久，甚至比哥倫布還早。現在我住在德州——我需要廣大開闊的空間，即使這裡比較乾燥，很少有綠意，但我依然是屠夫。

我之所以寫信給你，是因為我無法擺脫那天的記憶。你出現在我的夢中，大聲喊叫，就像當時你坐在飛機殘骸的椅子上一樣。如果你已經不想看了，如果你已經撕掉我——不對，撕掉這封信——我完全可以理解，要是我也會這麼做。

我們鎮上只有四個救護義消，當然啦，因為事故規模太大，緊急呼叫的範圍很廣，通知了好幾個區。但我們最接近現場，因此第一批報到。我開自己的車過去，奧莉維亞和鮑伯開救護車。還有另外一個隊員，但就算要我的命，我也想不起來他的名字。消防車緊跟在後，那輛車非常高級，要價昂貴，郡政府為了採購這輛車吵了好幾年。消防局長想必非常激動，因為終於有機會派上用場。

我們抵達時，感覺彷彿進入好萊塢電影拍攝現場。我曾經開車經過那片牧草原不下數百次，現在卻有飛機殘骸倒在中央，感覺非常可怕，就像看到鯨魚擱淺一樣。我的第一個念頭是，我們必須讓飛機回到天空中。在那個當下，這個目標感覺十分合理。

這次事故之前，我處理過最重大的事件，是一位老先生在床上心臟病發。他的太太打緊急專線，我們趕去，他沒有死。我們上過訓練課程，但完全沒有教到這麼嚴重的事故。奧莉維亞超厲害，她大聲要我們分開行動，一人負責四分之一區。她要我們尋找還有救的人。我分到最左邊，接近斷裂分離的機尾，我爬進飛機殘骸，跳過座位和無法辨認的物品，搜尋了至少一個小時。因為煙霧而不停咳嗽。我聽見其他隊員大喊。「有人嗎？有人嗎？」我希望隊員的運氣比我好。

我正在思考該用什麼藉口放棄，才不會太難看——基本上我只想盡快逃回車上——這時我聽見你的聲音……

艾德華一直以來想盡辦法逃避墜機的記憶，但有時記憶會像嘔吐一樣突然來襲，一旦開始就無法逃脫。回憶經常在失眠夜晚最黑暗的時候降臨。有時候，當他以特定方式調整呼吸，或是巨大聲響讓他心臟加速，回憶就會悄悄爬上心頭。

他握著爸爸和喬登的手。他們的手臂形成一條繩索，艾迪注視著那條繩索，上方的行李艙砰地一聲打開，行李到處亂飛，他不確定飛機是往上還是往下。

「我愛你們，兒子。」布魯斯嚴肅地說。「我想和你們在一起，我愛你們。」

「我也愛你們。」艾迪說。

「我愛你們。」喬登說。

他不確定他們有沒有聽見彼此的聲音，因為噪音太大，嘶嘶聲，劇烈碰撞。說不定哪裡的門打開了，說不定上面還是下面。

「珍恩！」布魯斯對著幽暗的機艙大喊。

艾迪四周的人發出他不曾聽過的各種聲音，以後他也不會再聽到。一下巨大的碎裂聲，彷彿世界裂成兩半。他看到手臂上有淚滴。是他的眼淚嗎？還是喬登的？

聲音非常大，他的臉和皮膚承受非常大的壓力，他無法睜開眼睛。他，和所有人，墜落。

……我一開始沒有聽見你的聲音，我以為是我幻聽，但同一句話一次又一次傳來，我往那個方向走，彷彿被磁鐵吸引。

「我在這裡！」

「我在這裡！」

我搬開一塊金屬板，感覺有如打開一扇門，你就在那裡，非常憤怒，彷彿因為等太久而生氣。你看著我的眼睛，大喊：「我在這裡！」

我呆望著你，這個瘦小的孩子，腰上依然綁著安全帶，直到你再次大喊。這時我才終於上前抱起你，你勾住我的脖子。在我救你的同時，我感覺你也救了我。

我們回去找其他隊員，你不停重複著同一句話，雖然比較小聲，但依然那麼堅持：「我在這裡，我在這裡，我在這裡。」

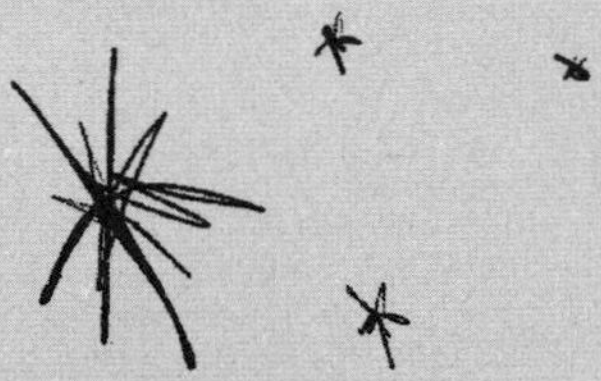

尾聲

二〇一九年六月

愛德華與雪伊開車橫越了美國，車窗開著，這一輛二手本田 Acura 是用傑克斯的錢買的。

那天晚上在地下室想出來的主意，艾德華用那筆錢實現了大部分。他用那筆錢支付雪伊和瑪希拉的大學與研究所學費——瑪希拉的部分，他透過一個專門資助有色人種少女接受教育的基金會支付，所以她不知道是艾德華給的。蕾西在醫院的工作，讓她培養出高超的行政能力，她幫了很多忙，想出各種極富創意的幌子，讓艾德華能匿名送出那些錢。她聯絡阿倫迪教授的植物研究會，將錢交給他們，條件是絕不能讓校長知道來源。研究會設計建造了一座獨立溫室，他們在那裡聚會並展示個人收藏，包括一系列罕見的東岸蕨類。蕾西也設了一個小型慈善基金會，幫助慘劇的倖存者，以便將錢交給艾德華指定的其他人，包括蓋瑞和雇用他的鯨魚觀察基金會，蘿莉・斯提曼、老修女、第二封信的三個孩子，那張照片雪伊總是隨身攜帶。

雖然氣溫高達攝氏三十二度，但這輛車的空調系統很任性，因此他們盡可能不開冷氣。他們走高速公路，而且開得很快。雪伊的頭髮往後飛揚，現在已經恢復棕色了。她開車時由她選音樂，通常是嘻哈歌曲。她經常跟著玩口技節奏，逗得艾德華哈哈大笑。輪到他開車時，選的音樂比較多變。他根據心情挑選：有時候聽網路廣播，有時候聽巴哈，有時候不放音樂。

兩週前，他們高中畢業了，學校在山丘上搭了白色帳篷舉行典禮。阿倫迪校長頒發畢業證書，考克斯太太和麥克醫生都出席了，而蕾西、約翰、貝莎也都到場觀禮。艾德華半年前就不再接受心理諮詢，所以一看到麥克醫生，他感到驚訝又開心。

考克斯太太送的畢業禮物是她兒子剛出版的詩集，艾德華與雪伊拆開包裝時都笑得很開心。「哈利森非常有才華。」考克斯太太說，舉起書給大家看封面。「他得了惠特曼獎，這可是很高的榮譽呢！」

典禮結束之後，等到阿倫迪校長忙完公務，他們一起去一家高級餐廳聚餐，所有大人都喝了很多葡萄酒，只有考克斯太太例外，她喝馬丁尼。麥克醫生和阿倫迪校長熱烈討論他們小時候很盛大的棒球系列賽。考克斯太太聽到他們說大都會隊，誤以為他們在討論大都會博物館，興高采烈地告訴大家她看到的當季展覽品。艾德華與雪伊獲准各喝一杯葡萄酒，慶祝這個特別的日子。

上甜點時，艾德華做了一件讓大家和他自己都很驚訝的事，他端著杯子站起來。所有人都轉頭看他，光是看到這些熟悉的臉孔，就讓他心中的一件笨重家具移開了。他說：「我想感謝你們。你們每一個人，非常、非常感謝。」大家愣住一下，接著雪伊舉起酒杯，大家也都跟著做，很可能所有人都感動到落下幾滴淚。約翰看著蕾西說：「我們成功了。」蕾西的眼睛閃著淚光，大笑說：「看來沒錯喔。」蕾西靠過去吻丈夫，艾德華重新坐下，餐桌上的所有人齊聲鼓掌。

到了科羅拉多州，雪伊與艾德華開車前往離事故現場最近的旅館入住。櫃臺的人看他們一眼，似乎在說，你們好像太年輕了吧？他們有證件，不過櫃臺人員聳一下肩，表示他們不用拿出來。為了這趟旅程，艾德華與雪伊向大人爭取了好幾個星期。

「再等一、兩年吧。為什麼一定要現在去？Solo tienes dieciocho.（妳才十八歲）。」貝莎說。

蕾西說：「你覺得十八歲已經夠大了，但其實還很小。這趟旅程很遠，你們需要多累積一點駕駛經驗。」

艾德華說：「我必須在上大學之前去，而且必須和雪伊兩個人去。」他講不出更好的理由，他只知道一定要做這件事。他和雪伊秋季要一起上大學。就像雪伊之前說的一樣，艾德華申請的學校全都錄取了他，但他只申請了雪伊申請的學校，所以他等到她拿到入學通知，選好要去哪一家，然後才跟著註冊。

雪伊保證一定會接媽媽的電話，每通都不錯過，簡訊也絕對會回，貝莎才勉強同意。貝莎也在雪伊的手機上裝了定位程式。「萬一妳迷路了，我才能去救妳。」她說。

他們在室內泳池游泳。他們的房間相通，一起在艾德華的加大床鋪上用撲克牌玩金拉米[8]。他們在旅館旁邊的餐廳吃晚餐。第二天早上，太陽還沒爬上地平線，他們上車，開了十二分鐘抵達失事地點。他們走近時，艾德華感到暈眩。這趟旅程是他決定要來的，但他覺得別無選擇。他自問，回到這個他曾經奇蹟式逃離的地方，究竟是不是件好事。萬一這次他逃不了呢？他做了好幾次惡夢，夢中的大地看他一眼，搖搖凌亂的頭，然後張大嘴一口吞了他。

事故現場附近有個小小的泥土停車場。一道道粉紅色和黃色的朝霞妝點天空；太陽還在慢慢往上爬。這裡沒有其他人。他們特地選在星期二來，因為雪伊搜尋之後發現，星期二遊客最少。

「最好不要讓人認出你。」她說。他們一起讀了一篇網路報導，描述紀念儀式的過程，那位年輕雕刻家因此成名，文章中也提到，任何年齡介於十四歲到三十歲的男性只要出現在這裡，就會有人過去問他是不是艾德華．艾德勒。

停車場與草原之間隔著一道木造的矮圍欄。艾德華下了車，空氣很清新，他大口地吸了幾下。前方，草原的中央，矗立著那座雕塑。一九一隻銀色麻雀排成飛機的形狀，往天空飛去。

「很美。」雪伊低語。

他們一起走過去。高草擦過他們的小腿發出窸窣聲響。艾德華走到麻雀飛機的尾端，停下腳步抬頭看。銀色鳥兒從他站著的地方往上排列。他伸手就能碰到最低的一

8 撲克牌的一種玩法，適合雙人對賽，規則類似麻將。

隻。實際的雕塑感覺比照片中小，比較像小飛機，而不是大型商用客機。

艾德華原地轉一圈。除了紀念雕塑之外，完全看不出破壞的痕跡。青草往四面八方綿延。他能看到他們開車經過的公路，他們的車，遼闊的粉彩天空。天空好大，他覺得自己的比例失常，好像整個世界都建築在地平線上。

「艾德華。」雪伊說。他看到她站在接近雕像前端的地方，那裡的鳥兒往上指向天空。那裡有支金屬樁，上面有塊銘板。他沒有過去，上面寫的資料他都知道了：失事日期、班機編號、罹難人數。

他們讀過的那篇報導附上了雕塑落成當天的照片。大約五十個人圍著雕塑。覆蓋雕塑的帆布掀開時，罹難者家屬站在一旁，仰起頭觀看。這群人包括各種膚色、年齡。只有一個人沒有抬頭看，那是個滿頭鬈髮的幼童，她趴在地上觀察青草。

艾德華花了很多時間研究那張照片。他仔細察看每張臉，想找出班傑明．斯提曼的奶奶，還有佛羅里達的丈夫，他很可能依然在尋覓她，儘管她已經有了新的身體、新的人生。艾德華尋找可能是哈利森的詩人。

「我們去山丘上坐一下。」現在的艾德華說。

雪伊之前已先用Google地圖研究過四周的區域，發現距離紀念雕塑大約五十碼處有座小山丘，感覺是一個很適合休息的地點，就算今天有其他人來參觀，應該也不會跑去那裡。

他們到了山丘上，艾德華重重跌坐，因為他的腿發軟。他感覺很奇怪，但他預料到會有這樣的感覺。畢竟，他有些擔心這片原野會裂開將他吞進去，修正之前的錯誤。艾德華感受到六年前在天空中的那一毫秒，彷彿身體深處埋藏著一個時鐘。在那一閃即逝的最後瞬間，飛機依然是飛機，乘客也還活著。

只是艾德華連接了那一秒，而現在他回到了這裡。比爸爸和哥哥高，可以臥舉自己的體重，有著媽媽的眼睛。來到這裡，他創造了循環，創造了圓滿。他離開的時候可以帶走這個完整的循環，抱在懷中——這一刻與這個地方所蘊含的一切。

艾德華閉上雙眼，他是那個在飛機座位上繫著安全帶的孩子，緊抓著爸爸和哥哥的手，他也是這個坐在失事現場地上的青年。是艾迪，也是艾德華。

他睜開眼睛，察覺之前研究的那張照片是從這個角度拍攝的，或許攝影師站在這個山丘上，用長鏡頭拍攝。最終，艾德華仍無法辨認出照片裡的任何人。

他知道他們心愛的人長怎樣，但他不認識他們。那位紅頭髮的醫生，她父母也是紅頭髮嗎？他不知道。照片中有幾位棕色皮膚的年長女士——她們之中哪一個是軍人的親戚？照片上的那些人之中，有多少寫過信給他？

原野上的青草搖曳，隱隱約約能夠看見許多人，那天在這裡離世的罹難者，以及來參觀雕塑的家屬，那些銀色的鳥兒反射陽光，有如擦到發亮的湯匙。

艾德華想著，維多麗夫人說得沒錯：我並不特別，沒有人挑選我。

在他身邊，用手肘支起上身的雪伊說：「你運氣真好。」

他看她一眼，因為她幫他說完了心中的話。

她接著說，聲音有些哽咽。「那個，我也很幸運。我也非常幸運，因為活下來的人是你。」

艾德華的本能反應是聳肩帶過，但現在他懂事了，所以阻止自己。雪伊背負著艾德華的存在，就像他背負失去哥哥的傷痛。他知道，失去喬登的痛將跟隨他一輩子，即使艾德華已經漸漸將父母留在過去。畢竟他本來就該在長大成人之後離開爸媽，就像今年秋天他要離開約翰與蕾西去上大學，這是自然規律的一部分。然而，艾德華不該離開喬登，他們應該一起老去。這樣的失落充滿心痛，永遠無法平息。然而，從客觀的角度，他看得出來，如果沒有他，雪伊的人生將有不同的重要時刻，可能有朋友也可能沒有，和貝莎吵架的原因也不同，有不同的書本、不同的困境，交織出不同的風景。

雪伊彷彿再次聽見他內心的想法，她說：「我可能會繼續計畫逃家，但永遠不會實行，而我永遠不會寫信給那三個孩子。」她抬頭看天空。「我的人生會少了很多。」

因為他，雪伊才會是現在的雪伊。因為她，他才能擁有人生──不只是倖存，而是擁有人生。他想起那些操作大強子對撞機的科學家，他們想知道兩個人之間的空氣發生了什麼變化，但說不定他們也想知道，變化的空氣會對身體裡面的人造成什麼影響。他依稀聽見自然老師說，人與人之間的空間並非空無一物。

現在，接觸艾德華臉頰的空氣感覺很柔和，小小的銀色鳥兒指向天空。他和雪伊一起眺望這片景色。在特定的一刻，他轉頭看雪伊，發現她已經看著他了，而她臉頰上有很深的酒窩。

「怎麼了？」

她沒有說話，但暗流──他們之間不斷進行的無聲對話──非常響亮。雪伊是當年他走進她房間時，那個睡衣上印著粉紅雲朵的少女，也是十年後生下他們女兒的那個女人，她也是眼前的這個年輕女子，神情毫無保留，將一切都給他。

艾德華聽見內心響起哥哥的聲音。喬登告訴他不要再浪費時間。不要再浪費愛。他看著雪伊的臉朝他接近，她吻他的時候，遮住了整片天空。

DEAR EDWARD
親愛的艾德華

作　　者　安．納波利塔諾 Ann Napolitano
譯　　者　康學慧 Lucia Kang
發 行 人　林隆奮 Frank Lin
社　　長　蘇國林 Green Su

出版團隊
總 編 輯　葉怡慧 Carol Yeh
企劃編輯　陳柚均 Eugenia Chen
責任行銷　黃怡婷 Rabbit Huang
封面設計　Bianco Tsai
封面插畫　Bianco Tsai
版面構成　黃靖芳 Jing Huang

行銷統籌
業務處長　吳宗庭 Tim Wu
業務主任　蘇倍生 Benson Su
業務專員　鍾依娟 Irina Chung
業務秘書　陳曉琪 Angel Chen
　　　　　莊皓雯 Gia Chuang
行銷主任　朱韻淑 Vina Ju

發行公司　精誠資訊股份有限公司
　　　　　悅知文化
　　　　　105台北市松山區復興北路99號12樓
訂購專線　(02) 2719-8811
訂購傳真　(02) 2719-7980
專屬網址　http : //www.delightpress.com.tw
悅知客服　cs@delightpress.com.tw
ISBN : 978-986-510-208-1
建議售價　新台幣３９９元
二版一刷　２０２２年３月

國家圖書館出版品預行編目資料

親愛的艾德華／安．納波利塔諾(Ann Napolitano)著；康學慧譯.--二版.--臺北市：精誠資訊,2022.03
面；　公分
譯自：DEAR EDWARD
ISBN 978-986-510-208-1 (平裝)

874.57　　111003067

建議分類｜翻譯文學